KB055674

DATE: ○○ △△

예전에도 인사를 적극적으로 하긴 했지만,

내가 말을 걸기도 전에

가다가 만난 사람들은 물론이고

밭일을 하던 사람들까지 작업을 멈추고

내게 말을 걸어주었다.

게다가 이것저것 주었다.

수확한 농작물을.

이것도 내가 노력한 덕분인가?

02
Management of
Novice Alchemist
Let's Business

Management of Novice Alchemist
Let's Business

Iris Lotze

아이리스 로체

채집자. 사라사가 목숨을 구해주지만,
큰 빚을 지게 된다.

Sarasa Feed

사라사 피드

초보 연금술사. 학교를 졸업한
다음, 요크 마을에
스승님에게 받은 연금술사의
가게를 낸다.

Kate Starven
케이트 스타벤
아이리스의 파트너.
아이리스와 함께 그녀의 치료비를
사라사에게 갚아나간다.

Lorea
로레아
요크 마을 잡화점 딸.
사라사의 가게에서 일을 도와준다.

DATE: ○○ . △△

머리를 쓰려면 몸과 마음, 양쪽에 영양분이 필요하다.
나는 그런 변명을 하면서
한동안 셋이서 다과회를 즐겼다.

아이리스 씨를 부르는 걸 깜빡하고……

DATE. ○○　△△

그날, 로레아는 왠지 모르겠지만

요리용 소쿠리를 머리에 쓰고 출근했다.

"사라사 씨! 이거! 이거 어떤가요?"

초보 연금술사의 점포경영
2

이츠키 미즈호 지음 | **후미** 일러스트 | **천선필** 옮김

커버 그림, 본문 일러스트 | **후미**

Contents

Management of
Novice Alchemist Let's Business

제2장
Lffft'f Aufinfflff

장사를 하자

02

Management of
Novice Alchemist Let's Business

Prologue

프롤로그

"이거 참……, **전망이 좋아졌네!**"

헬 플레임 그리즐리가 습격한 날로부터 며칠 뒤.

겨우 전신 근육통에서 해방된 나는 직접 피해 상황을 확인하고 있었다.

반쯤 자포자기한 듯이 말하는 나를 보고 걱정이 되었는지 함께 따라와 준 로레아와 다른 사람들도 쓴웃음을 짓고 있었다.

그래도 어쩔 수 없지 않나?

뒷문을 열 필요도 없이 뒤뜰부터 숲까지 훤히 내다볼 수 있게 되었으니까.

아예 열 수 있는 문──, 아니, 벽 자체가 없으니까!

뒤뜰을 둘러싸고 있던 담도, 거기에 달아두었던 문도, 내가 정성껏 키우던 약초밭도, 모조리 유린당했다고! 하하하!

"에휴……."

알고 있긴 했지만, 상상만 하고 있던 참상을 보니 한숨이 나왔다.

정신적으론 완성된 직후였던 담과 약초밭이 뼈아프지만, 지갑 사정으로 따지면 각인이 파괴되어버린 집의 벽이 더 뼈아프다.

돈이 대체 얼마나 들까…….

각인을 수복하는네 필요한 소재, 기격을 생각하기만 해두 머리를 감싸 쥐고 싶어진다.

"점장님, 우리도 어느 정도 정리하긴 했는데, 약초 같은 것들은 어떻게 손을 대야 할지 몰라서……."

"아, 아니에요. 괜찮아요, 감사합니다."

어두운 표정을 짓고 있던 나를 배려해주며 말하는 아이리스 씨에게 나는 급하게 고개를 저었다.

잔해가 마구 흩어져서 엉망진창이 되었던 부엌.

그곳이 깔끔하게 청소되어 있는 것만 해도 고맙다.

애초에 여기는 내 집이다.

그것을 관리하고 보수하는 건 내가 할 일이다.

그런데 어디부터 손을 대지……? 벽을 임시로나마 무언가로 막아야 하나?

이 마을에 피해를 입은 사람은 나만 있는 게 아니다.

게베르크 씨에게 부탁한다고 해도 바로 봐준다는 보장도 없고.

"사라사 씨, 좋은 기회잖아요. 부엌을 만들어요!"

생각에 잠겨 있던 내게 로레아가 손을 번쩍 들면서 그렇게 제안했다.

"부엌? 벽을 고치기 전에 부엌부터 수리하자는 거야?"

"아뇨, 제대로 요리를 할 수 있는 부엌 말이에요. 예전 부엌은 요리를 할 수가 없었잖아요."

뭐, 마도 풍로를 철거했고, 아궁이도 없었으니까.

식당 겸 부엌. 하지만 요리는 하지 못한다, 이런 느낌인 방이었다.

지금이라면 벽도 없으니까 대규모 공사도 하기 편할 것

같긴 한데…….

"그런데, 나는 요리를 별로 안 하거든……?"

내가 평소에 식사를 할 때는 잡화점에서 살 수 있는 보존 식량으로 간단히 때우거나 디랄 씨네 식당에서 '포장 메뉴'를 사 오거나. 둘 중 하나다.

어느 쪽이든 부엌이 없어도 상관없고, 요리하는데 시간을 들이면 그만큼 연금술에 쓸 시간이 줄어든다.

게다가 '포장 메뉴'는 꽤 저렴하고 맛있는데 비해 내가 만들어봤자 돈과 시간을 많이 들여서 별로 맛이 없는 음식을 먹게 된다.

부엌은 필요 없지 않나……?

"그래도 채집자들이 돌아오면 또 붐비게 될 텐데요? 얼마 전에 많이 붐벼서 힘들었다고 하지 않으셨나요? 사라사 씨."

"윽……."

그건 부정할 수가 없다.

내가 이 마을에 왔을 무렵에는 기다릴 필요 없이 그냥 앉을 수 있었는데, 그 소동이 일어나기 직전에는 앉기는커녕 '포장 메뉴'를 사는 것조차 꽤 기다릴 필요가 있었다.

혼잡한 식사 시간을 피해서 사러 가면 그 정도까지는 아니지만——.

"돌아오려나? 헬 플레임 그리즐리 때문에 도망친 채집자들이."

자신의 실력과 적의 힘을 고려해서 싸우지 않는 선택을

하는 것 자체는 채집자로서 잘못된 게 아니라 생각한다.

하지만 거의 모든 사람이 서로 알고 지내는 이 마을에서 '위험할 때 도망쳤다'라는 낙인은 꽤 부담이 된다.

우리 가게와 잡화점 주인인 다르나 씨, 그리고 여관 주인인 디랄 씨가 거래를 거부하기만 해도 수입이 없고, 잘 곳도 없고, 식량도 살 수 없는 상황이 되어 버리니까.

실제로 그렇게까지 하진 않더라도 꽤 껄끄러울 것은 분명하다.

"점장님, 그 사람들은 돌아오지 않을지도 모르겠지만 다른 채집자들은 오지 않을까?"

"음~, 안전해지면 그렇게 되려나요."

원래 이 마을의 채집자가 늘어난 것은 내 가게가 생겨서 돈을 벌 수 있게 되었기 때문이다.

그 사실 자체에는 변함이 없으니 안전하다는 판단이 되면 채집자들이 모여드는 게 당연할지도 모르겠다.

"아니, 도망친 사람들도 돌아오지 않을까? 다른 사람의 시선 같은 건 신경 쓰지 않는 채집자도 많으니까."

"그렇긴 하겠네. 정말, 답답하기도 하지! 마을이 위험할 때 도망쳐놓고."

"아이리스, 그건 어쩔 수 없어. 채집자는 기사가 아니니까."

"그래도 말이야, 지킬 수 있는 힘이 있는데 도망치는 건 사람으로서 좀 아니잖아?"

화가 나서 어쩔 줄 모르겠다는 듯이 콧김을 세게 내뿜는 아이리스 씨.

그런 아이리스 씨를 달래려는 듯이 케이트 씨가 어깨에 살며시 손을 얹었다.

아이리스 씨의 마음은 이해가 되지만, 나는 케이트 씨하고 생각이 비슷한 것 같은데?

별로 친하지도 않은 사람을 지키기 위해서 목숨을 걸 수 있는 사람은 극히 일부뿐이다.

나도 로레아나 다른 사람들과 친해지지 않았다면, 그리고 습격해올 적이 내가 당해내지 못할 정도로 강했다면 도망치자는 생각을 했을 테니까.

"그래도 말이지, 나이도 먹을 만큼 먹은 남자들이 도망치다니! 점장님처럼 어린 여자애도⋯⋯⋯⋯, 아니, 응, 점장님은 예외로군. 응."

아이리스 씨는 거친 말투로 불만을 털어놓다가 내 쪽을 힐끔 보고는 갑자기 목소리를 낮추었다.

"미리 말씀드리지만, 확실하게 성인이 되었거든요? 몸집이 조금 작지만요!"

"무, 물론 나도 알지! 결코 어린애라고 생각하진 않아!"

말을 좀 더듬으면서 눈을 피하고 그런 말을 하는데——.

"분명히 그렇게 생각하신 거죠!"

그런 생각을 안 했다면 그런 말이 안 나왔을 테니까!

나도 조금 신경 쓰인단 말이지?!

조금, 아주 조금 발육이 안 좋은 거!

"진정하세요, 사라사 씨. 그보다 지금은 부엌이 문제예요. 망가져 버린 문도 이대로 둘 순 없으니까 이번 기회에 제대로 만들어보죠."

아이리스 씨 대신 콧김을 세게 내뿜고 있던 나를 달래려는 듯이 로레아가 내 팔을 끌어안았다.

그런데 말이지.

방금 물컹거린 그 부드러운 감촉이 내 감정에 기름을 붓고 있거든?

활활 타오르거든?

"만약에 사라사 씨가 별로 안 쓰시더라도 제가 잘 쓸 테니까요."

"……로레아가?"

"네. 점심 식사 같은 것도 만들게요. 저도 가게를 보기만 하고 급료를 그렇게 많이 받으면 마음이 조금 불편하니까요. 괜찮으시다면 아침 식사나 저녁 식사도요."

"그렇게 해주면……, 정말 고맙지."

솔깃한 정보를 듣고 내 타오르던 감정이 조금 사그라들었다.

로레아의 요리 실력은 잘 모르지만, 만들겠다고 하는 걸 보니 나름대로 자신이 있는…… 거겠지?

뭐, 조금 실력이 부족하다 해도 사람들이 많은 식당에 가지 않고 밥을 먹을 수 있다면 편하니까.

"아이리스 씨하고 케이트 씨도 그러는 게 낫겠죠? 요즘 식사 때문에 곤란하시잖아요?"

"우, 우리 말인가? 아, 아니, 잘 챙겨 먹고 있는데. 응."

"그, 그래. 채집자는 몸이 재산이니까."

로레아가 묻자 두 사람은 문제 없다고 대답했지만, 척 보기에도 수상쩍었다.

눈이 이리저리 떨리고 있다.

"정말로요? 제가 드러누워 있던 동안에 뭘 드셨는데요?"

나는 로레아가 사다준 것을 침대에서 먹었기 때문에 아이리스 씨와 케이트 씨가 식사를 하는 모습은 보지 못했다.

내가 묻자 잠시 침묵한 다음 얼버무리려는 듯이 입을 연 사람은 아이리스 씨였다.

"빵 같은 거……?"

"빵? 다른 건요?"

"음……."

"저기……."

말꼬리를 흐리는 두 사람의 비밀을 로레아가 곧바로 폭로했다.

"전 빵 말고 다른 걸 드시는 모습을 본 적이 없는데요."

"아, 아니, 요 며칠 동안은 채집하러 가지 않았으니까! 응."

드러누워 있던 내가 걱정되어서 기본적으로는 집에 계속 있어준 두 사람.

일을 하지 않았고, 몸도 별로 움직이지 않았다.

게다가 내게 진 빚이 있으니까 절약을 한 모양인데……,

안 되겠네.

"알겠어요! 제대로 된 부엌을 만들죠! 그리고 식사는 매번 모두 함께 먹고요!"

"아니, 그래도——."

아이리스 씨가 곤란하다는 듯이 말을 꺼내려 하자 내가 조금 강한 말투로 가로막았다.

"물론! 두 분께서는 식비를 내주셔야 해요. 그래도 로레아가 같이 만들어준다면 외식하는 것보다는 저렴하겠죠. 케이트 씨께서 말씀하셨듯이 채집자는 몸이 재산이잖아요. 몸이 망가지면 결과적으로 빚을 갚는 것도 늦어질 테고요. 아시겠죠?"

"나야 고맙긴 한데……."

"그래. 그런데 점장 씨, 그래도 되는 거야?"

"상관없어요. 조만간 부엌을 제대로 만들 생각이었으니까요. 아, 로레아는 식비를 낼 필요 없어. 요리를 해주니까 그걸로 때우는 거야."

"그 정도는 지금 받는 급료에서 빼도 되는데요……."

"안 돼, 안 돼. 처음에 계약할 때 없었던 일이니까. 그런 건 제대로 해둬야지."

대충 넘어가면 안 되죠.

사라사 연금술 가게는 화이트 기업입니다.

사실 추가로 급료를 줘도 되겠지만, 로레아는 받지 않을 것 같고.

"그러니 식사는 모두 함께. 이렇게 정했습니다! 집주인 권한으로!"

no **003**

연금술 대사전 : 제8권 등재
제작 난이도 : 베리 하드
표준 가격 : 32,000,000 레어~

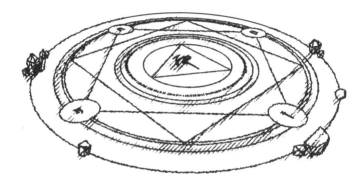

〈전송진〉

한 번 설치하기만 하면 온갖 장소에 단숨에 물건을 보낼 수 있습니다. 거리의 개념은 과거의 유물. 이것을 잘

활용해서 라이벌과 차이를 벌리도록 합시다. 단, 생물은 보낼 수 없으니 주의하여 주십시오.

※전송 가능 거리는 사용자의 마력에 따라 다릅니다.

Episode 1

Lfflfining fi Lfflgfiffy
(fioffi ßflmffi mfflfit)

죽어서 가죽(&고기)을 남긴다

자.

우선 부엌을 수리하기로 결심했는데, 사실 그보다 더 먼저 해야 하는 일이 남아있었다.

이번 소동의 원인이 된 헬 플레임 그리즐리.

쓰러지기 전에 어떻게든 사전 처리를 끝내긴 했지만, 바로 움직이지 못하게 되어버렸기 때문에 그 이후로는 방치해 두었다.

당연하지만 돈으로 바꾸지도 않았다.

그렇다, 돈.

위험한데도 불구하고 남아준 안드레 씨 같은 채집자들이나 집이 망가져 버린 마을 사람들.

그런 사람들에게 확실하게, 그리고 빠르게 분배를 해줘야만 한다.

그래서 분배를 어떻게 할 건지 촌장님과 의논을 하러 왔는데……, 뜻밖의 대답이 돌아왔다.

"──네? 필요 없다고요?"

"그래. 사라사가 회수한 소재는 마음대로 하려무나. 절반 이상 사라사가 쓰러뜨린 게지? 불평할 녀석은 아무도 없다. 그 대신 나머지 부분은 우리가 처리했다만……."

"아, 아뇨, 물론 그건 상관없죠."

내가 처리하지 않고 남긴 것은 연금술 소재로 쓰지 않거나 가치가 별로 없는 부분. 구체적으로는 고기나 가죽 같은 것들이다.

방식에 따라서는 활용할 수도 있겠지만, 그때 나는 그렇게까지 시간에 여유가 없었다.

"그래, 그래. 그러니 말이다. 그것들을 팔면 보수를 충분히 치를 수 있을 것 같구나."

"그렇군요⋯⋯."

총 몇 마리나 있었지?

스무 마리 이상이었지?

고기와 가죽을 그만큼 팔면⋯⋯, 응, 금액이 꽤 나올 것 같긴 하다.

그런데 다 처리할 수 있나?

"저기, 괜찮으신가요? 저도 어느 정도라면 사 드릴 수 있는데요."

"음⋯⋯, 그게 말이다. 고기 쪽은 지금 마을 사람들이 전부 나서서 소금에 절이고 있다만, 다르나도 연줄이 별로 없으니⋯⋯."

마을 밖과 거래하는 것은 기본적으로 잡화점 주인인 다르나 씨가 맡고 있다.

사우스 스트러그에 마을 농작물을 팔러 가서 마을에서 쓸 잡화를 사 온다.

주로 그런 거래만 하니까 같은 식품인 소금에 절인 고기라면 모를까, 장르가 다른 헬 플레임 그리즐리 가죽은 다루기가 좀 까다롭다.

거래 경험이 없는 상인이 비싼 상품을 가져가면 분명히

바가지를 씌우려 할 것이다.

그 사실을 알고 있기에 솔직히 곤란한 모양이었다.

"그럼 가죽은 제가 사들일게요. 마을 사람들은 그렇다 치더라도 도와준 채집자들에게 바로 지불할 현금이 필요하시죠?"

"그래도 되겠나?"

"네, 저는 가공할 수가 있으니까요."

일반적으로 '피(생가죽)'는 무두질해서 '혁(가공한 가죽)'으로 만들 필요가 있지만 연금술을 쓰면 무두질과 마찬가지——, 아니, 그냥 무두질하는 것보다 더 품질이 좋게 만들 수 있고, 비용을 어느 정도 들이면 특수한 효과도 부여할 수 있다. 조금 비싸게 사 줘도 충분히 본전은 뽑는다.

"그럼 미안하지만 잘 좀 부탁하마. 나중에 가져다주도록 할 테니 사라사가 그걸 확인하고 적당한 금액을 내줬으면 좋겠구나."

"알겠습니다."

촌장님 댁에서 간단하게 이야기를 마친 다음 마을 상황을 돌아보러 다녔다.

바로 못 움직이게 되어버려서 이야기로만 들었는데……, 응, 안드레 씨 같은 사람들 덕분에 마을 사람들의 집은 무사했던 모양이다.

채집자들에게 빌려주는 집에는 피해가 꽤 많이 생겼지만 그건 마을의 공동재산이니까.

마을 자금으로 수리하게 될 테고, 부서진 상태라고 해도 바로 문제가 생기진 않는다.

　채집자들이 꽤 많이 나갔으니까 지금은 아무도 머물지 않는 곳이고.

　방어하기 위해 급하게 만든 울타리는 해체했고, 그 대신 숲과 마을의 경계에 울타리를 만들어 두었다.

　이번 사건 때문에 위기의식이 생긴 건가?

　자주 있는 일은 아니지만 말이지……, 아마도.

　나도 이 숲에 대해 잘 아는 건 아니니까 딱 잘라 말할 수가 없다.

　──그렇게 마을을 산책하고 있었는데, 예전과는 많이 달라진 게 한 가지 있었다.

　"사라사, 고마워!"

　"아뇨, 모두 함께 노력한 결과죠."

　"사라사, 네 덕분에 우리 바깥양반도 무사했어! 자, 이거 가지고 가렴!"

　"가, 감사합니다."

　"연금술사님은 정말 대단하구나. 어라, 그것만 가지고 가면 아쉽지. 이것도 먹으렴."

　"네, 네에. 감사합니다……"

　예전에도 인사를 적극적으로 하긴 했지만, 내가 말을 걸기도 전에 가다가 만난 사람들은 물론이고 밭일을 하던 사람들까지 작업을 멈추고 내게 말을 걸어주었다.

게다가 이것저것 주었다.

수확한 농작물을.

이것도 내가 노력한 덕분인가?

……응, 마을에서 나를 받아들여 줘서 다행이다. 그렇게 생각하자.

왕도와는 전혀 다르니까 당황스럽긴 하지만, 나쁜 건 아니겠지?

그런데……, 잔뜩 받아버린 이 농작물은 어떻게 할까?

"어서 오세──, 그건 어디서 난 거예요?"

"좋아, 로레아. 네게 맡길게!"

문도 열 수가 없어서 집 앞에 서 있던 나.

그런 나를 보고 깜짝 놀란 로레아에게 사정을 설명하고 절반을 나누어주었다.

"그렇군요. 다들 고마워하시는 거예요. 그곳에 있던 사람들은 사라사 씨가 없었다면 어떻게 해볼 수가 없었다는 사실을 알고 있을 테니까요."

"그렇게 말해주는 건 기쁘긴 한데, 좀 쑥스러워. 그렇게까지 고마워해 주니까."

익숙하지 않기도 하고.

지금까지 다른 사람들하고 별로 친하게 지내려 하지도 않았으니까.

"그래도 우리 집에서는 아직 요리를 할 수가 없으니까……, 로레아, 받아줄래?"

"알겠어요. 그럼 이것들은 저희 집에서 요리해서 가지고 올게요. 모처럼 마을 분들이 사라사 씨에게 선물한 거니까요."

"고마워~! 그냥 먹을 수 있는 것 말고는 어떻게 해야 하나 싶었거든."

감자 정도라면 연금 공방에 있는 화로로 구울 수 있긴 하지만……, 아무리 그래도 그건 좀 그렇잖아?

"그래도 얼른 부엌을 만들어주세요. 그러면 여기에서 요리를 할 수 있으니까요."

"알겠습니다!"

다짐을 받으려는 듯이 그렇게 말한 로레아에게 내가 힘껏 경례했다.

"그래도 우선 가죽을 처리해야겠어. 내버려 두면 썩어 버리니까. 이거 바빠지겠는데."

"가죽 처리요?"

"응. 촌장님이 헬 플레임 그리즐리 가죽 때문에 곤란해하시는 것 같아서 내가 사들이기로 했어. 슬슬 가지고 오실 때가——."

내가 로레아에게 사정 설명을 하고 있자니 마침 안드레 씨가 커다란 가죽 주머니를 끌어안고 왔다.

"사라사, 나은 거 축하해. 가죽 가지고 왔어."

"안드레 씨도 고생 많으셨어요. 덕분에 겨우 나았네요."

"그런 모양이군. 다치지는 않았던 것 같고, 여자애 집에 가기도 좀 그래서 문병을 오진 않았는데."

"어라, 안드레 씨. 외모와는 달리 배려하실 수 있는 분이셨네요?"

"그러지 마, 사라사. 이래 봬도 꽤 오래 살았거든. 그 정도 배려는 할 줄 안다고?"

내가 농담하자 안드레 씨가 씨익 웃으며 대답했다.

"그러셨군요. 케이트 씨나 아이리스 씨에게 병문안 선물을 맡기셨으면 한층 더 남자다우셨을 텐데요?"

"어이쿠! 이거 내가 한 방 먹었군! 하하하하! 그런데 이 마을에서 병문안 선물 같은 걸 구하기도 힘들잖아? 여관의 빵을 보낼 수도 없고 말이지."

"하긴, 병문안 선물로 보낼 건 아니죠. 맛있긴 하지만요."

병문안 선물로 꽃이나 몸에 좋은 걸 보내려 해도 이 마을의 가게는 다르나 씨의 잡화점뿐이라 입수하는 것 자체가 힘들다.

그리고 지금 '몸에 좋은 것' 같은 걸 주문하면 헬 플레임 그리즐리 고기가 나올 것 같다.

"그런데 그 가죽 주머니 안에 든 게 헬 플레임 그리즐리 가죽인가요?"

"그래. 일부지만."

안드레 씨는 그렇게 말하고 빵빵한 가죽 주머니를 땅바닥에 내려놓았다.

그와 동시에 거기에서 풍긴 냄새를 맡고 로레아가 인상을 찌푸렸다.

"윽. 냄새가 꽤 심하네요. 비린내가……."

"미안해. 서투른 녀석이 해치운 것도 있어서 아무래도 냄새가 좀 나지."

"아뇨, 그걸 처리하는 것도 연금술사가 할 일이니까요."

"연금술사는……, 힘든 일이네요."

"냄새가 꽤 심한 것도 많으니까. 조만간 익숙해질 거야."

광물 계열 소재라면 모를까, 연금술을 쓸 때는 동물 유래, 식물 유래 소재를 쓸 경우도 많고, 그중에는 진짜로 강렬한 냄새를 풍기는 소재도 있다.

전용 마스크를 쓰지 않으면 의식을 잃어버릴 수도 있을 정도로.

그것과 비교하면 이 정도는 아무것도 아니다.

물론 냄새가 나는 건 마찬가지지만.

"그런데 이번에는 정말 덕분에 살았어. 사라사가 없었다면 진짜로 끝장이었을 거라고. 그렇게나 많을 줄은 미처 몰랐지."

"고맙다는 인사를 많이들 해주셨어요. 마을 분들께서요."

"제일 큰 공을 세웠으니까! 사건 직후에는 소문이 대단했다고."

"……그렇게 대단했나요?"

"그래! 다들 사라사 이야기만 했지! 용케도 쓰러뜨렸다고."

씨익 웃는 안드레 씨를 보고 나는 무심코 이마에 손을 가져다 댔다.

"그렇죠. 나흘이나 지나서 많이 차분해졌지만, 그 곰의 크기를 보면 누구나 그렇게 생각했을 테니까요."

"……사흘 동안 드러누워서 다행인지도 모르겠다는 생각이 드네요."

많이 차분해졌는데 그 상태라니.

고마워해 주는 건 기쁘지만, 너무 치켜세우면 조금 곤란하다.

"다들 고맙다고 인사하고 나면 진정할 거야. ──그런데 가게는 언제부터 다시 문을 여나? 사라사의 포션(연성약)이 있는 것하고 없는 것 차이가 엄청 크거든. 안전면에서."

"포션만 사 가실 거면 오늘부터라도 상관없는데요? 사 가실래요?"

"오, 그래도 되나?"

"네. 로레아, 부탁해도 될까?"

"알겠어요! 그럼 안드레 씨, 가게로 들어가시죠."

"그래, 이거 미안한데."

가게 안으로 들어가는 두 사람을 보내고 나서 나는 뒷문을 통해 가죽이 잔뜩 든 가죽 주머니를 공방으로 가져다 두었다.

그런 다음 바깥으로 나와보니 안드레 씨가 마침 계산을 마치고 돌아가려던 참이있다.

"매번 구매해주셔서 감사합니다."

"나야말로 고맙지. 다른 녀석들에게도 가게 문을 다시 열었다고 알려줄게."

"네. 앞으로도 잘 부탁드려요."

""감사합니다.""

문으로 나가는 안드레 씨를 배웅하며 나와 로레아가 한목소리로 말했다.

◇ ◇ ◇

안드레 씨가 돌아간 뒤로도 마을 사람들이 차례차례 찾아왔고, 최종적으로 모인 가죽 주머니는 다섯 개.

그 안에 들어 있던 가죽은 전부 합쳐서 28장.

"처리 수준에는……, 차이가 있구나."

깔끔하게 벗겨낸 건 아마 사냥꾼인 재스퍼 씨가 작업한 가죽일 것이다.

서투른 솜씨로 벗겨낸 건 마을 사람이나 채집자가 작업한 건가?

그런데 뜻밖에도 전투로 인한 상처 말고는 쓸데없이 찢긴 가죽이 없었다.

사들이는 가격에 영향이 있으니까 조심조심 벗겨낸 걸까나?

그 대신 쓸데없는 지방이 남아 있긴 하지만 이건 내가 처리할 수 있으니 괜찮다.

"자, 우선 사전 처리부터. 익숙하긴 하지만, 그래도 냄새가 나니까."

거대한 연금솥에 28마리의 가죽을 꽉꽉 채워 넣었다.

그리고 추가로 한 장.

이건 이번 사건의 발단이 된 첫 번째 헬 플레임 그리즐리의 가죽이다.

사전 처리만 해두고 방치했으니 이번에 같이 처리해버려야지.

"물을 넣고~ ♪ 약품을 넣고~ ♪ 불을 피우고~ ♪"

연금솥을 화로 위에 얹은 다음 부글부글 끓인다.

그대로 꾹꾹 젓다 보니 풍기던 냄새가 점점 사라지기 시작했다.

"⋯⋯응, 이 정도면 되려나?"

그냥 처리하면 시간이 엄청나게 오래 걸리는 무두질 작업도 연금술을 쓰면 하루도 안 걸린다.

가죽을 꺼내서 물로 씻으며 가죽 상태를 확인하고 분류해 나갔다.

머리까지 남아있고 흠집이 전혀 없는 건 처음 잡은 한 마리뿐이다.

그래도 전체적으로 볼 때는 나쁘지 않은 것 같은데?

내가 목을 날린 녀석도 있고.

"'우'가 일곱 장, '양'이 열 장, 나머지가 '가'인가?"

척 보기에 흠집이 없어서 비싸게 필 수 있는 게 '우'.

보수하면 실용적으로 '우'처럼 쓸 수 있는 게 '양'.

실용적으로도 질이 조금 떨어지는 게 '가'.

뭐든 쓰기 나름이긴 하지만.

온몸을 전부 다 쓸 수 있는 것도 아니고.

가볍게 처리하기만 한 지금 상태로도 말리면 털이 북실북실하고, 가죽도 튼튼하니까 충분히 팔 수 있겠지만 이왕 하는 거니까 뭐라도 효과를 넣고 싶은데.

"역시 잘 맞는 건 화속성이겠지만……, 시기상으로는 별로지."

이제부터 더워질 시기다.

'정말 따뜻한 모피' 같은 걸 원할 사람이 있을 리가 없다.

그렇다고 해서 소재의 특성을 무시하고 처리하는 것도 너무 아깝고.

"그럼 겨울까지 창고에 두어야 하나……? 아, 그러기 전에 스승님에게 연락해보자."

이번 사건에 대해 슥슥 적어서 전송진으로 스승님에게 보냈다.

그리고 모피를 말리면서 기다리다 보니 금방 대답이 돌아왔다.

"음……, '여덟 장까지는 바로 사주마. 보내라'라고. 역시 스승님! 믿음직스러워!"

촌장님에게 시가대로 사들이면 가지고 있는 돈으로도 어떻게든 되겠지만 나도 현금이 없으면 곤란하고, 조금 가격을 비싸게 쳐주고 싶다.

내가 처음 잡은 한 장하고 '우' 일곱 장. 그리고 '양'도 한

장 추가한 다음, 메모.

"그러니까, '여덟 장 분량 현금하고 한 장 분량 온온초 씨앗을 보내주세요'."

여덟 장이라고 쓰긴 했지만, 품질은 적지 않았으니까!

후후후. 괜찮아, 스승님이라면 분명히 문제가 없을 거야!

나는 품질이 '우'인 모피 같은 걸 팔 곳이 없지만!

그리고 가죽을 보수하며 잠시 기다리니 전송진으로 돌아온 것은 현금이 잔뜩 든 가죽 주머니와 온온초 씨앗, 그리고 종이 한 장.

"종이는……, '나쁘지 않군'. 여유로우시네!"

역시 스승님이셔.

'비싼 것만 보내지 마라'라는 말을 할 줄 알았는데, 그런 말은 한마디도 안 하시네!

현금도……, 아, 꽤 많은데.

내가 예상했던 것보다 조금 더 많은데, 온온초 씨앗을 사고 남은 돈인가?

그래도 이제 촌장님에게 무사히 돈을 지불할 수 있겠다.

"로레아~!"

"네~. ……볼일 있으세요?"

"이거 촌장님께 가져다드릴래? 조금 무겁긴 한데."

가게를 보고 있던 로레아를 불러서 가죽 대금을 담은 주머니를 내밀자 로레아가 그걸 한 손으로 들어 올리고 고개를 끄덕였다.

"이 정도라면 괜찮아요. 그럼 다녀올게요."

"응. 조심히 다녀와~."

나는 가게 간판을 '휴식 중'으로 바꾸고 나가는 로레아에게 손을 흔들며 배웅한 다음, 다시 모피 처리를 시작했다.

"나머지 모피를 다시 연금솥에 넣고. 온온초 씨앗을 한 줌, 마석을……, 이 정도. 화염 주머니도 하나 넣고, 눈알은……, 아까우니까 넣지 말까?"

넣으면 효과가 좋아지긴 하지만, 그만큼 가격도 올라가기 때문에 오히려 팔기가 힘들어진다.

"아, 그렇지. 눈알하고 화염 주머니도 스승님에게 사 달라고 해야지."

일반적인 눈알이라면 토벌하러 가서 얻을 수 있지만, 광란 상태의 눈알은 그렇지 않다.

인위적으로 광란 상태를 만들 수도 없기 때문에 매우 희귀한 소재다.

당연히 가치도 높다.

……팔 수 있을지는 다른 문제지만.

써먹을 곳도 한정적이니까 우리 가게에 내놓는다고 해도 아무도 사지 않을 것이다.

아니, 우리 가게는 다른 연금술 소재도 마찬가지겠구나.

연금술사가 사러 오지 않으니까.

레오노라 씨 가게에 조금 팔기로 하고, 절반 이상은 당분간 창고행인가?

억지로 처분하려고 하면 가격을 후려칠 테고, 나도 나중에 필요할지 모른다.

그때 얻을 수 있을 거라는 보장은 없으니 희귀한 소재는 여유를 두고 모아 두어야겠지.

"이제 마력을 담으면서 저으면……, 좋았어, 됐다!"

포인트는 무리하지 않고 천천히 마력을 담는 것.

연금솥에 넣은 소재가 녹고 모피만 남으면 끝났다는 증거다.

이제 이걸 깔끔하게 빨고 다시 말리면 완성이다.

"사라사 씨, 저 왔어요."

내가 모피를 참방참방 빨고 있자니 로레아가 돌아왔다.

"아, 어서 와. 잘 가져다드렸어?"

"네. 상상했던 것보다 금액이 많았는지 촌장님께서 놀라셨어요. 아니, 저도 놀랐어요. 설마 그렇게 많은 돈이 들어 있을 줄이야……, 미리 말씀 좀 해주시지! 그냥 한 손으로 들고 갔다고요!"

어린애가 가지고 다니기는 많은 금액이긴 한데——.

"그래도 미리 말했다면 오히려 불안해지지 않았을까? 촌장님 댁까지 가는 동안."

"……그랬겠죠. 아마 수상쩍게 행동했을 거예요."

새삼 그런 생각이 떠올랐는지 안색이 조금 파래진 로레아.

"그랬겠지? 나는 로레아를 위해서 아무런 말도 하지 않았던 거야!"

사실은 별로 신경 쓰지 않았던 거지만.

──응, 다음부터는 아이리스 씨나 케이트 씨를 호위로 붙여 줘야겠다.

지금은 상관없어도, 신분이 확실하지 않은 채집자 같은 사람들이 늘어나면 위험할지도 모르니까.

"정말……."

로레아가 미묘하게 눈을 흘기는 것 같은데 착각이겠지?

"뭐, 됐어요. ──그건 그 곰의 모피죠?"

"응, 맞아. 볼래?"

다 말린 가죽을 건네자 그걸 만져본 로레아가 깜짝 놀라며 눈을 동그랗게 떴다.

"감촉이 정말 좋네요. 그리고 냄새도 사라졌고……, 조금 따스하기도 하네요?"

"그런 효과가 있거든. 겨울에 그걸로 만든 모피 코트를 입으면 정말 따뜻해."

"편리하네요. 그래도……, 비싸겠죠?"

"뭐, 싸진 않겠지? 아까 로레아가 가지고 간 돈이 이 가죽을 사들인 대금이었으니까."

"으앗! 그런 데다 연금술로 가공까지 하는 거죠……?"

로레아는 어느 정도 가격을 예상했는지 모피를 만지다가 슬며시 내게 돌려주었다.

"후훗. 끄트머리로 만든 장갑이나 모자 정도면 그렇게까지 비싸진 않은데."

"으으, 그래도 제 급료로는 못 살 것 같아요……. 그런데 이런 시기에 만드는 건가요? 이제 곧 더워질 텐데."

조금 의아해하는 로레아를 보고 나는 쓴웃음을 지으며 어깨를 으쓱였다.

"얼어버렸으니까. 옷 소재로는 이른 시기에도 팔리고."

모피 코트 같은 게 팔리기 시작하는 건 초가을부터지만 그것을 만드는 옷가게에서는 당연히 그 이전에 사들이기 시작한다.

보통은 여름 무렵. 인기 있는 가게에서는 수량을 확보할 필요가 있어서 봄부터 모은다는 이야기도 들었는데……, 아쉽게도 내게 그런 가게의 연줄은 없다.

스승님 같은 사람은 그런 가게에 팔기도 하지 않을까?

보낸 건 질이 좋은 것들뿐이니 일반적인 가게에서는 다루기 힘들 것 같고.

"……좋았어, 이제 다 됐다~."

모피를 전부 세척하고 말리는 과정까지 끝낸 나는 그것들을 한 장씩 접기 시작했다.

"아, 접는 건 도울게요."

"고마워. ……나머지는 창고에 정리해줘."

상하지 않게끔 전용 나무상자에 넣은 다음 창고 구석에 보관한다.

가을까지는 처리 방법을 생각해 봐야겠는데……, 뭐, 나중으로 미루자, 미뤄.

당장 자금은 있으니까.

"그럼 로레아, 부엌을 어떻게 할지 같이 생각해볼까?"

"아, 네! 기대되네요!"

말 그대로 로레아는 기쁘다는 듯이 방긋 미소지었다.

여전히 파괴된 흔적이 남아 있는 부엌.

제일 먼저 조사해본 곳은 뒤뜰이 훤히 보이고 바람이 불어 들어오는 뒷문 근처였다.

아직 따뜻한 시기라 '자연을 느끼며 하는 식사'라며 자신을 속이고 있긴 하지만, 만약 겨울이었다면 그냥 고행이었을 뿐일 것이다.

"문을 다시 써먹는 건 힘들 것 같네……."

"네. 완전히 망가져 버렸으니까요, 저기 있어요."

뒤뜰 구석.

로레아가 손가락으로 가리킨 산더미 같은 잔해 속에 문의 처참한 말로가 굴러다니고 있었다.

엉망진창.

말 그대로 그런 상태였다.

"……응, 저건 포기하자. 다음은 벽인데……, 용케도 이렇게 망가뜨렸네."

각인의 효과로 인해 이 건물의 벽은 일반적인 벽보다 상당히 튼튼하다.

게다가 모든 벽은 돌벽이다.

안 그래도 튼튼한 벽을 각인으로 강화했으니 어지간한 사람이 해머를 가지고 온다 해도 부술 수는 없을 것이다.

"어지간한 곰도 부술 수가 없을 텐데, 역시 광란 상태라 그런가?"

"꽤 억지스럽게 쳐들어왔죠."

"……에휴. 이곳 수리는 게베르크 씨에게 도와달라고 할 수밖에 없겠네."

파괴된 벽에는 각인이 포함되어 있으니 목수분에게 맡겨 두기만 할 수가 없단 말이지.

그리고 그 각인을 수복하는데 필요한 소재의 가격은……, 생각하고 싶지 않아!

"자, 마음을 다잡고. 로레아, 부엌에 뭐가 있었으면 좋겠어? 마음대로 말해도 돼! 연금술사의 저력을 보여줄 테니까!"

반쯤 자포자기하며 가슴을 탁 때린 나를 보고 로레아는 조금 조심스럽게 대답했다.

"아, 아뇨. 그냥 풍로만 있으면 되는데요……, 마도 풍로를 써보고 싶긴 하지만요."

"마도 풍로, 그래, 그래. 그 정도는 물론 달아야지. 물은? 우물에서 자동으로 솟아나는 마도구 같은 건 필요 없어?"

"있으면 편리하겠지만, 그래도 될까요? 집에 우물이 있는 것만으로도 충분히 사치스러운데."

"연금술사니까! 애초에 조만간 만들 생각이었거든."

이렇게 된 이상, 완전히 편리하게 만들어주지!

"그, 그럼——, 부탁드릴게요."

"그리고……, 오븐 같은 건 어때? 빵 같은 걸 간단히 구워 버릴 수 있는데?"

"그, 그래도 되나요?! 그렇게 비싼 걸!"

"괜찮아~! 언니에게 맡기렴! 마도 오븐을 만들어버릴 테 니까! 하하하!"

깜짝 놀라 눈을 크게 뜨고 있는 로레아를 보고 내가 몸을 뒤로 젖히며 웃었다.

오븐은 일반 가정에는 거의 없는 물건이니까.

마도 풍로와 비슷한 구조인 마도 오븐은 그렇다 치더라도 일반적인 오븐——, 이른바 빵 가마 같은 건 우선 가마 자 체를 데우기 위해 장작을 많이 소비하게 된다.

가족이 먹을 빵을 굽기 위해 그렇게 장작을 많이 쓸 수는 없기 때문에 보통은 빵집이나 여관처럼 빵을 많이 굽는 곳 에서만 가마를 쓴다.

아니면 마을에 공용 가마를 두고 그곳에서 잔뜩 굽는다. ……이 마을에는 없지만.

그렇기 때문에 개인이 마음 편히 쓸 수 있는 가마——, 오 븐은 매우 귀중하다.

그런 이유 때문에 오븐을 쓸 기회도 별로 없으니 제대로 쓸 수 있는지는 또 다른 문제지만.

"그리고……, 냉장고하고 냉동고도 설치할까? 있으면 편 리하겠지?"

"이, 있으면 편리하겠지만……, 사라사 씨, 아무리 그래도 너무 사치를 부리는 것 아닌가요……?"

냉동고는 물론이고 냉장고조차 이 마을에 설치된 곳은 없을 것이다.

꽤 비싸니까.

있으면 편리하지만, 없어도 그렇게까지 곤란하진 않고.

"그래도 로레아가 좋은 부엌을 만들자고 했잖아?"

내가 고개를 갸웃거리자 로레아는 허둥대며 손을 마구 저었다.

"그, 그러긴 했는데요! 아무리 그래도……!"

"농담이야, 농담."

"그, 그렇죠? 아무리 그래도 그런 건 설치하지 않겠죠."

한숨을 내쉬는 로레아에게 내가 추가 공격을 가했다.

"아니, 설치는 할 건데."

"하실 건가요?!"

"하실 거예요. 신경 쓰지 않아도 괜찮아. 연금술 연습도 할 겸 만드는 거니까. 이래 봬도 나는 수행 중인 몸이거든."

"그런, 가요? 그럼 괜찮은……, 건가요?"

"응. 신경 쓰지 마, 신경 쓰지 마."

냉장고는 연금술 대사전 4권에 나와 있는 거라서 이걸 만들이야 5권으로 넘어갈 수 있는데, 이 마을에서 주문을 받는 건 힘들 것 같다.

그걸 생각하면 내 집 부엌에 설치하는 것도 꽤 괜찮은 생각이다.

"부엌의 방향성은 이 정도로 하고……, 우선 소재를 발주하고 벽을 수리해야겠어. 로레아, 가게 좀 봐줄래? 잠깐 나갔다 올 테니까."

"알겠어요. 다녀오세요."

◇ ◇ ◇

마도 풍로, 그리고 마도 오븐을 제작하려면 철판이 여러 장 필요하다.

그것들을 대장장이인 지즈드 씨에게 주문한 나는 곧바로 목수인 게베르크 씨 집으로 향했다.

척 보기에 깐깐하고 말을 걸기 힘들 것 같은 영감님으로 보이는 게베르크 씨도 알고 지내보니 정말 좋은 사람이었다.

지금은 저도 아무렇지 않게 문을 열고 마음 편히 말을 걸 수 있게 되었답니다.

"안녕하세요~~. 사라사예요."

"오, 아가씨. 이제야 왔구나. 가자고."

"──네? 네에?"

그래도 조금 성격이 급한 건 아직 익숙해지지 않았다.

인사를 하자마자 나를 데리고 나가려 하는 게베르크 씨를 보고 눈을 깜빡이고 있자니 게베르크 씨가 재촉하는 듯이 내 등을 짜악, 때렸다.

"너희 집을 고쳐야지. 제일 큰 공을 세운 사람 집을 망가진 상태로 두는 건 이 마을의 목수로서의 긍지가 허락하지 않아. 그래도 네가 드러누운 상태인데 쳐들어갈 수는 없었거든!"

"저기, 다른 집 수리 예정은요······?"

오늘은 일단 의논만 하려고 했는데.

"바보 같은 녀석! 아가씨네 집을 먼저 고쳐야지! 자, 어서 가자고!"

"네, 네!"

다시 짜악, 등을 얻어맞은 나는 정정하게 걸어가는 게베르크 씨를 따라 우리 집으로 향했다.

게베르크 씨가 재촉했기에 망가져 버린 뒤뜰 쪽으로 안내했다.

"크! 이거 완전히 망가져 버렸군 그래! 담은 원래대로 수리하면 되나?"

"네. 그쪽은 그대로요."

급하진 않지만 모처럼 만든 뒤뜰의 담.

약초밭을 지키기 위해, 그리고 무엇보다 다른 사람들을 신경 쓰지 않고 빨래를 널기 위해서도 이쪽은 고쳐야만 한다.

하지만 더 중요한 건 역시 집 쪽이다.

"담 쪽은 별로 급하지 않은데 집 쪽이······."

자연을 느낄 수 있는 건 좋지만, 비가 오기라도 하면 곤란하니까.

"흐음, 문뿐만이 아니라 벽도 망가졌군. 왜지는 모르겠지만 여기 벽이 보통 벽보다 튼튼하지?"

"알고 계셨나요?"

"이 집을 지을 때 나도 같이 지었으니까."

"아, 그러셨군요."

――생각해보니 당연한 거구나.

게베르크 씨가 이 마을의 목수라는 것과 그 나이를 생각하면.

오히려 게베르크 씨가 짓는데 참여하지 않은 건물을 찾는게 더 힘들지 않을까?

"각인이다 뭐다 하면서 귀찮게 굴던 게 기억나는군."

"아……."

뭐, 각인을 넣게 되면 목수분 생각대로 지을 수가 없으니까.

형태에도 제한이 있고, 작업 도중에 연금술 쪽 작업이 여러 번 끼어들게 되니까 참을성이 없는 사람은 짜증이 날 것 같다.

"이번에도, 저기……, 수리할 때 폐를 끼치게 될 것 같은데요……."

"나도 안다. 손님이 원하는대로 맞춰주는 게 목수가 할 일이지. 자기 마음대로 만드는 건 일이 아니야. 취미지."

"오오……."

멋지다. 존경해.

아무리 프로라 해도 손님이 원하는 걸 전부 무시하고 '이쪽이 더 나으니까 이렇게 해라'라고 하면 역시 안 되겠지.

바꿀 필요가 있다면 이유를 확실하게 설명해서 납득하게 만들어야 한다.

손님을 상대로 장사를 하는 거니까.

그런 내 눈빛을 보고 게베르크 씨가 쑥스러운 듯이 눈을 피하고는 코웃음쳤다.

"흥. 그런데 바로 작업을 시작해도 되나? 아가씨 일정은?"

"괜찮아요. 가게는 로레아가 볼 테고, 여기를 고치는 것도 중요하니까요."

"그럼 바로 시작하지. 이대로 두면 아가씨들도 마음이 편하지 않을 테니."

"네."

우선 벽을 막기 위해 바로 작업에 들어갔다.

게베르크 씨가 벽돌을 쌓고 미장을 하면 그동안 내가 연금술을 거는 건데——.

"게베르크 씨, 꽤 익숙하시네요?"

"나는 아가씨가 살아온 인생보다 몇 배는 오래 기술자로 일했다고."

"그렇겠네요."

이 집을 지을 때도 함께 지었다고 했고.

하지만 각인을 보수하는 건 꽤 어렵다.

자기가 마음대로 만들 수 있는 신규 설치와 달리 보수를 할 경우에는 기존 각인에 맞춰서 엇나가지 않게끔 신중하게 작업을 진행해야 한다.

팍팍 소모되어가는 정신력과 비싼 소재.

으으, 뼈아프다. 정말 뼈아프다.

지갑 쪽으로.

그리고 정신적으로.

총액이 얼마가 될지 솔직히 생각하고 싶지도 않다.

──그렇게 고행을 몇 시간 동안 하다 보니 드디어 벽의 보수가 끝났다.

……응, '드디어'라고 말할 정도로 시간이 오래 걸리진 않았지.

뭐, 게베르크 씨의 솜씨가 좋은 건 말할 필요도 없고 나도 마법을 써서 도왔으니까.

"아쉽군. 아가씨가 연금술사가 아니었다면 제자로 삼았을 텐데."

"연금술사가 아니었다면 목수 흉내를 내지도 못했을 거예요. 학교에서 배운 거라서."

"손재주는 학교하고 상관없지 않나? 배우면 되지."

"그러고 보니 게베르크 씨는 제자가 없네요?"

"그렇다니까. 끈기가 있는 녀석이 별로 없단 말이지."

게베르크 씨는 아쉽다는 듯이 코로 숨을 내쉬고 있는데, 이분은 꽤 엄할 것 같다.

지금까지 해 온 일을 보더라도.

의뢰하는 쪽에서는 좋지만 제자가 되면 힘들 것 같아.

"뭐, 그건 됐다. ——문은 보통 문이라도 되는 거지?"

"네. 아, 그래도 튼튼하게 부탁드릴게요. 저번 문은 저렇게 되어버렸으니까요."

내가 손가락으로 가리킨 문의 잔해를 보고 게베르크 씨도 쓴웃음을 지었다.

"그런 일이 여러 번 생기면 곤란하다만……, 알겠다. 뒤뜰 담도 조만간 고쳐주지."

"잘 부탁드립니다."

'조만간'이라고 했지만, 역시 게베르크 씨였다.

내가 찾아가기도 전에 재료를 어느 정도 준비해 두었는지 문과 담은 그다음 날에 원래대로 고쳐주었다.

◇ ◇ ◇

"그럼 오늘부터 마도 풍로 같은 걸 만들기 시작하시는 건가요?"

"그렇지. 재료인 철판이 들어오면 말이지만."

"기대되네요! 마도 오븐……, 뭘 만들까……."

그런 로레아를 의아하게 바라보고 있는 사람은 아이리스 씨와 케이트 씨였다.

오늘은 일을 쉬고 있기 때문에——, 정확하게 말하자면 내가 쉬게 했기 때문에 집에 있는 것이다.

사실 그녀들은 빨리 빚을 갚으려고 날마다 대수해로 가곤

했는데, 그러다가 몸이 상하거나 다치기라도 하면 헛수고
가 된다.

　그래서 채권자의 권한을 발동해서 확실하게 쉬는 날을 챙
기라고 했다.

　떼어먹을 상대라면 얼른 갚으라고 재촉하겠지만, 그녀들
은 그런 걱정을 할 필요가 없을 것 같으니까.

　"로레아는 오븐을 써서 요리할 수 있나? ──아니, 애초
에 오븐을 써본 적이 있어?"

　아이리스 씨가 묻자 케이트 씨도 맞장구를 치는 듯이 고
개를 끄덕였다.

　"그렇지. 나도 오븐 요리는 빵 말고 거의 못하는데."

　"으……. 사실 동경만 하던 거라 별로……, 죄송해요."

　내게 '요리를 하겠다!'고 큰소리를 치고 난 다음이라 그런
지 조금 껄끄럽다는 듯이, 그리고 쑥스러운 듯이 웃으며 혀
를 내미는 로레아.

　"나는 전혀 못하니까 상관없긴 한데……, 그러고 보니 스
승님에게 오븐을 만든다고 이야기를 했더니 이런 걸 보내주
셨단 말이지. 그러니까……."

　얼마 전에 전송진으로 받은 책 한 권.

　책처럼 비싼 걸 툭 보내주는 걸 보니 역시 스승님이셔.

　편지 같은 건 없었지만, 잘 써보라는 뜻이겠지.

　──제목이, '오븐을 사용한 요리집'이니까.

　"로레아, 읽어볼래?"

"네?! 그래도 되나요?"

"응, 잘 써준다면."

"물론이죠! 사라사 씨를 위해서 맛있는 걸 만들어드릴게요!"

"기대할게."

선반 위에 올려두었던 레시피 책을 로레아에게 내밀자 그녀는 기쁜 듯이 눈을 반짝이며 그것을 끌어안았다.

지금은 연금술 쪽에 집중하고 싶고, 로레아가 잘 써준다면 나도 고맙다.

"그래도 오늘은 점심 식사를 나가서 먹을까요."

"그래."

""네.""

급료를 받게 된 이후로 로레아도 일을 하고 있다는 자각이 생겼는지 집에 가지 않고 우리와 함께 식사를 하는 경우가 많아졌다.

그렇게 식사를 할 때는 로레아가 가져온 음식으로 때우는 경우도 있지만, 오늘은 가져온 게 없기 때문에 모두 함께 디랄 씨네 식당으로 가──기 전에.

"지즈드 씨 가게에 들려도 될까? 철판이 다 만들어졌을지도 모르니까."

그렇게 살짝 샛길로 빠져서 지즈드 씨를 찾아왔는데…….

"죄송합니다, 아직 전부 만들지는 못해서요."

지메나 씨가 미안하다는 듯이 그렇게 말하며 보여준 것은 철판 7~8장이었다.

안쪽에서 망치 소리가 들리는 걸 보니 지즈드 씨는 지금도 한창 만들고 있는 것 같았다.

"아뇨, 상관없어요. 그럼 일단 두 장만 가지고 갈게요."

마도 풍로에 필요한 것은 철판 두 장.

그것만 있으면 평범한 요리를 만들 수 있으니까 오븐은 나중에 만들어도 되겠지.

"괜찮으신가요? 꽤 무거운데요…….”

"네, 그 정도는──."

"점장님. 그건 내가 들게 해줘."

문제없다고 말하려던 내 옆으로 아이리스 씨가 다가온 다음, '이거면 되나?'라고 하며 위쪽 두 장을 손가락으로 가리켰다.

"아, 아뇨, 크기로 봐서 필요한 건 제일 아래쪽에 있는 두 장이에요. 그런데 진짜 괜찮거든요?"

무겁긴 하지만 들지 못할 정도는 아니니까.

"아니, 신세를 지고 있잖아. 내 정신적 건강을 위해서라도 이 정도는 하게 해줘. ……애초에 점장님이 이 철판을 들고 가는데 내가 빈손으로 가면 마을 사람들이 어떻게 볼지 모르겠고."

아이리스 씨가 그렇게 말하자 나를 제외한 모두가 동시에 쓴웃음을 지었다.

"아, 사라사 씨의 체격을 생각하면…….”

"외모와는 달리 강하다는 건 마을 사람 모두가 알고 있는데요……."

"사실 이 마을에서 제일 강한데 말이지."

"으……, 어린애가 아닌데요……."

그래도 '꼭 그렇게 하고 싶다'면 거절할 이유도 없다.

아이리스 씨에게 철판을 들어달라고 하고 곧바로 디랄 씨의 여관 겸 식당으로 향했다.

다행이라고 해야 할지, 그 사건 때문에 채집자가 줄어서 점심시간인데도 불구하고 우리가 넷이서 함께 앉을 수 있는 테이블이 비어 있었다.

그 테이블 위에 아이리스 씨가 철판을 놓고 '휴우……', 숨을 내쉬었다.

모두가 앉은 다음, 디랄 씨를 불렀다.

"디랄 씨, 런치 4인분요!"

"그래! ——어라, 그 철판은 뭐니?"

우리가 있는 쪽을 본 디랄 씨가 테이블 한가운데에 자리 잡고 있던 철판을 보고 의아하다는 듯이 물었다.

평소에는 가지고 다닐 물건이 아니니까 당연하겠지.

"이거요? 마도 풍로의 소재예요. 집에 설치할까 해서요."

"호오, 마도 풍로. 사라사도 집에서 밥을 해 먹게?"

"네, 만드는 건 로레아지만요."

"호오, 로레아가? 그럼 앞으로는 우리 가게도 잘 안 오겠네."

"아마 그렇겠죠? 로레아가 없었다면 계속 왔겠지만요. 저는 요리를 그렇게 잘하는 편이 아니라서요."

내 요리 스킬은 학교에 입학하기 전, 열 살 무렵에서 멈춘 상태다.

그런 내가 만드는 요리 같은 건 빈말로도 맛있다고 할 수가 없지.

요리도 조금씩 공부하고 싶긴 한데……, 독학으로 배우면 시간도 오래 걸릴 테고, 가게를 운영하다 보면 좀처럼 시간을 낼 수가 없으니까.

"하하하, 신경 쓸 필요 없어. 채집자가 늘어나면 우리 가게도 붐비게 될 테니까. 그런데 마도 풍로는 부럽다. 우리도 들여놓고 싶은데 비싸니까……."

"뭐, 제일 싼 것도 12만 레르는 하니까 쉽게 사진 못하죠."

적어도 일반 가정에서 살 수 있을 만한 가격은 아니다.

아무리 장작값을 절약할 수 있다 해도 수지가 안 맞으니까.

장작이 비싼 도시라면 모를까, 여기 같은 시골이라면 더더욱 그렇고.

"어라? 12만이면 살 수 있어? 예전에 다르나 녀석에게 물어보니까 싼 것도 20만, 상황에 따라서는 30만은 든다고 하던데?"

"아, 이건 가정용이니까요. 여기서 쓰는 냄비 중에 제일 큰 사이즈가 어느 정도예요?"

"음~, 50cm 정도인데."

역시 업소용이다. 엄청 큰 냄비네.

이번에 만드는 마도 풍로는 30cm 정도까지 쓸 수 있으니까 2배 정도는 크게 만드는 건가?

"그러면……, 15만 정도?"

"그래도 꽤 싸네! 다르나네 가게에서 수수료를 그렇게 많이 떼나?"

불만스럽게 말하는 디랄 씨를 보고 로레아가 '어어?!'라며 곤란한 듯한 표정을 지으며 나와 디랄 씨를 번갈아 가면서 보는데──, 결코 다르나 씨가 바가지를 씌운 건 아니거든?

"그건 운송비가 포함되어 있어서죠. 업소용은 100kg이 넘으니까. 떨어뜨리면 망가질 테고요."

이상한 뜬소문이 나는 걸 막기 위해 나는 확실하게 설명했다.

나 때문에 마을 사람들끼리 싸움이 난다니, 겁이 나서 벌벌 떨린다.

딸인 로레아에게도 미안하고.

업소용은 사용하는 철판 자체가 크고 두께도 더 두꺼워지기 때문에 무거울 수밖에 없다.

만드는 수고 자체는 비슷하지만, 옮기는 게 문제다.

그렇기 때문에 다르나 씨의 견적이 너무 비싼 건 아닌 것이다.

"이 철판 보세요. 이게 가정용 마도 풍로 재료예요. 이것보다 몇 배나 무거워지니까요, 이해하셨죠?"

"사라사네 풍로는 수송비가 들지 않으니까 싸다는 건가?"

"그렇죠. 그런데 살 생각을 했다니, 마력 쪽은 괜찮아요?"

"그래. 나하고 남편, 둘이서 쓰면 어떻게든 되지. 딱히 다른 데 쓸데도 없고."

마도 풍로의 연료는 사용자의 마력.

화력에 비례하기 때문에 50cm 사이즈 업소용을 쓰려면 가정용 풍로의 두 배 이상 마력을 소비하게 된다.

게다가 가정용과는 달리 식당에서는 거의 하루 종일 쓰게 되니까.

마력이 적은 사람이라면 금방 바닥난다.

그렇게 생각하면 디랄 씨하고 남편은 마력이 꽤 많은 모양이다.

"15만이라. 큰 마음 먹고……, 음~."

"주문은 언제든지 받아요~. 마도 풍로는 편하고 좋죠~. 연료도 필요 없고, 화력도 자유자재고. 불을 안 쓰니까 여름에도 별로 덥지 않고요."

영업을 좀 해보았다.

딱히 억지로 팔 필요는 없지만 모처럼 손님(예정)이니까.

아티팩트(연성구)가 없는 일반인은 마력을 쓸 데가 없기 때문에 연료를 절약할 수 있다면 언젠가는 확실하게 본전을 뽑을 수 있을 것이다.

시간이 좀 걸리긴 하겠지만.

"음~, 사고 싶긴 한데 말이지……. 사라사, 깎아줄 수는 없니?"

디랄 씨가 두 손을 모으며 그렇게 부탁했지만, 연금술사로서 간단히 깎아줄 수가 없는 이유가…….

"저기, 시가를 너무 낮추면 혼나거든요."

"아, 역시 그런 게 있구나."

곤란하다는 듯이 그렇게 말한 나를 보고 아이리스 씨가 왠지 이해가 된다는 듯이 고개를 끄덕였다.

"어떤 가게를 가더라도 별로 차이가 없단 말이지. ──효과는 차이가 있는 경우도 있지만."

"아하하…… 그건 연금술사의 실력 차이죠. 가격 쪽은 기준이 있으니까……, 물론 소재를 얼마나 얻기 편한지 등에 따라서 지역마다 조금씩 다르고요."

방금은 '혼난다'고 **부드러운** 표현을 썼지만 이 나라의 방침으로 뛰어난 연금술사를 늘리기 위해 여러 가지 정책이 시행되고 있다.

연금술사 양성학교도 그렇고, 장학금도 그렇고, 연금술사의 권위도 그렇고.

그것들을 어기는 행동을 하면 실제로는 '혼나는 것' 정도로 끝나지 않는다.

상대방은 국가 권력이다. 어떻게 되는지는 구체적으로 말하지 않겠지만.

"그런 사정이 있다면 우길 수는 없지……. 두 개를 사면 어때?"

"네? 두 개요? 진짜로 사주신다면 1할을 깎아드릴 수도 있는데요……."

그 정도라면 허용범위——.

"좋아, 사지! 두 개 부탁해!"

"네에?! 정말로요? 그래도 돼요? 남편분하고 상의도 안 하고."

바로 결정한다고?!

아무리 1할을 깎아준다 해도 두 개를 합치면 27만 레어다.

일반 가정의 연 수입에 필적하는 금액.

연금술사가 된 나도 조금 망설여진다.

"상관없어! 우리 같은 식당 겸 여관에서는 장작이 정말 많이 필요하거든. 장작을 확보하고 보관하는 비용에, 장작을 안 패도 된다는 걸 생각하면 비싼 게 아니지!"

그렇구나, 고아원에서도 겨울 내내 쓴 장작이 꽤 많긴 했지.

그것들을 나이 많은 사람들이 숲에서 모아오고, 모두 함께 패고……, 진짜 힘들었다.

부피가 커서 고아원 내부 복도에도 쌓아둘 정도로.

필요할 때마다 장작을 사는 사람은 그렇게까지 많이 쌓아둘 필요가 없지만 고아원에는 그럴 여유가 없다.

"그리고 임시 수입도 있었으니까. 저번에 그 곰, 모피를 환금해준 게 사라사지? 조금은 돌려줘야 할 것 아니니."

"아, 촌장님이 벌써 나누어 주신 모양이네요."

"우리도 받았다. 그렇지? 케이트."

"그래. 꽤 많이 주시던데. 활약했다고."

분명히 두 사람은 활약했다.

헬 플레임 그리즐리에게 져서 빚을 지게 된 게 거짓말이라는 생각이 들 정도로.

애초에 발목을 잡은 사람이 있었기 때문이겠지만.

"뭐, 그러니까 지금 이 마을 사람들은 약간 부자라는 거야. 그리고 마도 풍로는 계속 쓸 수 있잖니?"

"아, 아뇨. 계속 쓸 수 있는 건 아닌데요? 마정석은 소모품이니까요. 하루 내내 써도 30년 정도는 보장할 수 있지만, 마정석이 망가지면 교환하거나 다시 살 필요가 있어요."

"30년이나 쓸 수 있으면 충분해! 사라사도 참 꼼꼼하구나. 30년 정도면 '계속'이라고 해도 되는데."

아니, 저는 성실하게 장사하는 가게를 만들 생각이거든요.

신뢰는 중요하지.

참고로 마정석 교환 작업은 연금술사만 할 수 있기 때문에 그때 이 마을에서 작업을 해줄 연금술사가 없다면 다시 사는 게 더 싸게 먹힐 가능성도 있다.

수리를 하게 되면 왕복 운송비가 들고, 새로 사게 되면 편도 운송비가 드니까.

다르나 씨의 견적만 봐도 알 수 있듯이 운송비가 가볍게 볼 수 없는 수준이다.

"다른 주의점은……, 풍로는 나무 틀 안에 넣는데, 이 나무 틀을 가끔 살아줄 필요가 있다는 게 있겠네요. 더럽지만 않으면 괜찮은데 요리를 하다보면 젖곤 할 테니까요. 그냥 나무 틀이니까 게베르크 씨에게 주문하면 될 거예요."

"아하하, 그때쯤이면 게베르크 영감님도 죽지 않았을까?"

"아뇨, 아마 건강하실 것 같은데요?"

일흔 살이라고 들은 것 같으니까 부정하긴 힘들지만, 그렇다고 해서 이런 이야기에 '그렇긴 하겠네요'라고 맞장구를 칠 수도 없다.

"……저기, 디랄 씨? 런치는요? 배고픈데."

"어이쿠, 미안해. 로레아. 금방 가져다줄게. 그럼 사라사, 부탁하마!"

"네, 주문해주셔서 감사합니다!"

주방으로 들어간 디랄 씨는 말 그대로 금방 우리 네 사람의 런치를 가지고 왔다.

우리는 그 '싼 것치고는 나름대로 맛있는 런치'를 먹고 나서 돌아가는 길에 다시 지즈드 씨네 가게에 들러 추가 철판을 주문한 다음 집으로 갔다.

마도 풍로를 만드는 건 의외로 간단하다.

두 장의 철판, 그중 한 쪽 표면에 특수한 잉크를 써서 회로를 그리기만 하는 것뿐이다.

극히 일반적인 것을 만들려면 연금술 대사전에 나와 있는 것을 베끼기만 해도 된다.

"만드는 것 자체는 간단하단 말이지. 귀찮을 뿐이고."

이때 신경 써야 할 점은 똑같이 베끼는 것과 항상 마력을 일정하게 담는 것이다.

양쪽 다 연금술의 기초이기 때문에 꼼꼼하게만 하면 실패할 일이 없다.

회로가 완성되면 마정석을 끼울 구멍을 파고 거기에 마정석을 고정시킨 다음, 철판 두 장을 붙인다.

그냥 열을 내기만 하는 거라면 완성된 거지만 이대로는 쓸 수가 없다.

──정확히 말하자면 쓸 수는 있지만 화상을 입게 된다.

마력을 마정석에 담을 때 철판을 직접 만지게 되니까.

당연하지.

가열하기 시작할 때는 괜찮겠지만, 화력을 조절하거나 끌 때는 뜨거울 테니까.

그렇기 때문에 좀 더 크고 얕은 나무상자를 만들고 거기에 단열 성능이 뛰어난 특수 점토를 채워서 철판을 파묻는다.

이것을 연금솥에 넣고 처리하면 점토가 굳는데, 이 점토는 단열 성능이 뛰어난 대신 문제가 하나 있다.

한번 굳어 버리면 꽤 약해진단 말이지.

나무상자가 살짝 부딪히기만 해도 안에 든 점토가 부서질 정도로.

당연히 취급 주의. 비싼 운송비도 이것 때문이다.

마지막으로 점토와 철판 사이에 수지를 채우고 철판을 방청 코팅, 전체적으로 방수 가공을 하면 내구성도 올라가서

30년 동안 계속 쓸 수 있는 가장 표준적인 마도 풍로가 완성된다.

파생형으로 마력이 적은 사람들을 위한 고효율 타입, 디랄 씨에게 주문을 받은 음식점용 고화력 타입 같은 게 있는데, 이 마을에서 그것들을 팔 수 있을 가능성은 거의 없다.

디랄 씨가 처음이자 마지막 손님이 되려나?

"가게에 진열해봤자 팔 수가 없겠지, 아마. 표준 타입도 마찬가지고."

표준 타입의 가격은 10~15만 레어.

우리 가게에서 판다면 12만 레어(예정).

10년, 20년. 그렇게 계속 쓰면 본전을 뽑을 수 있고, 그을음이 생기지 않아 청소하기가 편하며, 장작을 팰 필요도 없어서 좋은 점이 많지만, 이런 금액을 서민이 일시불로 내는 건 힘드니까.

"음~, 열이……, 나오네. 온도 조절도……, 오케이. 성공이야!"

마력을 담아서 생각했던 대로 동작하는지 확인한 다음, 나는 고개를 끄덕였다.

"이제 설치를 해야 하는데……, 역시 무겁네!"

중량은 20kg 이상.

한번 설치하면 움직이지 않으니까 상관없지만, 신체 강화를 걸지 않으면 다루지 못할 무게다.

나는 바로 신체 강화를 써서 부엌으로 옮기고 원래 마도 풍로가 설치되어 있었던 것 같은 곳에 끼워 넣었다. ……응, 딱 맞네.

사이즈를 확실하게 재고 만들었기 때문에 흔들리지도 않는다.

"아, 사라사 씨. 다 됐나요?"

"응. 봐."

내가 부엌에서 부스럭거리던 걸 눈치챘는지 로레아와 케이트 씨가 와서 방금 설치한 마도 풍로를 신기하다는 듯이 구경하고 있었다.

그렇구나, 일반인들은 처음 볼 수도 있겠어.

"쓰는 법은……, 모처럼 설치했으니까 차라도 끓여볼까?"

"준비할게요!"

마도 풍로를 쓸 수 있다는 게 기쁜지 로레아가 바로 주전자를 꺼낸 다음 우물에서 떠온 물을 붓고 찻잎을 넣은 뒤 내게 내밀었다.

"고마워. 이걸 풍로 가운데에 놓고……, 점화!"

아니, 불이 나오는 건 아니니까 점화라고 하면 이상한가?

──상관없겠지. 마력으로도 불이 붙진 않지만 '불을 피운다'고 하니까.

"흐음, 흐음, 여기를 누르면 되는 건가요?"

"응. 이 선 부분, 왼쪽이 제일 약한 거고, 오른쪽이 제일 강한 거야. 끌 때는 여기. 마력은 자동으로 흡수되니까 딱히 의식할 필요는 없어."

그렇게 설명하는 동안에 주전자의 물이 끓기 시작했고, 차가 준비되었다.

"이제 이걸 컵에 따르면……, 자, 드세요."

주전자 주둥이에서 흘러나온 예쁜 녹색 액체.

이것은 이 마을에서 사람들이 제일 많이 마시는 스야차라는 차다.

주변에 여기저기 자라난 스야라는 나무의 잎을 그냥 넣고 끓인 차인데, 조금 비린내가 나긴 하지만 나름대로 괜찮다.

조금 특이하긴 하지만 시원한 느낌이 드는 향기가 나쁘지 않다.

그리고 무엇보다 공짜니까 전부 용서해줄 수 있다.

"휴우. 이 차는 이 마을에 와서 처음 마셨는데, 나쁘지 않단 말이지."

"그렇죠. 이왕 마시는 거 제대로 된 컵으로 색을 즐기고 싶은데."

내가 그렇게 말하자 로레아가 조금 껄끄럽다는 표정을 지었다.

"죄송합니다. 제대로 된 컵을 팔지 못해서……."

어이쿠, 이 컵은 로레아네 가게에서 산 거였지.

"아니, 딱히 잡화점을 비난하는 건 아니거든? 깨지는 물건은 들여오기도 힘들고, 여기에서는 가게에 진열해봤자 안 팔릴 테니까. 어쩔 수 없는 거야, 응."

왕도의 어느 정도 유복한 가정이라면 유리나 도자기 식기도 사용한다.

하지만 역시 깨지기 쉽고 가격도 조금 비싼 편이기 때문에 서민들에게는 별로 보급되지 않았다.

당연히 그런 특징이 상인의 물품 조달에도 영향을 주기 때문에 유리 공방이나 도자기 공방이 없는 마을에서는 판매하는 경우 자체가 별로 없는 것이다.

"음~, 직접 만들어봐도 괜찮을 것 같은데? 유리 화로도 있으니까."

포션 병을 만들 때 쓰는 유리 화로를 쓰면 컵 정도는 만들 수 있다.

깨져도 화로에 넣으면 재생할 수 있으니까 꽤 괜찮을 것 같은데?

"오, 좋은데? 유리 용기에 먹으면 술도 맛이 달라진단 말이지. ……좋은 술을 마신다면 말이지만."

"그런가요?"

"역시 식사를 할 때는 분위기도 중요하니까. 도자기 컵도 좋지만……."

왠지 모르겠지만 우리 연금 공방에는 도자기용 가마가 없단 말이지.

그 이유는 아마 저것 때문일 것이다.

마도 풍로 아래에 뻥 뚫려 있는 마도 오븐용 공간.

마도 풍로와 마찬가지로 매우 편리한 마도 오븐은 연료가 필요 없고 온도 조절도 간단하다.

온도 조절도 따뜻한 정도부터 요리할 때 쓰지 못할 정도로 높은 온도까지 폭넓은 범위를 자랑한다.

——그렇다, 설정하기에 따라서는 도자기도 구워낼 수 있을 정도로.

이 마을에서 도자기를 사려는 사람은 없을 것 같으니 아마 그걸로 대신 썼을 것이다.

"뭐, 마음이 내키면 만들어볼까? 로레아도 만들어볼래?"

"네?! 어려운 거 아닌가요…….."

"음~, 복잡한 그릇은 어렵겠지만, 컵 정도라면 괜찮을 것 같은데?"

유리는 높은 온도에 주의할 필요가 있지만, 도자기 모양을 만드는 정도라면 흙장난이나 마찬가지니까.

간단히 설명해주자 로레아는 잠시 고민하다가 조심조심 입을 열었다.

"……그러면 사라사 씨가 만들 때 같이 만들어도 되나요?"

"응. 시간이 나면 같이 해보자."

나를 올려다보며 그렇게 말한 로레아에게 방긋 웃었다.

그런 우리를 보고 케이트 씨가 손을 번쩍 들었다.

"그런데 그거 나도 참가할 수 있을까?"

"케이트 씨도 해보고 싶어요? 상관없는데요. 재료도 싸니까."

"고마워! 조금 신경 쓰여서 말이지. ——그런데 점장 씨는 할 줄 아는 게 많구나. 역시 연금술사라는 느낌이야."

"연금술사니까요. 괜히 자격을 따는 게 어려운 게 아니죠."

"역시 힘든가? 소문 정도로만 알고 있는데."

"그야 힘들죠~. 입학하기 어려운 건 다들 알고 있을 텐데, 들어간 뒤에도 성적이 안 좋으면 금방 쫓겨나거든요."

유리 제작, 도자기 제작, 목공 등, 연금술에 따라붙는 각종 기술.

필요한 수준은 그렇게까지 높진 않지만 '못한다'는 건 안 된다.

적어도 '그쪽 계열 견습' 정도로는 할 수 있어야 학점을 딸 수 있다.

다시 말해 못하면 쫓겨난다는 뜻이다.

그 대신 환경은 확실하게 갖춰져 있어서 나 같은 고아도 수업 시간이 아닐 때 반복 연습을 할 수 있었고, 따로 돈을 청구하지도 않았다.

재활용할 수 있는 유리라면 모를까, 다른 것들은 비용이 꽤 들어갔을 텐데……, 진짜 감사하죠.

"그 성과가 할 줄 아는 게 많은 연금술사라……, 우리는 전문 분야에서도 져버렸는데?"

"하하하……. 그래도 나라에서 돈을 들여서 키워냈고 사회적인 권위도 있는 연금술사가 사실 별것 아니라고 하면 좀 그렇잖아요?"

"그야 대단하다는 게 더 그럴싸할 것 같기는……, 하네? ──무능한 녀석이 더 대우받는 거랑 비교하면 훨씬 낫지."

뭔가 기분 나쁜 일이라도 생각났는지, 케이트 씨는 그렇게 작은 목소리로 말했다.

하지만 바로 그런 말은 하지도 않았다는 듯이 미소를 지었다.

"그런데 역시 마도 풍로는 편리하구나. 이걸 가지고 다니면 채집자들이 야영할 때도 정말 편할 텐데……, 힘들까?"

"음……, 체력이 있으면 될걸요?"

"……철판이니까."

내가 애매하게 말하자 케이트 씨는 아이리스 씨가 철판을 옮길 때 고생하던 모습을 떠올렸는지 쓴웃음을 지었다.

화력이 필요 없다면 좀 더 작게——, 4분의 1 정도로 소형화할 수 있고, 그걸로도 물을 끓이거나 요리도 어느 정도 할 수 있다.

하지만 문제는 가격이다.

크기가 4분의 1로 줄어든다 해도 가격은 4분의 1이 되지 않는다.

실제로는 비슷한 가격……, 아니, 더 비싸질 수도 있겠는데?

철판에 회로를 그리는 수고는 똑같이 들고, 작아지는 만큼 더 신경을 써야 하니까.

"떨어뜨리면 망가지고요. 그리고……, 돈이 많아야겠는데요? 중량 경감이나 용량 확대 효과가 있는 가방이 있으면 될 것 같아요."

"……점장 씨, 그런 걸 살 수 있는 사람은 채집자가 안 되거든?"

"그렇겠죠~."

어이가 없다는 듯이 말하는 케이트 씨를 보고 나도 맞장구를 치면서 쓴웃음을 지었다.

나는 **그런 걸** 공짜로 받았지만! 스승님에게.

"역시 마도 풍로를 살 수 있는 사람은 디랄 씨네 가게 정도밖에 없을 거예요. 저희 집도 이 마을에서는 돈이 많은 편이지만 살 수가 없으니까요."

"그렇겠지~."

고개를 젓는 로레아를 보고 나는 고개를 끄덕일 수밖에 없었다.

역시 이건 가게에 진열하지 말아야겠다.

"요즘에 내놓은 '초급 해독약'은 어때? 마을 사람들이 사나?"

독충에게 쏘였을 때 발라도 좋고, 식중독에 걸렸을 때 먹어도 좋고.

저렴한 가격에 꽤 편리한 이 포션, 한 집에 한 병은 사뒀으면 좋겠다.

만에 하나의 경우를 대비해서 고아원에도 놓아두었던 물건이죠.

쓴 적은 없지만.

그건 갓난아이나 어린아이용이었다.

체력이 없으면 식중독으로도 죽을 수가 있으니까.

이번 사건으로 돈에 여유가 생긴 마을 사람들이 사주지 않을까, 이번 기회에 마음 편히 가게에 와주게 되지 않을까, 그렇게 생각하면서 추가해본 건데…….

"그럭저럭요. 어머니가 사람들에게 알려준 모양인데, 한 집에 한 병만 사니까요. 처음 와주신 분은 늘었지만요."

"으으, 고마워. 마리 씨에게도 고맙다고 전해줘. ──그런데, 그렇구나. 자주 살 물건은 아니지."

마찬가지로 포션 병을 반납하면 싸게 팔고 있지만, 일상적으로 쓸 물건은 아니다.

가게에 와주는 기회가 생기더라도 살 만한 상품이 없다면 의미가 없지.

"……응. 다음에 또 생각해보자. 지금은 차를……, 아, 그렇지. 저번에 사우스 스트러그에서 산 과자가 아직 좀 남았을 거야. 먹을 거지? 둘 다."

"그, 그래도 되나요?"

"과자를 먹는 건 오랜만이네. 점장 씨, 고마워."

"괜찮아~. 역시 차를 마실 때는 달콤한 과자를 먹고 싶어지는 법이니까!"

머리를 쓰려면 몸과 마음, 양쪽에 영양분이 필요하다.

나는 그런 변명을 하면서 한동안 셋이서 다과회를 즐겼다.

──아이리스 씨를 부르는 걸 깜빡하고.

그녀가 '철컥', 문을 열고 들어오는 그 순간까지.

"휴~, 기분 좋게 땀을 흘렸군. 점장님, 목욕탕을 좀……, 앗! 세, 셋이서만 과자를 먹고, 있다니?! 나, 나는 따돌림 당하는 건가?!"

"“아…….”"

테이블 위에 올려놓은 과자를 손가락으로 가리키면서 부들부들 떨고 있는 아이리스 씨를 보고 무심코 그렇게 말한 우리 **두 사람**.

어쩌다 보니 다과회를 하게 되었는데, 아이리스 씨는 아침부터 검술 훈련을 하고 있었다.

급하게 케이트 씨를 돌아보니 그녀는 마치 내 시선을 피하려는 듯이 고개를 돌리고 있었다.

그리고 은근슬쩍 테이블 위에 있던 과자를 확보하고 있었다.

물론 그걸 놓칠 아이리스 씨가 아니었다.

"케, 케이트, 너, 일부러 그랬구나! 젠장, 이렇게 해주마, 이렇게 해주마!"

"아앗!"

케이트 씨가 확보해둔 과자를 전부 **빼앗**아서 입에 잔뜩 집어넣는 아이리스 씨.

"달콤해! 맛있다! ──윽. 으윽!"

"아, 진짜, 급하게 먹으니까……."

목이 막힌 아이리스 씨를 보고 케이트 씨는 쓴웃음을 지으며 차를 내밀었다.

아이리스 씨는 그걸 받아들고 단숨에 마셨다.

"휴우……."

"저기, 괜찮으신가요?"

가슴에 손을 대고 숨을 돌리던 아이리스 씨에게 말을 걸자 그녀가 고개를 끄덕였다.

"으음. 문제없다. 그런데 점장님. 다과회를 할 거면 나도 불러주지 그랬어."

"죄송해요, 처음엔 그냥 차를 끓이기만 할 생각이어서……."

약간 삐진 듯이 그렇게 말하는 아이리스 씨를 보고 내가 마도 풍로를 손가락으로 가리키자 그녀는 이해가 된다는 듯 고개를 연달아 끄덕였다.

"그런가? ——아, 설치가 끝났군. 그런 거라면 앞으로 개선해주면 문제가 없을 거야. 가능하다면 바로 지금."

그렇게 말하며 케이트 씨 옆에 앉아 방긋 웃는 아이리스 씨를 보고 나도 쓴웃음을 지었다. 그리고 그녀의 차를 끓이기 위해 일어섰다.

◇ ◇ ◇

추가 철판을 납품받은 건 그로부터 며칠 뒤였다.

나를 부르는 목소리가 들리기에 가게 앞으로 나가보니 짐수레에 기댄 채 땀을 흘리고 있는 지메나 씨가 서 있었다.

"사, 사라사 양, 고생 많으시네요……."

"네, 고생 많으세요. 진짜로 고생 많이 하셨나 봐요?"

"네, 이게 꽤 무거워서요."

철판 열여섯 장을 실은——그중 네 장은 업소용 마도 풍로에 쓸 거라 꽤 큰——짐수레가 상당히 무거운지 땅바닥에 바퀴 자국이 깊게 파여 있었다.

땅바닥이 돌로 포장되어 있다면 그나마 나았겠지만, 이 근처에는 돌로 포장되기는커녕 사람도 많이 다니지 않는 마을 변두리라서 길 상태도 썩 좋지 못하다.

"죄송하지만 안으로 옮길 때는 도와주실 수 있을까요? 저기……, 오늘 아이리스 씨하고 다른 사람은요?"

"오늘은 일하러 갔어요. 그래도 괜찮아요. 제가 옮길 테니까요. 잠깐만 기다리세요."

손을 보호하기 위해 낄 장갑을 공방에서 가지고 온 나는 짐수레 위에 있던 철판을 살펴보았다.

마도 오븐용 철판은 그렇다 치더라도 업소용 마도 풍로에 쓸 철판 네 장은 꽤 컸다.

이건 나눠서 옮기는 게 낫겠구나.

손이 미끄러져서 손가락이 끼기라도 하면 그냥 부러질 것 같으니까.

"저기, 사라사 양……?"

"영차!"

"——?! 어떻게……? 짐수레에 실을 때 남편하고 한 장씩 같이 옮겼는데요?!"

마도 오븐용 열두 장.

일단 그걸 한꺼번에 들어 올리자 지메나 씨가 깜짝 놀랐다.

내 체격을 보면 이상하게 보일지도 모르겠지만——.

"마법이에요. 애초에 혼자서 들지도 못하면 가공을 할 수가 없잖아요."

"그야 그렇겠지만……, 솔직히 사라사 양의 몸집을 보면 위화감이……."

하하하……, 이 철판은 내 몸무게보다 훨씬 무거우니까.

다른 사람이 보면 좀 이상할 수도 있긴 하겠다.

"저는 이 마법을 잘 쓰지 못하지만 연금술사에게는 필수거든요. 연금술사도 처음에는 도와주는 사람을 고용할 수 있을 정도로 돈이 많은 건 아니고요."

그래서 신체 강화를 쓰지 못하면 '무거워서 그 아티팩트는 만들 수가 없습니다'라고 창피하게 거절해야만 한다.

"대단하네요. 저희 같은 대장장이도 쓸 수 있다면 편리할 것 같은데……, 어려운가요?"

"마력은 별로 필요가 없지만, 꽤 어려운데요?"

정밀한 마력 조작이 핵심인 마법이니까.

연금술사가 쓰기에 적합한 마법이지만, 반대로 정밀함보다는 우선 파괴력을 추구하는 마술사 중에는 쓰지 못하는 사람도 많다.

참고로 비교적 마력 조작을 잘하는 내가 이 마법을 잘 쓰지 못하는 이유는 따로 있다.

그냥 '원래 근력이 약하기 때문'이다. 그게 전부다.

다른 사람이 3할 정도만 강화해도 되는 상황에서 내 경우에는 6할 정도를 강화할 필요가 있다면 다른 사람들보다 2배 강력하게, 그리고 2배 정밀하게 써야만 한다.

──아니, 그냥 몸을 단련하지 않은 내 잘못이지만.

지금까지 살면서 지력에만 올인하고 체력 단련은 게을리했으니까.

학교는 졸업할 수 있었으니 이제부터는 조금씩 개선해나갈 예정이다.

요즘은 스승님이 말했던 검술 수행을 진지하게 하고 있다.

"이게 마지막……. 지메나 씨, 감사합니다."

공방과 집앞을 세 번 왕복한 다음, 나는 가죽 장갑을 벗고 숨을 내쉬었다.

"아뇨, 저야말로 감사하죠. 결국 옮기는 걸 떠넘겨버렸으니까요."

"복도 같은 곳에서는 두 사람이 옮기면 오히려 불편하니까요. 상관없어요."

폭이 50cm나 되는 철판이니까 들 수만 있다면 혼자 옮기는 게 더 편하다.

"이건 디랄 씨네 가게 마도 풍로를 만드는 재료죠?"

"네, 주문 받았거든요."

"마력으로 움직이는 풍로가 있다면 마력으로 움직이는 대장장이용 화로 같은 건 없나요? 대장장이도 연료 소모가 심해서요."

"있는데요?"

"있나요?!"

"네."

깜짝 놀라며 소리친 지메나 씨를 보고 나는 고개를 끄덕였다.

실제로 우리 공방에도 작은 화로가 설치되어 있다.

"그걸 쓰면 연료가 필요 없나요?"

"그렇긴 한데요, 쓰시는 대장장이분은 거의 없거든요?"

"그런가요? 연료를 쓸 필요가 없다면 정말 편할 텐데……. 비싸서 그런가요?"

"'마력로 같은 건 사도다!'라고 하는 사람도 있지만, 대부분 가격보다는 마력 문제죠."

숯 같은 게 전혀 필요 없지만 문제는 필요한 마력량이다.

'마력이 적은 사람용 마도 풍로'처럼 특별하게 만들지 않는 이상 열량은 사용하는 마력의 양에 비례한다.

물을 끓이기만 하면 되는 마도 풍로와 금속을 녹이는 대장장이용 화로.

필요 마력은 두 배가 훨씬 넘는다.

우리 연금술사가 쓰는 이유는 일반인보다 마력량이 많은 데다 크기기 작아서 대장장이와 비교하면 쓰는 시간이 적기 때문이다.

만약에 하루 종일 대장장이 일을 하게 된다면 연금술사

중에서도 마력이 부족한 사람이 많을 것이다.

고효율화한 마력로도 원리만 따지면 만들 수 있긴 하지만, 비용을 생각하면 도무지 평범한 대장장이가 들일 수 있는 물건이 아니다.

지메나 씨에게 그렇게 설명해주자 그녀는 아쉽다는 듯이, 그러면서도 이해가 된다는 듯이 고개를 끄덕였다.

"그렇군요. 좋기만 한 건 아닌가 보네요."

"마력이 넘쳐나는 대장장이들은 쓰기도 하는 모양인데……, 소수파죠."

지즈드 씨는요? 그런 눈초리로 바라보자 지메나 씨는 고개를 저었다.

"뭐, 지메나 씨께서 모르셨던 것처럼 그렇게 일반적이진 않으니까요. 그밖에도 대장장이가 편리하게 쓸 수 있는 아티팩트가 있긴 한데, 기술자분들은 도구에 까다로운 분이 많아서 잘 팔리지 않는 모양이에요."

"아, 그건 이해가 되네요. 저희 남편도 그런 구석이 있으니까요."

가벼운데도 타격력이 강한 해머나 자동으로 움직이는 풀무, 생각한 대로 형태를 이루어주는 점토.

큰 쪽으로는 인간보다 강한 힘으로 계속 때려주는 해머 같은 것도 있지만, 대장장이들에게는 반응이 미묘하게 안좋다.

편리하긴 하지만, 양보할 수 없는 것도 분명히 있겠지.

가벼워진 짐수레를 끌고 돌아가는 지메나 씨를 보낸 다음 바로 마도 풍로를 만들기 시작했다.

사이즈가 크다 해도 할 일은 기본적으로 같다.

"오히려 문제는 체력이란 말이지……."

회로를 그릴 때 종이처럼 철판을 움직이면서 그릴 수는 없기에 테이블에 내려놓은 철판 주위를 내가 돌아다니면서 자잘한 회로를 그려나가게 된다.

그리고 철판을 합쳐서 점토를 채운 상자에 넣고 연금솥에 넣는 단계가 되면 무게가 내 몸무게를 훨씬 뛰어넘는다.

게다가 이번에는 그게 두 개.

엄청나게 무겁다.

영차, 소리를 내며 들어 올린 다음 솥 안에 천천히 넣고 옆쪽으로 살며시 기댔다.

"휴~. 애초에 바닥이 동그란 솥에 철판을 넣는 것 자체가 이상하단 말이지!"

냄비 같거나 아예 프라이팬 같은 연금솥이 있으면 편할 텐데.

뭐, 그렇게 되면 포션을 만들 때 불편할 테니 용도가 한정적이겠지만.

연금솥은 비싸니까 용도에 따라 나눠 쓰는 건 힘들다.

그래도 넣고 나면 처리 공정은 간단하다.

마력이 조금 많이 필요할 뿐이다.

"그리고 꺼낼 때는 더 힘들지. ……어라? 잘 생각해보니 이건……."

연금솥을 마력로에서 내린 다음 옆으로 천천히 눕혔다.

그런 다음 마도 풍로를 질질 끄집어냈다.

"……우와, 편하잖아~. 내가 고생했던 건 뭐였지?"

아니, 오히려 연금솥을 눕힌 채로 처리하면 되는 거 아니었나?

액체를 넣는 것도 아니니까 옆으로 눕힌다 해도 전혀 문제 될 게 없다.

"으으~, 다음부터는 아티팩트를 만들 때 눕혀서 써야지, 무조건."

아니, 포션을 만들 때도 조금 비스듬하게 설치하는 게 편할지도 모르겠는데?

나는 키 때문에 이 정도 크기 연금솥을 쓰기가 좀 불편하단 말이지.

"키가 크는 약 같은 것도 있었지……?"

연금술사라고 해도 모든 아티팩트, 포션에 대해 알고 있는 건 아니다.

오히려 자기가 읽을 수 있는 범위 내에서만 알고 있다고 해야 할지도 모르겠다.

유명한 것들이나 이상한 건 알고 있긴 하지만.

'대머리약'이라든가.

참고로 10권에 나와 있는 모양이다.

그렇다, 쓸데없는 것들이 잔뜩 나오는 10권이다.

'발모약'의 실패작으로 만들어진 것 같은데……, 이거 시험해 본 사람이 눈물을 흘렸을 것 같은데?

머리가 나게끔 약을 발랐는데 오히려 빠지다니.

그런데 이 '대머리약', 의외로 수요가 있는 모양이다.

수염을 깎는 게 귀찮다거나, 종교상의 이유 때문에 머리를 깎는 사람이나, 머리를 뽑고 싶어하는 사람에게는 피부가 상하지 않고 효과가 잘 나와서 인기가 좋다고 한다.

완전 틈새시장이지만.

뭐, 그런 약도 있으니까 키가 크는 포션도 있을 것 같다.

하지만 부모님에게 받은 이 몸에 그런 약을 별생각 없이 쓴다는 건 망설여진다.

병에 걸린 것도 아니니까.

……건강한 성장을 촉진시켜 주는 포션 정도라면 허용 범위 안에 들어가나?

"아차, 그런 건 됐고 마무리해야지, 마무리."

사용 빈도가 높은 식당에서 쓸 거니까 일반 가정용보다 방청, 방수 가공을 꼼꼼하게 해나갔다.

"뒤쪽도 확실하게 해둬야지~, 잔뜩 바르자."

받침대에 끼워 넣은 우리 집 마도 풍로와는 달리 디랄 씨네 풍로는 나중에 설치하는 거니까.

지금 쓰고 있는 아궁이 위에 그냥 올리기만 하면 뒤쪽도 더러워질 것 같거든.

쓸 사람을 생각해서 이런 부분도 신경 써야지……

"좋아, 끝났다. 이제 내일까지 말리면 완성되겠구나!"

마정석만 미리 준비해두면 완성될 때까지 걸리는 시간은 몇 시간 정도다.

그런 다음 거의 비슷한 공정을 거쳐 우리 집에서 쓸 마도 오븐을 만들고 그날 할 일을 마쳤다.

◇ ◇ ◇

다음 날, 나는 식당이 조금 한가해질 시간까지 기다렸다가 마도 풍로를 납품하러 나섰다.

짐수레 같은 건 없으니까 두 개를 겹쳐서 짊어지고.

그 모습이 좀 안타깝게 보였는지 아이리스 씨와 케이트 씨가 '내가 들어줄까?', '점장 씨, 짓눌리는 거 아니야?'라고 말해 줬지만 문제없다고 하며 일을 하러 보냈다.

100kg이 훨씬 넘긴 하지만, 못 들 정도는 아니니까.

같은 마을 안이라 거리도 가깝다.

짐수레를 빌리는 것도 생각해봤는데, 떨어지면 망가질 테고 덜컹덜컹 흔들리는 길도 무섭다.

그래도……, 역시 좀 무겁네.

만에 하나 방심하다가 신체 강화가 풀린다면 짓눌리는 건 확정이다.

그런 긴장감 속에서 십몇 분을 걸어갔다.

중간에 마을 사람 몇 분이 '무슨 일이야?! 사라사!'라든가 '도, 도와줄까?'라고 말을 걸었지만, 함부로 거들면 오히려 위험하기 때문에 딱딱하게 굳은 미소를 지으며 사양한 다음 겨우 무사히 식당에 도착했다.

"안녕하세요~. 디랄 씨, 납품하러 왔어요."

"안녕—— 아니, 사라사가 왔어? 일단 그걸 여기 내려놓고!"

허둥대며 비어 있던 테이블을 가리킨 디랄 씨의 호의를 받아들여서 나는 신중하게 짊어지고 온 마도 풍로를 내려놓았다.

테이블이 삐걱댔고, 등이 가벼워졌다.

"휴우~~~. 역시 좀 피곤하네요……."

크게 숨을 내쉬고 땀을 닦는 나를 본 디랄 씨가 허리에 손을 대고 어이가 없다는 듯한 표정을 지었다.

"사라사, 연락을 주면 젊은 애들을 몇 명 데리고 가지러 갔을 텐데. 가격도 깎아줬잖니!"

"아뇨~, 주문을 받았으니 확실하게 가져다드려야죠."

비싼 물건이니까 운반 중에 망가지기라도 하면 가지고 간 사람도 불쌍하고.

"그런데 이 풍로는 어디에 둘까요?"

"됐어, 됐어. 쓰는 법만 가르쳐주면 설치 정도는 직접 할게. 그냥 두기만 하면 되는 거지?"

테이블 위에 있는 마도 풍로를 가리키고 있는 내게 디랄 씨가 그렇게 말했지만……

"괜찮아요? 이거 꽤 무거운데. 아마 디랄 씨보다 무거울걸요?"

"아하하, 그럼 중량급이겠네."

내가 걱정스럽게 말하자 농담이라고 생각했는지 웃어대는 디랄 씨.

"아니, 진짜 무겁거든요? 잠깐 들어보실래요? 진짜 무거우니까 허리 다치지 않게끔 조심하시고."

충분히 주의를 주고 마도 풍로를 놓아둔 테이블 앞자리를 디랄 씨에게 양보했다.

아마 내가 가져왔으니 괜찮을 거라 생각하고 있겠지만……, 불안하니까 도와줄 수 있게끔 준비하고 있자.

"영차……! 응? 으응?!"

디랄 씨가 풍로를 둘 다 들어 올리려 했지만, 꿈쩍도 하지 않았다.

"무겁죠? 그거, 두 개 합쳐서 100kg은 넘을걸요?"

"뭐어?! 그렇게 무겁니?!"

"네. 디랄 씨도 들긴 힘들 거예요."

"그렇구나……. 더드, 잠깐 와보렴!"

디랄 씨가 안쪽을 향해 소리치자 주방에서 더들리 씨가 고개를 내밀었다.

그는 이 식당의 맛있는 요리를 만드는 디랄 씨의 남편이다. 온화하고 자상할 것 같은 사람인데 말수가 별로 없어서 나는 거의 이야기를 해본 적이 없단 말이지.

"아, 상관없어요. 제가 옮길 테니까."

이쪽으로 다가오려던 더들리 씨를 말리고 내가 풍로를 하나 들어 올렸다.

"어어?! 사라사가 이걸…… 아니, 가지고 왔지, 참."

"네, 이래 봬도 연금술사니까요. 신체 강화 정도는 할 수 있거든요. 더들리 씨, 주방에 들어가도 되나요?"

더들리 씨가 고개를 끄덕인 것을 확인하고 주방으로 풍로를 옮겼다.

"음, 어디에 설치해야……."

내가 처음 들어간 주방을 둘러보고 있자니 더들리 씨가 안쪽을 손가락으로 가리켰다.

그곳에는 가정용보다 훨씬 큰 아궁이가 두 개 있었는데, 지금은 손님이 별로 없는 시간대라 그런지 불은 꺼져 있었다.

내가 더들리 씨를 보자 그가 바로 고개를 끄덕였고, 아궁이 위에 있던 냄비와 삼발이를 치운 다음 옆에 기대 두었던 두꺼운 판자를 깔아서 구멍을 막았다.

"사라사, 미안해. 거기에 두 개를 나란히 놔줄래?"

"네. 영차!"

커다란 냄비를 쓰는 곳이라 그런지 마도 풍로를 두 개 나란히 놓을 만한 공간이 있었다.

다른 하나도 바로 가져와서 옆에 설치했다.

"휴우~."

일단 납품은 끝났다. 이제 동작 확인만 남았다.

"고생했어. 고맙다."

"저야말로 사주셔서 감사합니다. 쓰는 법을 설명해 드릴 게요."

하지만 마도 풍로를 쓰는 법은 매우 간단하다. 더들리 씨도 금방 마스터해서 물을 넣은 냄비를 풍로 위에 올리고 화력을 키웠다가 줄였다가 하면서 고개를 끄덕이고 있었다.

"화력 조절은 편리한데. 장작으로는 그런 걸 하기 힘들거든."

"'강'에서 '약'으로 갈 때는 시간이 좀 걸리지만요. 철판이 식어야 해서."

타기 시작했을 때 바로 약불로 바꿀 수 없다는 건 아쉬운 점이다.

가정용이라면 냄비를 풍로 위에서 내리면 되겠지만, 거대한 업소용 냄비는……

"괜찮아, 약불을 쓰기 전에 미리 '약'으로 하면 되는 거지? 익숙해지면 될 거야. 안 그래? 더드."

말을 걸자 여전히 말없이 고개를 끄덕이는 더들리 씨.

더들리 씨는 진짜 말수가 없네.

수다쟁이인 디랄 씨와 같이 있으니 균형은 맞는 것 같지만.

참고로 장작을 쓰는 풍로의 화력 조절은 타고 있는 장작을 넣거나 꺼내서 한다.

하지만 그건 프로의 현장에서 쓰는 방법이다.

일반 가정에서는 탈 것 같으면 불 위에서 내리고, 화력 조절 같은 걸 신경 쓸 필요가 없는 요리를 하는 식으로 쓴다.

고아원에선 거의 모든 식사가 이것저것 넣은 수프와 빵, 이렇게 두 가지뿐이었다.

건더기를 나름대로 넣긴 했어도 고아들이 자기들끼리 만든 식사였기에 그렇게 맛있진 않았다.

그것과 비교하면 아직 부족한 부분이 있는 로레아의 요리도 '끓이는 과정'뿐만이 아니라 '굽는 과정'이 들어가니까 충분히 맛있다.

얼마 전에 준 요리책을 참고해서 실력을 키워나가고 있고.

"그럼 사라사, 확실하게 받았어. 이건 대금이야. 확인해줘."

"아, 네."

내가 어렸을 때 초라한 식사를 떠올리며 마음속으로 눈물을 흘리고 있자니 디랄 씨가 돈이 잔뜩 들어있는 가죽 주머니를 가지고 와서 내게 내밀었다.

묵직한 그 주머니를 받은 다음 테이블을 빌려서 세어보았다.

대금은 27만 레어니까 제일 적은 숫자로 받으면 대금화 2개와 금화 7개.

하지만 보통 장사할 때는 대금화를 거의 쓰지 않고, 여기 같은 서민용 식당에서는 금화도 잘 쓰지 않는다.

그렇기에 데이블 위에 쌓인 것은 거의 다 은화와 소은화였다.

"──네, 확실히 받았습니다. 구매해 주셔서 감사합니다."

"그래. 나도 덕분에 살았어, 생각했던 것보다 싸게 샀으니까. 이제 좀 편해지겠네. 장작 패기도 힘들거든……."

디랄 씨가 절실한 느낌으로 그렇게 말하고 있자니 뒤에서 바로 마도 풍로를 써서 요리하고 있던 더들리 씨도 마찬가지로 고개를 크게 끄덕이고 있었다.

이 정도 규모 식당에서 1년에 쓰는 장작이 얼마나 될지 잘 모르겠지만, 결코 적지 않을 거라는 생각은 들었다.

그걸 자기들끼리 다 패는 거면……, 아, 그렇구나.

디랄 씨의 근육은 그렇게 단련한 건가?

"편리할 것 같긴 한데, 디랄 씨 말고 팔 만한 곳이 없다는 게 문제네요."

"이 마을에는 그렇지. 그런데 이번 사건 때문에 우리도 돈이 좀 생겼잖니. 그렇게까지 비싸지 않고 조금 편리한 거라면 팔 수 있지 않을까?"

"그럴지도 모르겠네요. 생각해볼게요."

뭘 내놓을까 생각하며 보류해두었던 마을 사람용 상품 종류.

역시 뭔가 내놓는 게 낫겠지.

하지만 마을 상황을 생각하면 지불 방법도 뭔가 따로 마련하고 싶긴 하다.

내가 현금을 전부 쓸어 담아 버리면 마을의 발전을 해치게 될 테고……

"좋은 물건이 나오면 알려줘. 여유가 있으면 살 테니까!"

"네. 그때가 되면 부탁드릴게요."

배를 탁 때리며 그렇게 말한 디랄 씨와 헤어진 다음, 나는 머리를 쥐어 짜내며 가게로 돌아갔다.

연금술 대사전 : 제4권 등재
제작 난이도 : 베리 하드
표준 가격 : 25,000 레어~

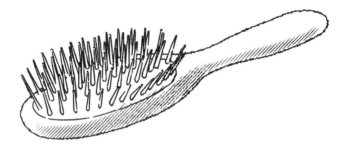

〈윤기윤기 빗〉

GlΛfʃʃʃʃʃΛʄ
Λʄʃʋʃʜ

요즘 머리카락에 힘이 없다, 수분이 부족해서 푸석푸석하다, 볼륨이 부족해서 곤란하다. 그런 당신은 이 빗을 꼭
써보셔야 합니다. 샥샥 빗고 마을로 나가면 모두가 돌아볼 정도로 머리카락에 윤기가 흐릅니다. 단, 더 나아가
아리땁게 만들 수 있을지는 당신이 하기에 달렸습니다.

Episode 2

Affntfnlftfhing Ethfffh
Noffld Gfffff

신규 상품 개발

"──그래서 말인데, 로레아. 뭔가 좋은 아이디어 없어?"

머리를 쥐어짰는데도 아무런 아이디어가 떠오르지 않았던 나는 바로 마을 사람 대표인 로레아에게 도움을 요청했다.

"마을 사람들에게 팔 상품요? 저는 지금 사라사 씨가 만드는 것만으로도 충분히 괜찮을 것 같은데요."

"이거? 물을 퍼 올리는 기계?"

지금 내가 만들고 있는 것은 '우리 집의 편리한 부엌 계획 제3탄', 부엌과 목욕탕에 급수를 자동으로 해주는 아티팩트 (참고로 제1탄과 제2탄은 마도 풍로와 오븐)다.

"편리할 것 같긴 한데, 우물이 있는 집은 별로 없잖아?"

"……그렇죠. 이 마을에서는 팔아봤자 몇 군데밖에 안 되겠네요."

"그리고 이걸 쓸 때 은근히 마력을 먹거든."

미처 몰랐다는 듯이 혀를 내미는 로레아를 보고 나는 쓴웃음을 지으며 또 다른 문제를 말했다.

나는 물론이고 이 집에 있는 다른 세 사람도 이 정도 아티팩트라면 문제없이 쓸 수 있다.

하지만 세상에는 마력이 거의 없는 사람도 어느 정도 있으니까.

공동 우물에 달아 버리면 '물을 퍼 올릴 수가 없다!'는 사람도 생길지 모른다.

"마정석을 넣으면 해결할 수 있긴 한데, 그만큼 비싸지게 되니까……."

"사람들 대부분이 쓸 수 있다면 문제없을 것 같은데요? 가족 중 한 명 정도는 쓸 수 있을 테고, 그 사람이 물을 뜨러 가면 되잖아요?"

"……그렇구나, 그렇게 생각할 수도 있겠어."

로레아의 사고방식은 나와 다른 모양이었다.

마력을 쓰긴 하지만, 사람들 대부분은 한 가족이 하루에 쓸 물을 충분히 퍼 올릴 수 있다.

특히 이 마을에서는 다른 아티팩트를 쓰는 사람이 디랄 씨 정도로 극히 일부에 불과하다.

마력이 부족할 일은 거의 없을 것이다.

문제가 있다고 하면 혼자 사는데 마력이 없는 사람이 곤란하다는 점이 있을 텐데, 그것도 이 마을에서는 문제가 안 되겠지?

혼자 사는 사람은 거의 없는 것 같고, 모두가 서로 알고 지내는 마을이니까 마력 공급을 근처에 있던 사람에게 부탁할 수 있다.

"아, 그런데 잠깐만. 형제 중에 한 명만 쓸 수 있다면……? 그 한 명만 물을 퍼오는 일을 하게 되어서 나를 원망하지 않을까?"

내가 그렇게 말하자 로레아는 어이없다는 듯한 눈초리로 나를 보았다.

"지나친 생각이에요. 퍼 올리는 작업이 간단해지면 옮기는 것만 남죠. 같이 가서 옮기면 되잖아요."

"그렇긴 하네?"

혼자 자란 나.

그렇게 경험이 부족하다는 사실이 들통났다.

고아원에서도 물을 퍼 올리는 것 같은 일상적인 작업은 다른 사람들에게 맡겼으니까…….

그러고 보니 스승님이 돈을 제대로 가져다주셨을까?

내가 보내는 소재의 구매 비용에서 1할을 고아원에 가져다 달라고 부탁했는데.

더 많이 벌 수 있게 되면 통 크게 갚고 싶다.

내가 공부할 수 있게끔 도와준 동기 아이들은 거의 다 고아원을 떠났겠지만, 원장님에게는 신세를 많이 지기도 했고 윗세대가 열심히 일해서 아랫세대에게 기부하는 게 고아원이니까.

"공동 우물에 설치한다면……, 촌장님에게 팔러 가야 하려나?"

그런 부분에 돈을 내는 건 촌장님의 역할이지.

그런데 내가 준 돈은 마을 사람들에게 나누어준 모양이니까 여유가 별로 없을지도 모르겠다.

이 마을의 촌장님은 사치를 부리지도 않는 것 같고.

"아, 그럼 제게 맡겨주실래요? 제가 마을 사정을 더 잘 아니까요."

"그래도 돼?"

"네. 그런 건 에린 씨에게 말하는 게 나을 것 같거든요."

에린 씨라면, 촌장님 따님 말이지?

잘 모르겠지만, 로레아가 그렇게 말하니 맡겨보자.

"그럼 부탁해도 될까?"

"제게 맡겨주세요! 점원으로서 열심히 해볼게요!"

물을 퍼 올리는 기계와 송수관 설치가 끝나니 이제 '우리 집의 편리한 부엌 계획'도 최종단계에 들어섰다.

제4탄과 제5탄은 냉장고와 냉동고다.

아니, 딱히 나눌 필요도 없나?

이 두 가지는 냉각력 설정을 바꾸기만 하면 되니까 한꺼번에 만들 예정이고.

문제는 크기인데, 요리는 전부 로레아에게 맡기고 있으니까.

"저기, 로레아. 냉장고하고 냉동고는 어느 정도 크기로 만들면 될까?"

"네⋯⋯? 그렇게 말씀하셔도 써본 적이 없으니⋯⋯."

당황한 듯 그렇게 대답하는 로레아를 보고 나도 '그렇구나' 하며 고개를 끄덕였다.

모르는 것에 대해 의견을 물어봐도 대답할 수가 없겠지.

"결국 어느 정도 식량을 보존해 둘지에 따라서 달라지겠는데⋯⋯."

아무것도 신경 쓸 필요가 없다면 크면 클수록 편리할 것이다.

숲에 가서 멧돼지를 한 마리 잡아 온다면 작은 냉동고엔 넣지 못할 거고, 곰 같은 걸 잡는다면 작은 방 정도 크기의 냉동고가 필요하다.

냉동 보존하면 연금 소재를 처리하는 작업에도 여유가 생기고……, 아, 아니, 그건 안 되겠지. '음식하고 같이 넣는 건 좀……', 그런 느낌인 소재도 많으니까.

"사라사 씨, 놓을 장소에 맞게 만들면 되지 않을까요? 부엌에 놓을 크기는 한정되어 있으니까요."

"오, 역시 로레아야. 주부의 눈높이로 보는구나?"

"주부는 아니지만, 제가 주로 쓰는 곳이니까요."

"그치. 그럼 로레아, 바로 재러 가자!"

실제로 부엌의 빈 공간은 꽤 있다.

자리를 차지하고 있는 건 테이블과 의자, 그리고 식재료가 들어 있는 나무상자 정도다.

식기 같은 것도 설거지를 한 다음에 테이블 위에 두고 먼지가 쌓이지 않게 천을 덮어두기만 하니까……, 식기 선반 정도는 주문해야 하나?

"그런 것까지 감안해서……."

식기 선반을 둘 공간, 냉장고와 냉동고를 둘 공간.

나와 로레아의 키까지 고려하면…….

"높이는 내 키하고 비슷한 정도, 폭은 150cm 정도로 하고 냉장고 2개하고 냉동고 1개를 놓자. 어때? 걸리적거리지 않을까?"

"저기……, 요리를 하는 건 괜찮아요. 다른 건 모르겠지만요……."

써본 적이 없는 아티팩트니까.

만약에 쓰기 불편하면 다시 만들지 뭐.

재활용할 수 있는 소재도 많으니 낭비도 안 될 거고.

냉장고의 기능을 크게 나누면 냉각부분, 단열부분, 그리고 외곽부분이다.

앞쪽 두 개는 연금술로 만드는 거니까 당연히 내가 만들어야 하고, 외곽부분은 완전히 목공 제품이다.

일반적으로 쓰는 것보다 두꺼운 판자를 쓰는 것 말고는 평범한 틀과 별다른 차이는 없다.

"게베르크 씨에게 부탁하면 되겠지. 분명히 나보다 더 잘 만들 테니까."

내가 못 만드는 건 아니지만 게베르크 씨의 실력은 잘 알고 있다.

그것보다 더 잘 만들 수 있다고 생각할 정도로 자만하진 않는다.

"냉각 코어는 어떻게 하지? 그냥 마정석을 쓸까, 아니면 다른 걸 쓸까……."

"만드는 법이 여러 종류 있나요?"

"응, 그렇지. 여러 종류라고 할 정도로 다양하진 않은데. 보통 두 종류 정도는 돼. 한 종류만 있으면 소재 하나만 없어도 못 만들게 되어 버리니까."

예를 들어 특정 병에 잘 듣는 포션.

보통은 가장 효율적인 방법으로 만들지만, 필요한 소재를 항상 얻을 수 있다는 보장은 없고, 병이 퍼지게 되면 부족해질 수도 있다.

그런 경우에 만드는 방법이 여러 가지라면 대처할 수 있는 확률도 올라가게 된다.

물론 대용품이기 때문에 비용이 더 많이 들거나 효과가 떨어진다는 문제가 있긴 하지만.

"이번에 쓸 냉각 코어는 마정석을 쓰는 게 일반적인 방법이야. 단점은 마정석이 비싸다는 거하고 수고가 많이 든다는 점이지. 마정석에 냉각 기능을 부여하는 작업이 필요하니까."

마도 풍로를 만들 때 그렸던 회로.

그 회로와 마찬가지로 냉각용 회로를 그릴 필요가 있다.

"다른 하나는 원래 빙속성이 있는 소재를 이용하는 방법이야. 이쪽은 훨씬 간단하지. 일반적으로 마정석보다 싸게 먹히기도 하고. 얻을 수 있는 곳에서는."

"이 마을에서는 얻을 수 있나요……?"

"응. 아마 빙아 박쥐의 송곳니를 얻을 수 있을 텐데……, 가져온 사람이 없었던 말이지. 그래서 어떻게 할까 고민하고 있던 참이야."

가게 앞에 전단지를 붙여놓으면 누군가가 가져오려나?

아니면 내가 채집하러 갈까?

기다리기만 하면 언제쯤 가져올지 모르니까…….

"일단 케이트 씨하고 아이리스 씨에게 물어보는 게 어떨까요?"

"……그래, 그렇게 할까?"

매우 그럴싸한 제안이다. 일단 그 두 사람은 프로 채집자니까.

"빙아 박쥐?"

"네, 모르시나요?"

"나는……, 아이리스, 알아?"

"음, 미안하군. 모르겠다."

저녁 식사 시간에 두 사람에게 물어보니 그런 대답이 돌아왔다.

"그건 대수해에서…… 아니, 이 마을 근처에서 얻을 수 있는 건가?"

"네. 이 마을에서 그리 멀지 않은 곳에 동굴이 있을 텐데요. 거기에 산다고 들었어요."

"그런 게 있었나……, 우리도 아직 멀었군."

"우리는 아직 여기에 온 지 얼마 안 되었으니까. 안드레 씨 같은 베테랑들이라면 알고 있을까?"

"아마 알고 있긴 할 텐데……, 아니, 모르겠는데? 알고 있었다면 이미 가져왔을 수도 있을 테니까."

지금처럼 더워지기 시작하는 시기에는 빙아 박쥐의 송곳

니 가격이 조금 올라간다.

채집도 어렵지 않고, 꽤 짭짤하게 벌 수 있으니까 알고 있었다면 팔러 왔겠지.

"점장 씨, 내일 아침에 안드레 씨를 불러올까?"

"음~, 일부러 와 달라고 하는 것도 죄송스러운데……."

"그건 괜찮을 거다. 일을 하러 가기 전에 이 가게에 들르는 정도는 아무것도 아니니까."

"그런가요? 그럼 안드레 씨가 괜찮다고 하시면 부탁드릴게요. 억지로 강요하면 안 돼요."

"그래, 내게 맡겨줘."

내가 그렇게 말하자 아이리스 씨는 힘차게 고개를 끄덕였다.

다음 날 아침, 안드레 씨를 기다리는 동안 나는 열심히 전단지를 만들고 있었다.

"'삽니다, 빙아 박쥐의 송곳니'."

제목을 빠르게 적고 채집 방법이나 채집할 수 있는 곳도 추가로 적었다.

아이리스 씨와 케이트 씨도 몰랐던 모양이니까.

그걸 게시판에 딱 붙이고 바라보며 잠시 생각했다.

붙여둔 건 그 악덕 연금술사에 대한 주의사항과 방금 만든 전단지뿐이다.

시간적인 여유가 별로 없어서 그대로 두었는데…….

"전단지를 좀 늘려볼까? 음……, '삽니다, 스파이트 웜의 온몸'."

"그건 어디에 쓰는 건가요?"

내가 만든 전단지를 옆에서 들여다보며 흥미롭다는 듯이 물어보는 로레아에게 나는 잠시 생각하고 나서 대답했다.

"여러 군데에 쓸 수 있긴 한데, 지금 생각하고 있는 건 '방충 베일'의 소재야. 농가분들에게 팔아볼까 해서. 지금 팔고 있는 방충 도구는 좀 비싸니까."

"아, 그건 괜찮겠네요. 저는 밭일을 별로 안 하지만 그래도 여름에는 벌레 때문에 고생하니까요."

"베일이니까 범위가 좁긴 하지만, 그만큼 싸게 만들 수 있거든. 아마 마을 사람들도 마음 편히 살 수 있을 테고."

로레아와 이야기를 하면서 전단지에 주의사항을 추가했다.

"'주의, 아래쪽에 흠집이 있을 경우엔 사들이지 않습니다'."

소재로 필요한 것은 스파이트 웜의 하반신에 있는 기관이다.

여기에 흠집이 나면 전혀 써먹을 수가 없고, 숲속에서 거기만 흠집 나지 않게 꺼내는 건 나도 힘들다.

그러니 통째로 가져다달라고 하는 게 제일 안전하다.

엄지손가락 정도 크기 애벌레니까 그렇게까지 걸리적거리지 않을 테고.

여기저기에 살고 있을 테니 딱히 추가로 적을 것도 없다.

어떻게 생겼는지 설명할 필요는……, 없겠지.

어설프게 설명했다가 스파이트 웜을 모르는 사람이 다른 애벌레를 가지고 오면 곤란하기도 하고, 채집자라면 확실하게 공부해줬으면 좋겠다.

공부를 하면 가지고 오는 소재도 늘어나고, 수입도 덩달아 늘어날 테니까.

"……응, 이제 됐다."

스파이트 웜 전단지도 추가로 붙였다.

"또 뭐가 있지……?"

이 시기에 채집할 수 있는 소재에 대해 생각하고 있자니 굵은 목소리와 함께 가게의 문이 열렸다.

"사라사, 왔다고!"

돌아보니 안드레 씨, 길 씨, 그레이 씨, 그리고 그 뒤를 따라 아이리스 씨와 케이트 씨가 들어왔다.

"아, 여러분. 일부러 와주셔서 감사합니다."

돌아보며 인사를 하자 안드레 씨와 다른 사람들이 어깨를 으쓱이며 웃었다.

"지금 이 마을에 있는 채집자 중에서 사라사가 불렀는데 안 올 녀석은 없지."

"맞아, 맞아. 포션을 만들어주는 데다 저번 전투 때 실력까지 증명했으니까."

"어~, 그럼 마치 제가 무서운 사람 같잖아요."

무서운 사람이 불러내서 왔습니다, 그런 식으로 말하지 않았으면 하는데.

나는 귀엽고 연약한 여자애니까──, 자칭이지만.

"무섭진 않지만, 가장 강한 실력자라는 건 분명하지."

"그레이 씨까지 그러시기에요? 저는 조금 싸울 수 있는 수준에 불과하다고요. 본업이신 분에게는 못 이기죠."

스승님이라면 기사 상대로도 충분히 맞설 수 있겠지만, 나 정도로는 아마 말 그대로 어린애 취급을 당할 것이다. 학교 선생님도 강하셨고.

"사라사가 조금 싸울 수 있는 정도면 우리는 뭔데. 싸움을 전혀 못하는 병아리인가?"

"그래도 채집자가 할 일은 싸우는 게 아니니까요."

말 그대로 할 일은 '채집'이고, 싸우는 건 수단에 불과하다.

생물을 쓰러뜨려야 얻을 수 있는 소재도 있긴 하지만, 쓰러뜨리는 게 목적은 아닌 것이다.

하지만 그런 내 주장은 사람들의 지지를 얻지 못한 것 같다.

"……아니, 일반적으로 보면 채집자는 싸우는 직업인데?"

"그렇군, 점장님은 기준이 다른 모양이야. 적어도 나는 나름대로 싸움 실력이 있는……, 줄 알았지. 얼마 전까지는."

중간에 말꼬리를 흐리며 어깨를 늘어뜨린 아이리스 씨를 위로하려는 듯이 안드레 씨가 어깨를 두드려 주었다.

"아니, 아이리스 아가씨는 충분히 싸울 수 있잖아?"

"그래, 아이리스의 실력은 꽤 대단해. 자랑해도 된다고. 케이트도."

"그건 여러분께서 협력해주신 결과죠. 저는 원호를 했을 뿐이니까."

"아니, 아니, 케이트 아가씨의 활 솜씨는 대단하거든? 그 정도 실력자는 별로 없다고."

케이트 씨의 실력이 대단하긴 했지. 움직이는 헬 플레임 그리즐리의 눈을 확실하게 맞췄으니까.

아이리스 씨는……, 결코 약하지 않다고 해야 하나?

나도 잘난 듯이 비평할 수 있을 정도로 실력이 좋진 못하지만.

"이야기가 다른 곳으로 빠졌군. 그래서, 물어보고 싶다는 게 있다고?"

"맞아요. 안드레 씨는 빙아 박쥐에 대해 아시나요?"

"빙아 박쥐……?"

내가 묻자 안드레 씨 일행은 서로 얼굴을 마주 보며 고개를 갸웃거렸고, 한참 생각하다가 길 씨가 뭔가 생각났는지 손가락을 튕기고 안드레 씨를 가리켰다.

"안드레, 그거 아니야? 예전에 드레이크 씨에게 이야기를 들은 적이 있잖아."

"드레이크 씨에게……, 아! 그건가? 북쪽 동굴에 산다고 했던 거."

길 씨가 그렇게 말하자 안드레 씨는 손뼉을 쳤다.

"짐작 가는 게 있으신가요? 이건데요……."

나는 그렇게 말하고 방금 붙인 전단지를 가리켰다.

거기에 적혀 있는 장소와 채집 방법을 읽고 안드레 씨 일행이 고개를 끄덕였다.

"이거야, 이거. 우리가 잡아본 적은 없긴 한데……."

그런 게 있다는 이야기를 들은 적이 있긴 하지만, 채집하러 같이 가본 적은 없고, 채집 방법도 배운 적이 없는 모양이었다.

보통은 선배가 후배를 지도해주면서 지식을 계승해 나가는데, 이 마을에 연금술사가 없었기 때문에 오래 가지 않는 소재에 대한 지식이 끊겨 버린 모양이다.

팔리지 않는 소재를 지도해주려고 일부러 채집하진 않을 테고.

그렇게 되면 책을 통해 배우는 것밖에 방법이 없는데, 문제는 책이 비싸다는 점이다.

음~, 내가 책을 사서 빌려주……는 건 도난당할 수도 있으니까 가게에서 볼 수 있게 하는 게 나으려나?

채집자의 지식이 늘어나면 내 이익이 될 테고.

"……어라? 그런데 빙아 박쥐는 소재도 채집하기 쉽고, 처리하기 전에도 품질이 잘 열화되지 않으니까 짭짤할 것 같은데요."

그 '드레이크 씨'라는 사람이 안드레 씨 일행에게 가르쳐 주지 않았다는 게 마음에 걸린다.

내가 그렇게 말하자 안드레 씨는 씁쓸한 표정을 지으며 고개를 저었다.

"아니, 이것도 들은 이야기인데, 사냥해 온 녀석에게 가격을 후려친 모양이야. '이건 써먹을 수가 없다'고 하면서. 일단 기준이 있긴 한 것 같은데, 우리는 구분을 할 수가 없으니까. 그때 판 금액으로는 수지가 안 맞아서 아무도 채집하러 가지 않았지."

"음, 그게 혹시 이 녀석인가요?"

내가 손가락으로 가리킨 것은 바가지 연금술사 전단지였다.

그걸 보고 안드레 씨가 정신이 번쩍 든 것처럼 눈을 크게 뜨고 입가를 일그러뜨렸다.

"확실한 증거는 없지만, 그럴지도 몰라. 이 마을에서는 그쪽 가게가 더 가까우니까. ……혹시 그때도 속은 건가?"

안드레 씨의 표정이 점점 사나워지자 내가 진정하라는 듯이 손을 들었고, 길 씨와 그레이 씨도 마찬가지로 '진정해라' 하며 안드레 씨의 어깨를 두드렸다.

아이리스 씨하고 케이트 씨는 그렇다 쳐도 로레아가 무서워하니까 너무 그렇게 살기를 드러내지 않으면 하는데.

"저는 '그래요'라고 하고 싶긴 하지만……, 딱 잘라서 그렇게 말할 수가 없단 말이죠."

"그래?"

조금 맥이 빠진 듯이 되묻는 안드레 씨를 보고 내가 고개를 끄덕였다.

"저기, 사라사 씨. 끼어드는 것 같아서 죄송한데요, 애초에 빙아 박쥐라는 게 대체 어떤 박쥐인가요? 저는 본 적이 없는데요."

"나도 없어. 혹시 설명해줄 수 있을까?"

"아, 로레아는 모를 수도 있겠구나. 보통은 마을까지 날아올 일이 없으니까. 케이트 씨하고 아이리스 씨도 알아두는 게 좋을 것 같고……. 그럼 간단하게."

빙아 박쥐는 동굴에서 사는 박쥐의 일종이고 생태가 조금 특이하다.

뭐가 특이하냐면, 이름에도 붙어 있는 '빙아(얼음 이빨)', 이게 특이하다.

이 송곳니로 물어뜯으면 대상을 얼릴 수가 있다.

하지만 빙아 박쥐는 기본적으로 사람이나 동물을 습격하지 않는다.

그 송곳니로 얼리는 것은 과일.

그것을 보존 식량으로 동굴에 쌓아두고 겨울을 보내는 생활을 한다.

그렇기 때문에 무해하다고도 할 수 있지만, 너무 많이 늘어나면 숲의 과일이 바닥나서 다른 동물에게 영향을 주고, 과일을 재배하는 지역에서는 해를 끼치는 동물이라며 싫어한다.

"그리고 송곳니를 사들이는 가격은 얼리는 능력이 얼마나 강한지에 따라 바뀌어요. 간단히 말하자면, 다섯 살 미만인 빙아 박쥐에게는 가치가 거의 없죠."

"그러니까, 헐값에 넘겼던 녀석이 잡아 온 게 다섯 살 미만인 거였다고?"

"모르죠. 만약에 레오노라 씨 가게에 가져갔던 거라면 그랬겠지만, 이쪽이었다면⋯⋯."

그렇게 말하며 내가 가리킨 것은 그 전단지였다.

"으음~. 단정 지을 수는 없겠지만⋯⋯."

안드레 씨는 미묘하게 이해가 안 된다는 표정을 지으면서도 마음을 가라앉히려는 듯이 팔짱을 끼고 한숨을 쉬었다.

"점장 씨, 나이를 알아보는 방법이 있어?"

"네, 물론이죠. 익숙해지면 연금술사가 아니라도 알 수 있으니까⋯⋯. 이왕 이렇게 된 거 직접 가서 알려드릴까요?"

"어? 직접 간다니, 점장님이 사냥하러 간다는 건가? 실력은 문제가 없겠다만⋯⋯."

"네. 저도 빙아 박쥐의 송곳니가 필요하니까요."

실물도 없이 구분하는 방법을 가르쳐주긴 힘드니까 내가 가는 게 더 빠르다.

다행히 가게를 봐줄 로레아도 있으니까.

"안드레 씨, 동굴까지 안내해주실 수 있나요? 구분하는 방법도 가르쳐드릴 거고, 얻은 송곳니는 공평하게 나눌게요."

"그럼 우리도 이익이 생기고, 사라사의 부탁이라면 거절할 수가 없지만 위험⋯⋯ 하진 않겠군. 나도 모르게 사라사의 외모를 보고 판단하게 된다니까."

말하던 도중에 맥빠지는 표정을 지으며 어깨를 으쓱이는 안드레 씨.

"제가 그렇게 싸움을 못 할 것처럼 보이나요?"

""""그렇게 보여(보여요).""""

그, 그래요. 모두가 한목소리로 말하네.

이래 봬도 나름대로 단련을 했는데.

팔을 힘껏 구부려서 알통을 내밀며 안드레 씨 일행을 힐끔 보니……, 미소를 짓고 있다.

무슨 미소인지는 굳이 말하지 않겠지만.

"으으."

신입 채집자들에게 얕보이지 않게끔 나도 검 같은 걸 차고 돌아다니는 게 나으려나?

이제는 마을 사람들이 '수상한 사람이다!'라고 경계하지도 않을 테고.

"사라사 씨는 지금 그대로가 좋을 것 같은데요……."

"그래. 귀엽잖아? 딱히 채집자도 아니고 말이야."

"우리는 어느 정도 실력을 보여주지 않으면 오히려 문제가 생기거든."

아이리스 씨나 케이트 씨에게는 못된 녀석들이 다가오겠구나.

아이리스 씨가 크게 다친 그때처럼.

그래도——.

"일단 제 목표는 스승님인데요……."

멋지게 자립한 여자가 되고 싶다——, 키는 거의 포기했지만.

"사라사의 스승님을 본 적이 없긴 하지만, 아직 나이가 어려서 그렇기도 할걸?"

"그래. 급하게 굴 필요는 없지. 그런데 사냥하러 갈 때 필요한 게 있나?"

그레이 씨가 물어보자 빙아 박쥐의 정보가 생각나서 대답했다.

"그렇죠. 우산이 있는 게 좋다는 이야기를 들은 적이 있네요."

"우산?"

"네. 동굴 천장에는 박쥐가 잔뜩 매달려 있거든요? 떨어지기 마련이죠. **이것저것.**"

내가 한 말을 듣고 상상했는지, 아이리스 씨와 케이트 씨가 동시에 인상을 찌푸렸다.

빙아 박쥐는 야행성이라 우리가 사냥을 하러 가는 낮에는 동굴 안에서 잠을 잔다.

그리고 자면서 볼일을 본다.

다시 말해 **그것**이 떨어지는 것이다.

머리 위에서.

"그런데 나는 우산 같은 게 없다고."

"그렇지. 비가 오면 외투를 뒤집어쓰기만 하니까."

곤란한 듯이 말하는 아이리스 씨와 케이트 씨.

안드레 씨를 보니 이쪽도 당연하다는 표정으로 고개를 끄덕이고 있었다.

"우산처럼 우아한 걸 우리가 가지고 있을 리가 없잖아?"

"그런 걸 가지고 다니는 건 도시에 사는 상인이나 귀족 정도밖에 없을걸?"

그런가?

그러는 나도 없긴 하지만.

"이번에는 괜찮아요. 제가 '에어 월(풍벽)'을 쓸 테니까요."

날아오는 화살로부터 몸을 지키는 이 마법이라면 모두를 커버할 수 있다.

오히려 모두를 커버하지 못하면 대참사가 벌어진다.

'이것저것' 마구 튀어서.

"하지만 앞으로도 가실 거라면 뭔가 준비하는 게 나을 것 같은데요? 우산이 아니더라도 전용 외투라든가……."

"그래, 뭔가 준비해야겠지. 우리도 똥을 뒤집어쓰고 싶진 않으니까."

아, 말해버렸네.

모처럼 내가 '이것저것'이라고 둘러댔는데.

"너덜너덜해진 게 있잖아? 그걸 쓰자고."

"아, 그걸 입고 저희 가게에는 오지 마세요. 출입 금지할 테니까."

길 씨가 제안하자 나는 바로 엄포를 놓았다.

채집자들의 특성상 어느 정도 더러워지는 건 어쩔 수 없지만, 제대로 뒤집어쓰고 오는 건 좀…….

"나도 알아. 아니, 어찌 됐든 빨아야 한단 말이지. 뭔가 좋

111

은 방법 없나?"

"그건 현장을 보고 생각해보시죠? 동굴의 상황에 따라 달라질 테고요."

"그래. 이번에는 사라사가 마법으로 막아줄 테니까."

내가 한 말을 듣고 안드레 씨는 납득했다는 듯이 고개를 끄덕였다.

◇ ◇ ◇

"호오~, 여기가 그 동굴인가? 꽤 큰데."

목적지 동굴에는 안드레 씨 일행의 안내를 받아 딱히 헤매지도 않고 도착했다.

폭이 20m 정도, 높이는 10m 정도 되는 동굴의 입구를 올려다본 아이리스 씨가 감탄하며 말하고 있었다.

"꽤 가깝구나. 이 정도라면 마음 편히 올 수 있겠는데……, 제대로 잡을 수 있는지가 문제겠어."

"강하지는 않으니까 괜찮아요. 일제히 습격당하면 위험하지만, 보통은 습격하지 않거든요. ……보통은."

"보통은?"

아이리스 씨가 고개를 갸웃거리며 묻자 나는 고개를 끄덕였다.

"어느 정도 사냥하는 정도면 빙아 박쥐도 도망치려 하는데요, 예를 들어서 동굴 입구를 막고 섬멸하려 들면 상대방도 필사적으로 습격하거든요."

과수원에는 해로운 짐승이기 때문에 그런 시도를 하는 경우도 있는 것 같은데, 전력을 충분히 확보하지 않고 그렇게 하면 뼈아픈 반격을 당하게 된다.

"예전에는 그렇게 하다가 온몸이 얼어붙어서 죽은 사람도 있었다고 해요."

"그, 그래…… . 박쥐라도 방심하면 안 된다는 거지?"

안드레 씨 일행은 말문이 막힌 채 굳은 표정을 짓고 있었다.

"이번에는 괜찮아요. 어느 정도만 잡고 끝낼 테니까. 그럼 들어가죠."

모두를 커버할 수 있게끔 '에어 월'을 사용하고 동굴 안으로 발을 내디디자 금방 강렬한 냄새가 코를 찔렀다.

그 위력으로 인해 아이리스 씨와 케이트 씨가 인상을 찌푸렸고, 손으로 얼굴을 가렸다.

"윽, 내, 냄새가 심한데!"

뭐, 냄새가 심하지. 바닥이 전부 그거니까.

"그, 그래, 이건 꽤…… . 안드레 씨는…… , 뭐, 채집자니까 그렇다 치고. 점장 씨는 괜찮아?"

안드레 씨가 '그렇다 치긴 뭘?!'이라고 따지는 걸 대충 넘기며 케이트 씨가 걱정스럽다는 듯 내 얼굴을 들여다보았다.

"냄새가 심하긴 하지만 연금술에는 냄새가 심한 소재도 있어서 대처할 방법이 있어요. 참고로 지금은 냄새를 경감시켜주는 약을 쓰고 있죠."

"치, 치사해! 점장님! 내게도 그걸!"

"가격이 좀 나가는데, 괜찮으시겠어요?"

내가 씨익 웃자 아이리스 씨와 케이트 씨는 말문이 막혔다.

"으윽!"

"비, 빚이⋯⋯."

"농담이에요. 이번만은 쓰셔도 돼요. 자, 이 병 냄새를 맡으세요."

내가 작은 병을 꺼내서 뚜껑을 열고 아이리스 씨와 케이트 씨에게 내밀자 두 사람은 곧바로 거기에 얼굴을 가져다 대고 코로 숨을 들이마신 뒤 깜짝 놀랐다.

"냄새가 안 나!⋯⋯지는 않지만, 많이 나아졌다!"

"그래. 전혀 다르네!"

"일정 수준 이상의 냄새를 차단해주는 포션이에요. 완전히 막으면 오히려 위험하니까요."

타는 냄새라든가, 이상한 냄새가 난다든가, 위기를 미리 파악하기 위해서도 후각은 중요하다.

그렇기 때문에 '일정 수준 이상을 차단'해주는 건데, 그렇기 때문에 포션으로 만드는 거고, 그게 비용이 많이 드는 부분이다.

후각을 마비시키는 것만 놓고 보면 더 간단하다.

"매번 무료로 제공해드릴 수는 없으니까 참거나 빚을 늘리거나, 어떻게 하실 건지는 알아서 판단하세요."

"으음⋯⋯, 고민이 되는데."

"견디지 못할 정도는 아니라서 말이지."

"안드레 씨도 써보실래요?"

"아니, 우리는 됐어."

"뭐, 참을 수 있는 수준이니까. 채집자 중에는 '몸을 대체 언제부터 안 씻은 거야!' 같은 녀석도 있거든."

"아무리 그래도 그렇게까지 심한 녀석은 없잖아?! ……적어도 이 마을의 채집자 중에는."

어? 이 마을 말고 다른 곳에는 있다고……?

그런 채집자는 우리 가게에 오지 않았으면 하는데.

진짜로 이 동굴만큼 냄새가 나는 사람이 있다면 나는 출입을 금지하는 것도 망설이지 않겠어.

가게를 보는 로레아가 너무 가엾잖아.

"뭐, 불결한 채집자가 오면 그때 가서 생각하죠. 그건 그렇고, 위쪽을 보세요."

"위쪽……, 으앗!"

내가 손가락으로 가리키자 순순히 위쪽을 본 아이리스 씨가 소리를 질렀다.

안드레 씨 일행도 깜짝 놀랐는지 입을 떡 벌리고 있었다.

"이거……, 많은데……."

동굴 천장이 보이지 않을 정도로 빽빽하게 달라붙어 있는 빙아 박쥐.

잔뜩 겹쳐져 있어서 다 셀 수 없을 정도로 많았다.

"이, 이 중에서 다섯 살 이상인 개체를 찾는 거야? 점장 씨,

아무리 그래도 힘들 것 같은데?"

"조금 힘들긴 하지만 불가능할 정도는 아니에요. 예를 들자면……, 저거죠."

나는 그렇게 말하며 마법을 써서 빙아 박쥐 한 마리를 공격했다.

땅바닥에 툭 떨어진 그것을 주워 들고 안드레 씨 일행에게 보여주었지만, 그들은 그저 고개를 갸웃거리기만 하고 있었다.

"……아니, 무슨 기준으로 공격한 건데? 사라사."

"마력량이요. 마력을 일정 이상 가지고 있는 빙아 박쥐를 노리는 거예요."

"아니, 그런 건 못하지! 우리는 그런 걸 감지할 수가 없으니까!"

아무렇지도 않게 대답한 내게 길 씨가 따지고 들었고, 다른 사람들도 마찬가지로 고개를 연달아 끄덕였다.

"네, 저도 알아요. 이런 방법으로 구별하라고 하진 않을 거예요. 일단 크기죠. 다른 녀석들보다 큰데, 알아보시겠어요?"

안드레 씨 일행은 내가 한 손으로 들고 있는 빙아 박쥐와 천장에 달라붙어 있는 빙아 박쥐를 여러 번 번갈아 보며 비교하는데……, 아직 잘 모르는 것 같네?

"……그러고 보니 조금 작은 것 같기도 하고."

"아니, 차이가 거의 없지 않나? 나는 모르겠는데?"

"이런 거리에서는 판단할 수가 없지……."

내가 잡은 빙아 박쥐는 머리부터 발끝까지 약 20cm 정도. 천장에 달라붙어 있는 개체 중 대부분은 이것보다 작았다.

대충 알아보는 사람은 케이트 씨하고, 길 씨 정도?

케이트 씨는 활을 주로 쓰니까 관찰력이 예리한 건가?

"뭐, 외모로 구별하는 건 제쳐두기로 하죠. 다음은 송곳니를 보고 구분하는 방법이에요."

빙아 박쥐의 입을 벌리고 2cm 정도 되는 송곳니 두 개를 가리켰다.

'빙아'라는 이름이 붙을 정도라서 몸의 크기에 비해 송곳니가 꽤 컸다.

"우선 색깔. 진한 푸른색일수록 나이가 많아요."

"호오~, 색이 꽤 예쁜데……."

"이건 연한 편인데, 열 살이 넘으면 감청색이 되니까 더 예뻐져요."

흥미로워하며 송곳니를 만지려 하는 아이리스 씨에게서 박쥐를 떼어내며 계속 말했다.

"그다음으로는 냉각 능력. 맨손으로 만져보고 금방 떼어내야만 할 정도로 차가우면 충분히 가치가 있어요."

"호오, 호오."

순순히 장갑을 벗고 송곳니를 만지려 하는 아이리스 씨에게서 박쥐를 다시 떼어냈다.

그런 나를 보고 그녀는 불만스러운 듯한 표정을 지었지만,

나는 안 된다며 고개를 저었다.

"송곳니로 무언가를 찔러 봐도 알 수 있죠. 그래요, 다섯 살 이상이라면 사람의 손가락이 몇 초만에 얼어붙을 정도죠. 아이리스 씨, 시험해보실래요?"

"아, 아니, 됐어!"

고개를 저으며 급하게 다시 장갑을 끼는 아이리스 씨.

응. 설명하는 도중에 손을 내밀면 위험하거든요?

연금술 수업을 할 때도 실험 중에는 절대로 다가가지 않는다.

허가를 받을 때까지는 만지지 않는다는 게 철칙이니까.

"마지막으로는 여기, 송곳니의 뿌리 부분을 보는 방법이 있죠. 힘줄 같은 게 있는데, 알아보시겠어요?"

내가 가리킨 부분을 안드레 씨 일행은 흥미롭다는 듯이, 아이리스 씨는 조심조심 들여다보았다.

"……어두워서 잘 안 보이는데."

"아, 그렇겠네요. '라이트(光)'."

빙아 박쥐를 너무 자극하지 않게끔 희미한 불빛을 켜고 다시 가리켰다.

"흐음, 흐음, 힘줄이 있긴 하네. 이거의 숫자가 나이인가?"

"맞아요. 이건 다섯 개가 있으니까 여섯 살이네요."

"그렇군. 이거라면 나도 구분할 수 있겠어."

"그럼 이 송곳니 두 개를 떼어내서 가지고 오면 끝이에요. 손가락이 찔리지 않게끔 신중하게 잡고 안쪽으로 쓰러뜨리면 의외로 간단히 부러지거든요."

나는 그렇게 말하며 우득, 우득, 송곳니를 부러뜨려서 가지고 온 가죽 주머니에 넣었다.

"나머지 몸 부분은 써먹을 데가 거의 없으니까 버리세요. 그래도 가능하다면 동굴 바깥에 버리는 게 낫겠죠. 여기서 썩어버리면 다음에 올 때 곤란할 테니까요."

여기라면 입구가 보이기 때문에 간단하다.

다리를 잡고 휙 던지자 빙아 박쥐의 시체가 숲의 나무 사이로 사라져갔다.

"간단할 것 같긴 한데, 나이를 판단하는 게 힘들겠군. 케이트, 할 수 있겠어?"

"나도 이 정도로 차이가 얼마 안 난다면 확실하게 구분할 수 있을지는……."

아이리스 씨가 묻자 케이트 씨는 씁쓸한 표정으로 고개를 저었다.

"길, 너는 어때?"

"못해. 애초에 여기에서는 공격이 닿질 않아. 우리 창으로는."

안드레 씨 일행은 박쥐를 잡기 위해 접이식 창을 가져온 모양인데, 10m나 되는 천장에는 닿지 않는 모양이었다.

"여기서 활을 쏴서 잡는 것도 괜찮은 방법이겠지만, 일반적으로 이런 동굴에서는 안쪽에 있는 빙아 박쥐의 나이가 더 많은 편이에요. 당연히 가치도 더 높고요."

"……응? 그럼 제일 안쪽에서 잡으면 나이를 신경 쓸 필요가 없는 건가?"

"입구 근처에 이런 나이인 빙아 박쥐가 있으니 지금은 그렇겠네요."

"지금은……, 그래, 그런 거구나. 안쪽에 있는 녀석들을 잡다 보면 젊은 녀석들이 차례차례 안쪽으로 들어간다는 거지?"

안드레 씨는 잠시 생각한 다음 이해가 된다는 듯이 고개를 끄덕였다.

"맞아요. 그러니까 구분할 수 있게 되는 것도 필요하죠."

"그렇구나. 하지만 나는 못 할 것 같은데……."

"그건 열심히 해달라는 말씀밖에 못 드리겠네요."

"그래. 알겠지? 길, 열심히 해라?"

"내가 구분하라고?! 뭐, 노력은 해보겠지만……, 안쪽에 다섯 살 미만인 개체가 살게 되면 물러나는 게 더 낫지 않나?"

곤란하다는 듯이 어깨를 으쓱이는 길 씨를 보고 나도 맞장구를 쳤다.

"그렇죠. 솔직히 제가 예상했던 것보다 숫자가 많아서 전부 잡아 오셔도 다 사들일 수가 없거든요. 저도 이왕 사는 거면 나이가 많은 녀석의 송곳니를 사고 싶고요."

오랫동안 사냥한 사람이 없어서 그런지 입구부터 이렇게 숫자가 많다.

이 동굴 전체에 살고 있는 빙아 박쥐의 전체 숫자는 상상도 안 된다.

이걸 전부 다 잡으면 이 나라의 빙아 박쥐 송곳니의 시가 자체가 내려가지 않을까?

"그럼 제일 안쪽부터 잡아보죠! 분명히 잔뜩 벌 수 있을 거예요!"

──그렇게 의기양양하게 동굴 안쪽으로 걸어가기 시작한 뒤 2시간 정도.

우리는 아직 빙아 박쥐 서식 영역의 최심부에 도달하지 못했다.

동굴 자체가 깊은 건 그렇다 치더라도 빙아 박쥐는 그렇게까지 안쪽으로 들어가지 않을 텐데……, 바닥이 안 좋아서 느려지는 걸 감안해도 너무 오래 걸리지 않나요?

그리고 그렇게 생각했던 건 나뿐만이 아니었는지 아이리스 씨가 조금 질린 듯한 표정을 지으며 말을 걸었다.

"저기, 점장님. 이 정도면 되지 않나?"

"그, 그렇죠. 제일 안쪽이 신경 쓰이긴 하지만, 크기로 보면 충분할 거예요."

이 근처 천장에 있는 빙아 박쥐의 크기는 제일 작은 녀석도 30cm였다.

커다란 녀석은 40cm가 넘으니 송곳니의 냉각 성능은 충분히 강할 것이다.

"이 정도라면 우리도 알아볼 수 있어. 확실하게 큰데."

"점장님, 여기 있는 빙아 박쥐를 전부 잡으면 빚을 다 갚을 수가——."

"없죠. 그래도 조금 줄어들긴 하겠네요."

"그렇겠지. 에휴……, 아이리스의 목숨은 비싸구나."

"그, 그런 말 하지 마라……."

아이리스 씨는 풀 죽은 듯이 어깨를 축 늘어뜨렸다. 그래도 사실이니까 포기하세요.

공짜로 주기에는 너무 비싼 포션이라고요, 그거.

"그런데 아이리스 아가씨는 운이 좋은 거거든? 채집자에게 돈을 빌려주는 사람은 거의 없으니까. 게다가 처음 만난 사이였잖아?"

"그래. 보통은 비싼 포션을 쓰면서까지 구하지 않는다고."

"안드레 씨, 그레이 씨, 그건 우리도 잘 알고 있어. 아~, 미안하다, 점장님."

껄끄러운 듯이 고개를 숙이는 아이리스 씨를 보고 나도 고개를 저었다.

"아뇨, 연금술사인 저도 쉽게 살 수 없는 포션이니까 어쩔 수 없죠."

"역시 그런 거였나——, 응? 그럼 그 포션은 왜 가게에 있었던 거지?"

"스승님의 작별 선물이에요."

"크헉! 내, 내가 그렇게 소중한 것을 쓰게 만들다니——."

"신경 쓰지 마세요. 아이리스 씨의 목숨과 비교하면 싼 거니까요."

가슴을 부여잡는 아이리스 씨를 보고 나는 고개를 저었다.

애초에 돈은 받을 거고.

"오오오, 점장님에게서 후광이 보인다⋯⋯."

"아뇨, 안 보이거든요."

"아니! 내 눈에는 보여! 점장님! 나는 열심히 하겠어!"

"⋯⋯네에. 열심히 하세요. 우선 먼저 위쪽에 있는 빙아박쥐를 잡으시고요."

"그래! 맡겨만 다오!!"

아이리스 씨는 내가 한 말을 듣고 힘차게 대답했지만, 천장을 올려다보며 잠시 입을 다물고 있더니 축 늘어졌다.

"⋯⋯미안하다, 케이트. 나는 무력해."

"공격 수단이 없으니까. 아이리스의 몫까지 내가 열심히 할게."

"역시 케이트야! 믿음직스러워!"

갑자기 미소를 지으며 어깨를 두드리는 아이리스 씨를 보고 케이트 씨가 쓴웃음을 지었다.

"까불기는. 점장 씨, 그냥 공격하면 되는 거야?"

"기본적으로는요. 그래도 단번에 죽일 수 있게끔 해주세요. 날뛰게 되면 이리저리 날아다녀서 귀찮아지니까요."

"단번에⋯⋯, 어려운데. 머리를 노릴 수도 없고⋯⋯."

"송곳니가 없어져 버리면 잡을 의미가 없으니까요. 안드레 씨 쪽은 닿는다면 창으로 공격, 그러지 못하는 분들은 회수를 부탁드릴게요."

"으음. 그럼 나는 열심히 회수를 하지! 언제든 상관없다!"

"그런가요? 그럼 시작하죠."

나는 마법, 케이트 씨는 활, 안드레 씨와 그레이 씨가 창, 나머지 두 사람은 회수 담당.

이 중에서 약간 힘들어하는 사람은 원거리 공격을 하는 케이트 씨였다.

"앗!"

실력이 대단하긴 하지만, 다섯 마리 정도 쓰러뜨렸을 때 실수를 했다.

단번에 죽이지 못한 빙아 박쥐가 퍼덕퍼덕 버둥거리면서 땅바닥에 떨어졌고, 그와 동시에 천장에 달라붙어 있던 다른 빙아 박쥐들이 날아다니기 시작했다.

"죄송합니다!"

"아니, 오히려 다섯 마리 쓰러뜨린 것만 해도 대단한 거지. 이봐, 길, 너도 참가해라. 이 정도면 검이 닿을 거 아냐."

"알겠어~!"

약간 넓게 확보하고 있던 '에어 월'의 범위를 아슬아슬하게 좁히자 빙아 박쥐가 바로 옆을 날아다니게 되었다.

그 사실을 눈치챈 안드레 씨가 부르자 길 씨도 토벌에 참가했다.

그리고 아이리스 씨도 나섰고, 대신 케이트 씨가 회수를 담당하게 되었다.

뭐, 박쥐는 꽤 불규칙하게 날아다니니까.

이런 상황에서 억지로 활을 쏘다가는 자칫하다가 아군이 맞을 수도 있으니 잘못된 판단은 아니다.

그리고 잠시 후.

퍼덕퍼덕 소리와 함께 주위에서 빙아 박쥐가 사라졌고, 지면에는 박쥐 시체만 굴러다니게 되었다.

"휴우. 예상했던 것과는 조금 달라졌지만, 꽤 많이 확보할 수 있을 것 같네요. 이만큼 있으면 충분할 거예요."

"그래. 우리가 들고 갈 수 있는 양도 이 정도가 한계겠지."

안드레 씨가 한 말대로 꽤 아슬아슬했지만, 겨우 전부 회수했다.

우리는 시체가 가득 든 가죽 주머니를 들쳐메고 온 길로 돌아갔다.

땅바닥이 미끄러지기 쉬워서 조심하며 몇 시간 동안 나아갔다.

겨우 바깥의 빛이 보이기 시작했고──, 우리는 동굴 밖 땅바닥을 내디뎠다.

"휴우……. 어떻게든 대참사는 피했구나."

"그래. 만에 하나 넘어지기라도 하면 땅바닥에 있는 똥하고 시체 위로……, 생각하고 싶지도 않아."

벌벌 떠는 아이리스 씨를 보고 우리도 맞장구를 치듯이 고개를 끄덕인 다음 짊어지고 있던 가죽 주머니를 땅바닥에 내려놓고 신선한 공기를 들이마셨다.

이대로 쉬고 싶긴 하지만, 아쉽게도 해가 질 때까지 시간이 별로 남지 않았다.

"그럼 조금 급하긴 하지만 여기서 송곳니를 회수할까요? 시체를 가져가 봤자 걸리적거리만 하니까요."

"그래. 그냥 부러뜨리기만 하면 되는 거지?"

"네. 뿌리 쪽을 잡고 안쪽으로, 그것만 신경 쓰시면 돼요. 아, 가죽 장갑은 반드시 끼셔야 해요. 손가락을 잃고 싶지 않다면."

"무, 물론이지. 아무리 그래도 더 이상 빚을 늘리는 건……."

나는 초조하며 말하는 아이리스 씨를 보고 고개를 끄덕였다.

"네. 손가락을 재생시키면 빚이 두 배까지는 아니더라도 몇 할 정도는 늘어날 테니까요."

부위 재생 포션은 정말 비싸니까.

"으윽. 조심하지. ……케이트, 좀 두꺼운 장갑이 있던가?"

"조금 위험한 걸 채집할 때 쓰는 게 있어. 그걸 쓰자."

아이리스 씨 일행은 채집자라서 그런지 항상 손을 보호하는 장갑을 끼고 있는데, 평소에 쓰는 건 무기 같은 걸 다루기 편하게끔 유연한 장갑이다.

두 사람은 그걸 벗고 짐 속에서 꺼낸 장갑을 끼고 있었다.

보아하니 안드레 씨 일행도 마찬가지였다. 이런 부분은 숙련된 채집자 같다.

나? 나는 괜찮아.

얇긴 하지만 빙아 박쥐의 송곳니 정도로는 뚫리지 않는

거니까.

물론 아티팩트고, 표준 가격은 3,200 레어.

한 번은 만들어야 하니까 창고에 그런 것들이 들어 있는 거죠.

절약 정신이 투철한 나도 편리하게 써먹을 수 있는 건 적극적으로 써 나갈 생각이다.

창고에서 먼지만 쌓이게 두더라도 낭비니까.

"응? 사라사, 그 글러브는 얇은 것 같은데 괜찮아?"

쓰다 보면 이렇게 선전할 기회도 되고 말이지.

"네. 이건 '유연 글러브'라는 아티팩트라서 어지간한 날붙이로는 베이지 않을 정도로 튼튼하거든요. 이름처럼 유연하기도 해서 자잘한 작업도 할 수 있으니 편리하죠."

"호오……, 잠깐 빌릴 수도 있나?"

"네, 상관없어요. 손을 넣어보세요."

흥미를 보인 그레이 씨에게 장갑을 벗어서 건네자 자기 손에는 분명히 작은 것 같은 장갑을 수상쩍은 눈초리로 보고는 신중하게 한 손을 집어넣더니 깜짝 놀랐다.

"내 손이 다 들어가네. 게다가 움직이는데 전혀 걸리적거리지 않아?!"

"그런 유연성, 그리고 손가락을 세밀하게 움직일 때도 걸리적거리지 않는 두께. 이게 이 장갑의 특징이에요. 그러면서도 꽤 튼튼하니까 저는 연금술을 할 때 쓰죠. 연금술은 다칠 위험이 은근히 있거든요."

정확하게 말하자면 지금 연금술을 쓸 때 사용하는 건 이 장갑보다 랭크가 하나 높은 것이다.

연금술 대사전 제4권에 나온 '얇디 얇은 유연 글러브'다. 이것도 이름 그대로 유연 글러브가 얇아진 것뿐이다.

"단점은 아티팩트라서 미량의 마력을 소비하는 건데요……."

"아니, 느껴지지도 않을 정도인데? 적어도 나에게는 전혀 문제가 없어."

기쁜 듯이 손을 쥐었다 폈다하는 그레이 씨를 보고 길 씨도 조금 흥미가 생겼는지 다른 쪽 글러브에 손을 넣어보고 있었다.

"이렇게 얇은데 빙아 박쥐의 송곳니도 막아준단 말이지. ──참고로 가격은?"

"음, 3천……, 800 레러요. 어느 정도 팔 수 있다는 걸 가정하면 말이지만요."

3,200 레러라는 표준 가격은 왕도에서 팔 때 가격이다.

얼마나 많이 팔 수 있는지에 따라 다르지만, 필요한 소재를 들여오는 것까지 감안하면 이 마을에서는 3,800 레러로도 아슬아슬하다.

하나만 팔리면 완전히 적자, 10개 정도 팔리면 본전?

역시 운송비는 무시할 수가 없으니까.

내 경우에는 스승님에게 부탁한다는 꼼수가 있지만……, 그것도 결국 나와 스승님의 마력으로 운송비를 대신 내는 것뿐이니까, 일반적으로 들여온다고 생각해야겠지.

"3,800 레어라. 그걸로 안전을 살 수 있다면……, 충분히 검토할 만한 가치가 있겠는데."

"주문은 언제든지 받을게요. 대량으로 주문하시면 조금 싸게 드릴 수도 있고요."

"흐음, 주문은 많이 할 수 있을지도 몰라. 다행이라고 해야 하나, 지금은 그 사건 때문에 돈을 가지고 있는 녀석도 많으니까. 게다가 이 빙아 박쥐의 송곳니, 이걸 가지러 올 때 안심할 수 있다면……."

안드레 씨가 그렇게 견적을 내는 동안에도 송곳니의 회수가 계속 진행되었고, 한 시간 정도 지나자 모든 가죽 주머니가 텅 비고 그 대신 송곳니가 조그맣게 쌓였다.

생각했던 것보다 나이가 많은 빙아 박쥐가 많았기 때문에 꽤 진한 푸른색으로 물든 송곳니가 마치 보석처럼 예쁘게 보였다.

사들이는 가격도 꽤 비싸지니 오늘 번 돈만 해도 유연 글러브 정도는 사고도 남을 것이다.

"저기, 분배는 사람 수대로 해도 될까요?"

이렇게 나이가 많은 송곳니를 모았으니 똑같이 나눠도 냉장고나 냉동고에 쓰기에는 충분하다.

그렇게 생각하고 제안하자 안드레 씨 일행이 서로 얼굴을 마주보았다.

"우리는 고맙긴 한데, 그래도 되나?"

"아무리 생각해도 제일 큰 활약을 한 건 사라사잖아?"

"그런 건 안내해준 비용이라고 생각하세요."

"그래, 미안하군. 그래도 어차피 사라사네 가게에 팔게 될 테니까, 나중에 현금으로 받을 수 있을까?"

"아, 그렇겠네요. 그럼 가게에서 드릴게요. 아이리스 씨하고 케이트 씨는⋯⋯."

"우리 몫은 전부⋯⋯, 아, 아니, 어느 정도 갚을지는 의논을 좀 하게 해줘."

"미안해, 여유가 별로 없어서⋯⋯."

나는 미안해하는 케이트 씨와 아이리스 씨를 보고 '문제 없다'고 하며 고개를 저었다.

"네, 알겠어요. 그래도 무리하실 필요는 없어요. 쓸데없이 급하게 행동하다가 다치시는 게 더 걱정되니까요."

아이리스 씨 일행의 수입은 소재를 팔아서 얻는 돈뿐이다.

다시 말해 그것들을 사들이는 내가 빚을 갚는 금액을 통해 그녀들의 주머니 사정을 파악하는 건 식은 죽 먹기다.

식사만은 제대로 하게 되었지만, 역시 조금 걱정된다.

"점장 씨⋯⋯, 고마워."

"아뇨, 아이리스 씨하고 케이트 씨가 죽어 버리면 빚을 회수할 수 없게 되어 버리니까요."

내가 농담을 하는 듯이 그렇게 말하자 아이리스 씨와 케이트 씨는 쓴웃음을 지으며 고개를 끄덕였다.

"조심하도록 하지. 빚을 다 갚고 나서 점장님에게 은혜를 갚기 전까지는."

"네. 목숨의 대가, 그 은혜를 갚으려면 오래 걸릴걸요?"

나는 그렇게 말하며 방긋 웃었다.

◇ ◇ ◇

"그럼 다녀올게!"

"네, 조심하세요."

송곳니를 채취하고 나서 며칠 뒤.

이른 아침 가게 앞에서 세 사람에게 다녀오겠다는 인사를 하고 있었다.

목적지는 사우스 스트러그에 있는 레오노라 씨네 가게.

이미 가본 적이 있는 길이기 때문에 마음 편히 나가려던 내게 아무렇지도 않게 인사해준 사람은 로레아 뿐이었다.

아이리스 씨와 케이트 씨의 표정에는 불안한 기색이 역력 했다.

"이봐, 점장님. 아무리 그래도 혼자 가면 위험하지 않을 까? 별로 위험하지 않은 길이라고 해도 혼자서 가면 제대로 잘 수도 없잖아?"

"그래. 적어도 나나 아이리스, 둘 중 하나라도 호위를……"

"아뇨, 마음은 감사하지만 뛰어갈 거라서 신체 강화를 쓰지 못하면 힘들걸요? 그리고 이번에는 당일치기로 다녀올 예정이라서요!"

"그런가? 하긴 점장님이라면 금방 도착──, 응? 돌아온다고?"

으응? 그렇게 말하며 고개를 갸웃거리는 아이리스 씨에게 나는 힘차게 고개를 끄덕였다.

"네. 오늘 안으로 돌아올 생각이에요!"

"어, 당일치기라니…… 점장 씨라도 그건 힘들지 않나……?"

"아뇨, 이번에는 할 수 있을 것 같아요! 죽을 것 같은 근육통을 경험한 저는 한층 더 성장했으니까요! ──그럼 괜찮겠죠?"

아니, 약한 마음을 먹으면 안 되지.

저번에 갔던 걸 생각하면 쓸데없이 다른 길로 빠지지만 않으면 어떻게든 될 거야!

"그럼 우리가 함께 가면 오히려 방해만 되겠군."

"그래. 점장 씨, 조심히 다녀와."

"네, 감사합니다. ……뭐 필요하신 거 있나요? 과자라든가."

"아니, 괜찮아. 잘 곳하고 맛있는 식사가 있는데. 지금 우리에게 필요한 건 채집활동에 쓸 것뿐이지!"

아이리스 씨는 그렇게 말하며 주먹을 힘차게 쥐었지만, 눈이 미묘하게 떨리고 있었다.

"후후, 알겠어요. 적당히 선물을 사 올게요. 그럼, 다녀오겠습니다!"

산을 넘고 들을 넘어── 가지는 않고 그냥 도로를 달려서 사우스 스트러그로 향했다.

신체 강화를 쓸 기회가 늘어서 그런지, 아니면 심한 근육통을 경험한 게 진짜로 영향을 준 건지는 모르겠지만 몸 상태가 좋아서 저번에 쉬었던 곳을 그냥 지나쳤다.

　그러니 사우스 스트러그까지는 얼마 남지 않았다.

　슬슬 쉴까, 어떻게 할까, 고민하다 보니 사우스 스트러그의 문이 보이기 시작했고──, 결국 나는 끝까지 달리는데 성공했다.

　"확실하게 성장하고 있다는 뜻이지. 후후후⋯⋯."

　이제 몸의 성장까지 뒤따라주면 더할 나위가 없다.

　아쉽게도 한동안 성장하지 않았지만!

　적어도 키가 조금만 더 컸으면 좋겠다.

　어린애로 보이는 건 슬슬 포기한 경지에 이르렀지만, 작업하기가 힘드니까.

　"괜찮아. 아직 희망은 있어. ⋯⋯아니, 일단 서둘러야지."

　첫 번째 목적은 냉장고와 냉동고를 만들 때 쓸 목재 조달.

　실제로 쓰는 건 게베르크 씨니까 내 역할은 목재 상점에 주문서를 가져다주는 것뿐이다.

　그걸 재빨리 마치고 다음에는 레오노라 씨네 가게로 향했다.

　"어서 오세⋯⋯, 아니, 사라사잖아. 역시 무사했구나."

　여전히 청소가 잘 되어 있는 가게의 문을 열자 레오노라 씨가 조금 놀란 듯이 내 얼굴을 보고는 미소를 지었다.

　"오랜만에 뵙네요. ──무사했다뇨?"

"요크 마을에서 도망쳐 온 채집자들이 떠들고 다녔거든. 그 마을은 이제 틀렸다고 하면서."

"……아, 헬 플레임 그리즐리의 광란요?"

사람들이 꽤 많이 도망쳤으니까 그런 소문이 퍼지는 것도 당연하겠구나.

그 이후로 무사히 물리쳤다는 이야기는……, 어라? 혹시 아직 안 퍼졌나?

"그래. 뭐, 소문으로도 마을이 위기에 처했다는 건 틀림 없었던 것 같은데, 사라사가 있다는 걸 알고 있었으니까. 걱정은 별로 안 했어."

"믿어 주시는 건 감사한데요, 저는 스승님처럼 비상식적 이지 않거든요?"

스승님이 유명하기 때문에 그렇게 믿어주는 거겠지만, 나 는 스승님과는 다르다.

그렇게 기대해도 부응할 수가 없으니까.

"그런데 오늘 팔러 온 건 뭐니?"

"……헬 플레임 그리즐리의 소재인데요."

"그렇겠지. 몇 마리나 나왔어?"

"스물여덟 마리요."

"그래서 그걸 사라사가 쓰러뜨렸고?"

어이가 없다는 듯이 말하는 레오노라 씨를 보고 나는 허 둥대며 고개를 저었다.

"설마요. 제가 쓰러뜨린 건 여덟 마리뿐이에요. 나머지는 남아준 채집자들하고 마을 사람들이 쓰러뜨렸죠."

"혼자서 그만큼 쓰러뜨렸다면 충분한 것 같은데. 뭐, 됐어.
그럼 보여줄래?"

"네. 우선 모피하고 화염 주머니, 눈알——."

이번에 얻은 소재 중에서 꽤 많이 가져왔기 때문에 금방
카운터가 꽉 찼다.

그것들을 레오노라 씨가 하나하나 확인한 다음, 사들일
가격을 계산해 나갔다.

"호오……. 처리도 잘 됐고 귀중한 소재라서 전부 사들이
고 싶긴 한데……, 그렇게 하면 빈털터리가 되어 버리겠어,
내가."

"현금이 아니라 소재로 주셔도 되는데요? 필요한 게 이것
저것 있으니까요. 그리고 주력 상품은 아니지만, 이런 것도
있어요."

마지막으로 내가 꺼낸 것은 얼마 전에 모은 빙아 박쥐의
송곳니 중 대부분이었다.

시기상 이제부터 수요가 생길 소재지만 금방 또 들어올
테고, 우리 가게에서 소비하기에는 양이 너무 많다.

"호오, 빙아 박쥐구나. 시기상 시세가 올라갈 테니 팔아
주면 고맙지. 게다가 나이가 꽤 많이 든 거네? 요즘에 그 마
을에서 들어오지 않아서 곤란했거든. 처리할 필요도 없고
옮기기도 쉬울 텐데."

"마을 채집자들 이야기로는 예전에 헐값에 넘겨야만 한

적이 있어서 그랬다던데요? 그래서 '수지가 안 맞는다!'라고 생각한 모양이고요."

"……혹시 또 그 녀석이야?"

눈초리가 약간 사나워진 레오노라 씨를 보고 나는 천천히 고개를 저었다.

"그건 모르겠지만요……, 빙아 박쥐 같은 경우에는 싼 건 싸니까요."

"어린 녀석들이면 그렇게 되겠지. 흐음……, 생각해봤자 소용이 없나?"

레오노라 씨는 잠시 생각하다가 금방 한숨을 쉬고 고개를 저었다.

"그래서, 이것도 전부 사들이면 돼?"

"네. 이제부터 더워질 시기니까 든든한 상품이죠?"

"뭐, 재고가 남지는 않을 거야. ──그런데 뭐가 필요하니?"

"그게요, 우선 유연 글러브에 필요한 소재를──."

주문이 들어올 것 같은 유연 글러브의 소재는 당연하고, 4권 아티팩트에 필요한 소재, 그리고 5권에서 필요할 것 같은 것들이나 포션 소재 등.

때로는 조금 거친 가격 교섭도 해가면서 소재와 현금을 주고받았다.

최종적으로 나와 레오노라 씨는 방긋 웃으며 악수했다.

"자, 서로 좋은 거래를 했구나. ──사라사, 오늘도 자고 갈래?"

여관 안 잡았지? 그렇게 말하는 레오노라 씨를 보고 나는 고개를 저었다.

"아뇨, 오늘은 돌아갈래요. 오늘 목표는 당일치기거든요!"

시간은 아직 오전.

지금이라면 돌아갈 수 있다!

그렇게 말하며 내가 주먹을 쥐자 레오노라 씨가 어이없어하는 눈초리로 보았다.

"당일치기라니……, 아니, 우리 가게에 온 시간을 생각하면 불가능하진 않겠어. 오늘 아침에 마을을 나선 거지?"

"네. 이번에는 쉬지 않고 뛰어왔어요."

"이 무투파 녀석 같으니. 게다가 괜찮아 보이는 검도 차고 있고."

눈썰미가 좋으시네.

척 보기에는 매우 평범한 검인데.

나는 칼집째로 검을 빼낸 다음 카운터 위에 올려놓았다.

"후후후, 보실래요? 한번 보실래요?"

"뭐야? 꽤나 기뻐 보이는데."

"이거, 스승님에게 받은 거거든요."

"정말?! 잠깐만 보여줘! ——우와, 별로 꾸미지는 않았지만 엄청난 느낌이…….."

곧바로 검을 뽑아든 레오노라 씨는 칼날을 바라보며 한숨을 쉬었다.

그만큼 휘둘렀는데 얼룩 하나 없고, 얼굴이 비쳐 보일 정도니까.

"엄청 날카롭기도 해요. 헬 플레임 그리즐리의 목을 단 번에 쳐냈으니까요. 역시 마스터 클래스가 만든 건 다른가 봐요?"

"──아니, 그건 아니야."

"어라?"

우리 스승님은 대단하죠, 그렇게 말했더니 단번에 부정당했다.

"내가 이 검을 써도 그런 건 못할 거야. 애초에 헬 플레임 그리즐리와 검으로 맞서진 않거든. 평범한 연금술사는."

"아, 연금술사는 마법을 더 잘 쓰긴 하죠. 검은 호신용 정 도로만 쓰는 사람도 있으니까요."

그렇기 때문에 내가 시험 보수를 마구 받아댄 거지만.

"그런 수준이 아닌데……, 뭐, 상관없지. 사라사니까."

"……왠지 미묘하게 흥보시는 것 같은데요?"

"칭찬이야, 칭찬. ──어떤 의미로는. 그건 그렇고, 점심 아직 안 먹었지? 좋은 검을 보여준 보답으로 내가 살게."

그녀가 살짝 달래는 듯이 말하며 내민 검을 받아서 내 허 리에 차며 고개를 끄덕였다.

"으~, 왠지 말투가 신경 쓰이긴 하지만 사 주신다니 신경 쓰지 않을게요."

"그래, 그래. 신경 쓰지 마. ──저기! 점심 식사를 하고 올 테니까 가게 좀 부탁할게!"

"네~."

레오노라 씨가 가게 안쪽을 향해 말을 걸자 여자가 대답하는 목소리가 작게 들렸다.

그 대답을 확인한 레오노라 씨는 내 등을 밀며 가게를 나섰다.

◇ ◇ ◇

레오노라 씨를 따라 들어간 가게는 그냥 고급 가게였다.

간단하게 말하자면, 디랄 씨네 가게와는 자릿수가 하나 달랐다.

나 혼자라면 절대로 가지 않을 가게.

게다가 이번에는 얻어먹는 거다.

다시 말해, 나는 최강이다.

사양하진 않는다.

나는 이득에는 사족을 못 쓰는 계열의 여자애니까.

하지만 진짜 최강은 그렇게 사양하지 않는 나를 보며 미소짓고 있는 레오노라 씨다.

역시 베테랑 연금술사는 다르구나!

나는 돈을 어느 정도 가지고 있어도 나 자신에게는 좀처럼 쓰지 않는데!

"사라사, 배부르니?"

"네! 엄청 맛있는 가게네요, 여기."

정말로 사양하지 않고, 가격도 신경 쓰지 않고 배부르게 먹었는데도 레오노라 씨의 미소는 변함이 없었다.

"나도 마음에 드는 곳이야. 사라사도 지금은 힘들겠지만, 시간이 좀 지나면 여유가 생길 테니까 이 정도 가게도 신경 쓰지 않고 이용할 수 있게 될걸?"

"아~, 그런데 저는 여유가 생기면 고아원에 기부를 좀 더 할까 해서요."

고아원이 힘든데 나 혼자 좋은 걸 먹고 다니는 건 좀……

"사라사는 고아원 출신이구나. 그래도 적당히 하는 게 나을걸? 고아원 원장님하고 의논해서 금액을 정한다든가."

"그런가요?"

"레벨이 높은 연금술사가 작정하고 기부하면 고아원이 엄청 쾌적해질 것 같지 않아? 그런 곳에서 자란 아이가 어떻게 될까?"

"아…… 그렇게 생각할 수도 있겠네요."

예를 들자면 스승님.

만약에 스승님의 수입 중 1할이라도 기부한다면 고아원의 아이들은 세상의 어지간한 아이들보다 사치스럽게 살 수 있을 것이다.

만약 내가 그런 환경에서 자랐을 경우 필사적으로 공부했을지 생각해보면……, 아마 하지 않았을 것이다.

지금 처한 상황을 바꾸고 싶다는 강한 마음이 있었기에 노력할 수 있었지만, 그러지 않았다면……

그리고 그런 환경에서 자라 버리면 아마 고아원을 나온 뒤에도 좋지 않을 것이다.

별다른 특기가 없는 고아원 출신에게 높은 임금을 줄 사람이 있을 리 없으니, 생활 수준이 단숨에 떨어지게 될 테고…….

"이러는 나도 고아원 출신인데, 정기적인 송금은 적게 보내고 건물을 보수하거나 그럴 때 큰돈을 주고 있어."

단순하게 돈을 주는 게 은혜를 갚는 건 아니구나.

원장님이라면 잘 써주겠지만……, 한번 의논해봐야겠다.

"그렇군요, 배워가네요."

"이래 봬도 선배니까. 곤란한 일이 생기면 뭐든지 상담하고."

"네, 감사합니다. 이웃 마을이니까 부탁을 드리는 경우도 있겠지만……."

"그래, 언제든 말해."

"감사합니다. 그럼 저는 가볼게요. 해가 지기 전까지 돌아갔으면 하니까요. 오늘은 잘 먹었습니다!"

가게를 나서서 다시 인사하는 나를 보고 레오노라 씨는 살짝 쓴웃음을 지으며 손을 흔들었다.

"지금 출발해서 해가 지기 전에 도착할 수 있다는 게 이상하지만……. 조심히 가렴."

"네. 그럼 또 봬요!"

레오노라 씨에게 작별 인사를 하고 빠르게 선물을 산 나는 마을을 향해 뛰어가기 시작했다.

충분히 쉬었고, 영양분도 보충했기에 신체 강화 쪽은 문제가 없지만…….

"우웁……. 너무 많이 먹었네."

뛰어가기 시작하자마자 무거워진 배 때문에 고민하게 되었다.

아무리 얻어먹는 거라고 해도 그 직후에 뛰어서 돌아간다는 걸 잊어버리고 마구 먹었던 나는 완전히 생각이 없었다.

그래도 어쩔 수 없지! 가난뱅이 같은 성격이니까!

사준다고 하는데 일부러 적게 먹는다는 건 있을 수 없는 선택지다.

그 결과 내 다리는 느려졌고, 마을에 도착한 것은 해가 거의 완전히 졌을 무렵이었다.

걱정스럽게 기다리던 로레아와 다른 사람들의 기분을 선물로 풀어주고 그날은 일찌감치 자기로 했다.

Episode 3

A Ilimfil in thfil mfifhoffit?

신상품과 장사 라이벌?

"자, 사라사. 모아왔다고!"

"……? 뭘요?"

오자마자 그런 말을 하는 안드레 씨를 보고 나는 고개를 갸웃거렸다.

"장갑 말이야. 주문을 모아오면 싸게 해준다고 했잖아?"

"……아! 그런데 벌써 모였나요? 아직 며칠밖에 안 지났잖아요?"

"그래. 그 장갑이 얼마나 편리한지랑, 빙아 박쥐에 대해서 알려주니까 다들 가지고 싶다고 해서 말이야."

빙아 박쥐를 통해 기대할 수 있는 수입과 위험성 때문에 안드레 씨가 제안하자 거의 모두가 주문한 모양이었다.

"있으면 좋은 물건이긴 한데요, 실물도 보지 않고 이렇게 주문이 많이 모이다니……, 안드레 씨를 믿어서 그런 건가요?"

"아니, 나도 베테랑이고 얼굴이 꽤 팔리긴 했지만, 오히려 사라사를 믿어서 그런 거겠지."

"네? 저요……?"

내가 뭔가 했나?

안드레 씨에게 주문 모으는 걸 부탁했을 뿐인데.

"그렇게 강한 사라사도 쓰고 있다면, 사라사가 만든 거라면 괜찮다. 그리고 사라사라면 분명히 사들여 줄 거다. 그런 식으로 믿고 있는 거야."

유연 글러브가 얼마나 튼튼한지는 내가 보장해 준다.

그리고 실수하면 손가락을 잃을 수도 있다는 것도 내가 보장해 준다.

채집한 빙아 박쥐의 송곳니도 확실하게 정가로 사들여 준다.

그런 상황에서 유연 글러브를 사지 않을 이유가 없다는 거구나.

"그런 거라면……, 감사하네요. 연금술사도 채집자에게 버림받으면 장사를 할 수가 없으니까요."

연금술은 채집자가 모아 온 소재를 사들이는 것으로 성립된다.

특히 이런 마을에 있는 가게 같은 경우에는 채집자에게 사들인 소재를 도시에 있는 가게에 팔아서 남기는 이익이 대부분이다. 포션이나 아티팩트의 매출은 그렇게까지 비중이 크지 않다.

도시에 있는 가게라면 그 반대니까 채집자를 상대하지 않아도 가게를 운영할 수 있겠지만, 그들에게 미움을 받으면 소재를 얻을 수 없게 되었을 때 채집을 의뢰할 수도 없으니 결국 곤란한 건 마찬가지다.

"그래서, 좀 싸게 해줄 수 있나?"

"그렇죠……, 주문을 모아 주신 안드레 씨를 봐서 한 쌍에 3,800 레어인 것을 3,500 레어에 드리면 어떨까요?"

"그래도 되나? 나는 원래 가격이라도 충분히 가치가 있다고 생각하는데."

거의 1할 할인. 뜻밖이라는 표정을 짓는 안드레 씨를 보고 나는 고개를 끄덕였다.

"상관없어요. 그렇게 드려도 이익이 있긴 하니까요."

왜냐하면, 내가 직접 사우스 스트러그까지 소재를 사러 갔기 때문이다.

만약에 소재를 주문해서 들여왔다면 그 가격에 주진 못했을 것이다. 적자가 난다.

"그럼 호의를 받아들이도록 할까."

"네. 받아들여 주세요. 저도 채집자분들이 안전하게 소재를 많이 가져다주시면 돈을 벌 수가 있으니까요. ……포션은 안 팔리겠지만요?"

"하하하! 이거 열심히 해야겠는데!"

장난기 어린 미소를 지은 나를 보고 안드레 씨도 마찬가지로 입을 크게 벌리고 웃었다.

유연 글러브를 만드는 건 그렇게 어렵지 않다.

필요한 소재를 연금솥에 전부 넣고 마력을 담으며 한동안 섞는다.

모든 소재가 녹아서 끈적거리는 갈색 액체가 생겼다.

그다음에 필요한 것은 장갑의 틀.

팔꿈치 아랫부분 모양을 손가락을 펼친 상태로 본뜬 나무 틀이 오른손과 왼손, 그렇게 두 개.

하지만 손에 딱 맞춰서 만들 필요는 없기 때문에 모양은 적당히 만들었다.

일단 오른손과 왼손이라고 했지만 차이를 알아볼 수 없을 정도로 적당하다.

이 나무 틀을 손목 부분까지 액체 안에 담근 다음 끄집어내서 잠시 말린다.

이걸 열 번 정도 반복하면 글러브 재료가 완성된다.

말리는 시간도 낭비하지 않기 위해 나무 틀 두 쌍을 더 만들었고, 모두 합쳐서 여섯 개.

이것들을 사용해서 글러브를 잔뜩 만들어나갔다.

한 개당 10번. 한 쌍이면 20번. 열 쌍이면 200번.

마음을 비우고 정신없이 단순 작업을 반복해 나갔다.

"사라사 씨, 점심 식사하세요──, 으앗. 그게 뭔가요?"

슬슬 깨달음을 얻을 수 있을 것 같다. 그렇게 바보 같은 생각을 하고 있자니 공방에 온 로레아가 테이블 위를 보고 소리쳤다.

"이거? 장갑의 틀."

응, 좀 기분 나쁘겠지.

사람의 팔이 테이블 위에 돋아난 것 같아서.

"아, 아아, 나무 틀이었군요. ⋯⋯헤에, 이렇게 만드는 거였나 보네요."

"응. 조금만 더 기다려줄래? 지금 멈추면 망쳐 버리니까."

글러브의 소재인 이 액체는 방치하면 금방 굳어 버린다.

구체적으로 말하자면, 항상 연금솥에 손을 대고 마력을

계속 담아야만 한다.

마력 공급이 끊어지거나 손을 떼면 그 시점에서 소재를 망치게 되니까 내 마력량과 작업 속도를 잘 생각해서 만드는 양을 정해야만 한다.

"그렇군요. 사라사 씨, 도와드릴 거 없나요?"

"음~, 이건 그냥 담고 있는 것처럼 보여도 요령이 필요하니까……."

나무 틀에 마력을 약간 흘려 넣으면 그 마력과 액체가 결합하여 막이 되는 것이다.

마력이 부족하면 막이 너무 얇아지고, 많으면 너무 두꺼워진다.

다시 말해 품질이 저하된다.

애초에 로레아가 마력조작을 할 수 있을 리도 없고…….

"아, 그렇지. 거기에 쌓아둔 장갑을 저쪽 테이블에 적당히 펼쳐줄래?"

"알겠어요!"

로레아에게 조금 도와달라고 해서 나머지 액체를 전부 쓰고 점심 식사를 하러 갔다.

항상 맛있는 로레아의 요리를 먹으며 잠깐 휴식.

글러브가 다 말랐을 때쯤 전부 연금솥에 넣고 마무리에 들어갔다.

마지막으로 씻어서 햇볕에 말리면, 유연 글러브가 완성된다.

"……그렇게 말리는 작업이 귀찮지만 말이지. 대체 몇 개나 만들었지?"

어깨를 빙글빙글 돌리면서 만들어낸 유연 글러브를 세어보니 62쌍.

다시 말해 나는 천 번 이상 그 작업을 반복한 것이다.

"음~, 어깨가 아플 만도 하네."

간단히 찢어지지 않기 때문에 다시 사는 사람이 별로 없다는 걸 감안하면……, 너무 많이 만든 건가?

"뭐, 됐어. 안드레 씨 일행이 발주해준 것만으로도 소재 비용은 회수할 수 있으니까."

나머지는 가게에서 정가에 팔아야겠다.

새로운 채집자들이 올지도 모르니까.

"그런데 그 전에, 말리기부터 해야지."

완성된 유연 글러브를 바구니에 넣고 뒤뜰로 향했다.

줄을 치고 거기에 하나씩 매달아나갔다.

62쌍, 합계 124개. 안 그래도 어깨가 아픈데 꽤 힘들다.

하지만 로레아는 가게를 보고 있다.

도와달라고 할 수도 없다.

"이게……, 마지막! 휴우~."

쳐둔 줄에 글러브가 잔뜩 매달린 채 흔들리는 모습은…….

"응. 기분이 꽤 나쁘네."

환경조절포를 말렸을 때 느꼈던 시원스러운 느낌은 요만큼도 없다.

글러브의 색 자체도 연한 갈색이고.

"그래도 말릴 수밖에 없지. 뒤뜰은 누가 보는 것도 아니니까 문제 없을 거야."

담 수리는 끝났기 때문에 뒤뜰에 말려둔 것은 바깥에서 볼 수가 없다.

수상하게 여길 일도 없다.

안심이다.

――저녁에 어둠 속에서 흔들리는 글러브를 보고 집에 온 아이리스 씨와 케이트 씨가 비명을 지르게 되었지만 말야.

◇ ◇ ◇

안드레 씨 일행에게 유연 글러브를 팔고 나서 얼마 후.

들어오는 빙아 박쥐 송곳니는 순조롭게 늘어나고 있었다.

그것들을 사들이는 건 요즘에 성장이 눈부신 로레아에게 맡기고 나는 마을 사람들에게 팔 아티팩트를 두 종류 정도 만들어서 가게에 진열했다.

우선 첫 번째는 예전에 로레아에게도 이야기한 적이 있는 '방충 베일'.

쓰고 있으면 그 주위에는 벌레가 다가오지 않아서 여름에 꽤 편리한 물건이다.

채집자들이 쓰는 방충 아티팩트가 2만 레어나 하는 것에 비해 이건 2,800레어.

효과 범위가 대폭 줄어드는 대신, 꽤 저렴하죠.

이걸 만드는 데 필요한 것이 게시판으로 모집 중인 스파이트 웜.

이쪽도 나름대로 순조롭다.

크기와 성별에 따라 가격이 정해지니까 채집자들도 비싼 걸 알아보기 편하고, 로레아가 가격을 매기는 것도 간단하다.

하지만 간단하다는 것과 할 수 있는지 여부는 별개지.

애벌레잖아?

처음에는 나도 실습하기가 힘들었다.

'보수금, 보수금', 그렇게 마음속으로 계속 되뇌며 겨우 해냈지만 말이지!

지금은 애벌레 정도는 아무렇지도 않게 잡을 수 있게 되었고!

……사람은 뭐든 익숙해지는 법이구나.

그런 경험이 있었기 때문에 로레아에게 '괜찮아?'라고 물어보았는데, 돌아온 건 '뭐가요?'라는 대답이었다.

그녀의 말에 따르면 '이 정도 애벌레를 신경 쓰다간 시골에서 살 수가 없어요'라고 한다.

농가에서 태어나지 않은 로레아도 벌레를 잡으러 동원된 적이 있어서 독도 없는 애벌레는 아무런 문제도 없다고 한다.

그리고 말 그대로 맨손으로 아무렇지도 않게 잡았고…….

역시 시골 출신이야. 정말 강하다.

마을 사람들에게 팔 아티팩트 제2탄은 '냉각 모자'.

이건 빙아 박쥐의 송곳니를 사용한 아티팩트이고, 머리부터 상반신까지 시원하게 해 준다.

여름철 농가에는 그야말로 구세주.

단, 방충 베일과 비교하면 조금 비싼 7천 레어.

3레벨에 만들 수 있는 방충 베일에 비해 이쪽은 4레벨이 필요하니 비싸질 수밖에 없는 것이다.

이것저것 문제가 되지 않을 정도로 아슬아슬하게 책정한 가격이 7천 레어.

결코 내가 폭리를 취하려는 게 아니거든?

다행히 아티팩트는 양쪽 모두 마을 사람들의 반응이 좋아서 그럭저럭 팔렸다.

하지만 이건 내가 헬 플레임 그리즐리의 가죽 값으로 낸 돈이 내게 돌아온 것뿐이란 말이지.

마을 사람의 생활 수준 향상에 어느 정도 도움이 되긴 한 것 같지만, 임시 수입이 있었기에 샀을 뿐이고, 마을에 유통되는 돈을 좀 더 늘리고자 하는 내 바람과는 맞지 않는다.

인연이 생겨서 이 마을에 왔으니까 마을 전체가 풍족해졌으면 하고, 그렇게 풍족해지면 내 장사도 잘될 것이다.

일반인들과는 인연이 별로 없고, 들어가기 힘들다는 이미지인 연금술사의 가게.

그런 가게도 마을 사람이 어렸을 때부터 알고 지낸 로레아가 가게를 보자 '잠깐 들러볼까?'라고 생각해 줄 정도로는 들어오기 편해졌다.

단, 가게에 와도 살 게 없다면 발길이 멀어질 수밖에 없다.

지금 이 흐름을 놓치지 않기 위해서라도 무언가 좋은 방법을──.

"생각해 주시면 안 될까요, 여러분."

숫자는 힘이다. 머리가 하나인 것보다 네 개인 쪽이 훨씬 강하다.

나는 로레아와 다른 사람들을 모아 의논하기로 했다.

"돈 말인가요? 이 마을에는 현금이 별로 필요 없긴 하죠."

"우리도 돈을 쓰는 건 잡화점하고 여관 정도밖에 없으니까."

"채집자 말고는 물물교환을 하는 것 같고 말이야."

마을 사람이 수확한 농작물이나 재스퍼 씨가 잡아 온 사냥감을 현금으로 사는 사람은 여관과 잡화점을 제외하면 우리 가게 정도밖에 없다.

그리고 우리 가게도 요즘엔 로레아에게 준 돈이 별로 줄어들지 않았다.

로레아가 사러 가면 '이것도 가져가!'라고 하면서 많이 주거나, 케이트 씨가 숲에서 동물을 사냥해 오곤 하니까.

일단 채집자들이 가지고 오는 현금이 마을로 들어오고 있긴 한데, 촌장님 이야기를 들어보니 그것들은 세금으로 빠져나가기 때문에 마을에 현금이 거의 남지 않는 모양이다.

"""음……."""

"좋은 아이디어를 내주신 분에게는 제가 얼마 전에 사 온 조금 비싼 과자를 드립니다!"

내가 가방에서 꺼낸 과자를 테이블 위에 올려놓자 세 사람의 눈이 갑자기 빛나기 시작했다.

"가장 큰 문제는 이 마을에서 현금을 얻을 수 있는 일이 별로 없다는 거겠지."

"틀린 말은 아닌데, 본질은 마을 안에 돈이 없다는 거야. 그러니까 돈을 바깥에서 가지고 오는 사람을 상대로 장사를 해야만 하는데……, 이 마을에서는 채집자들하고 점장 씨밖에 없겠지."

"그렇죠. 그래서 문제예요."

내가 슬쩍 과자를 내밀자 바로 케이트 씨 입속으로 사라졌고, 그녀가 미소를 지었다.

그 모습을 본 아이리스 씨가 필사적으로 고개를 갸웃거렸다.

"채집자들에게 맞는 장사……, 여관이나 잡화점 같은 가게를 늘리는 건……?"

"가게라고요……."

내가 과자를 들자 아이리스 씨가 미소를——.

"아, 아버지의 가게가 망해버려요!"

"그치, 종합적인 면에서 변함이 없으면 의미가 없지."

허둥대며 두 손을 흔드는 로레아를 보고 나는 고개를 끄덕인 다음 들고 있던 과자를 그녀에게 주었다.

로레아는 미소를 지었고, 아이리스 씨는 절망으로 물들었다.

"그래도 경쟁하지 않는 가게라면 괜찮지 않을까? 예를 들자면 창과——, 어흠. 마을 사람들이 할 수 있는 장사를 생각해볼 필요가 있겠지만."

"나쁘지 않겠네요. 채집자들에게 수요가 있는 거라면."

케이트 씨에게 과자를 하나 더——, 방금 말하려던 장사는 안 되겠지만.

내 손에는 아직 과자가 많이 있다.

그 모습을 빤히 보던 아이리스 씨가 헛기침을 하고는 손가락을 치켜들었다.

"으음! 점장님, 이렇게 말하면 좀 그렇지만, 이 마을에서 제일 현금을 많이 가지고 있고, 현금을 외부에서 모을 수 있는 사람은 점장님일 거야."

"뭐, 그렇겠죠."

역시 연금 허가증(알케미즈 라이센스)은 대단해. 그 힘든 나날은 헛된 게 아니었어!

"그렇다면 점장님이 마을 사람들에게 일을 의뢰하는 게 간단하지 않나?"

"……그렇군요. 일리가 있네요. 좋은 생각이에요."

고개를 끄덕이며 과자를 두 개 내밀자 아이리스 씨가 재빨리 받아들고 냠냠.

방긋 미소를 짓고 있다.

준 김에 나도 하나 냠냠.

……응, 맛있다. 비쌀 만도 하네.

"그런데 사라사 씨가 일을 부탁할 만한 사람은 게베르크 영감님하고 지즈드 씨 정도밖에 없잖아요? 그냥 초짜들은……."

"그렇단 말이지. 게베르크 씨는 도와줄 사람들을 고용하긴 하는데……."

로레아에게도 하나 더.

그 모습을 본 아이리스 씨가 약간 불만스러운 표정을 지었다.

"……이봐, 점장님. 로레아만 판정이 너그럽지 않나?"

"어쩔 수 없죠. 로레아는 귀여우니까."

"사, 사라사 씨……."

쑥스러운 듯이 볼을 붉히는 로레아를 보고 나는 고개를 끄덕인 다음 하나 더 주었다.

"그리고 밥을 항상 맛있게 해주니까요."

"그건 나도 부정하지 않겠어. 그건 그렇고, 마을 사람들이 할 만한 일이 있나?"

"대부분 농가니까. ……약초 재배 같은 거?"

"그럼 직업을 바꾸게 되어 버리는데요. 문외한이 다른 걸하면서 할 수 있는 일이 아니니까요."

나는 다른 일을 하면서 하고 있긴 하지만, 그건 내가 나름 대로 지식이 있는 연금술사이기 때문이다.

이 마을 사람도 할 수 있고, 의뢰할 가치가 있는 일.

필요 없는 일을 부탁하면 그냥 자선사업이 되어 버리니까 꽤 까다롭다.

과자를 노려보면서 잠시 생각하는데 갑자기 로레아가 고개를 들었다.

"그러고 보니 냉각 모자의 '모자' 부분은 사라사 씨가 만드셨죠? 그걸 의뢰할 수는 없을까요? 어머니 같은 사람들은 만들 수 있을 것 같은데요."

"──앗! 그렇구나! 냉각 기능을 달기 전까지는 그냥 모자니까……. 그런데 문제는 슬슬 다 팔려간다는 점인데."

로레아에게 과자를 주면서 문제를 제기했다.

이미 꽤 많이 팔렸기 때문에 한 집에 하나 정도는 보급되었을 것이다.

가격을 감안하면 한 명당 하나씩 파는 건 좀 힘들다.

"그럼 내다 팔면 되는 거 아닐까?"

"내다 팔아요?"

"지금도 시가보다 조금 싸지? 그렇다면 다르나 씨가 도시로 팔러 가는 건 어때?"

"……그렇군요. 나쁘지 않을 것 같아요."

물건이 냉각 모자라는 것도 크다.

가볍고, 부피를 많이 차지하지 않고, 그럼에도 불구하고 단가가 높다.

그리고 써보면 바로 효과를 알 수 있기 때문에 연금술사가 아닌 다르나 씨가 팔더라도 포션처럼 '가짜일지도 모르겠는데?'라는 의심을 살 걱정도 없다.

"흐음. 그럼 디자인을 생각해 봐야겠지. 농촌에서 필요한 모자와 도시에서 필요한 모자는 다르니까. 왕도에서 자란 점장님은 알고 있겠지……."

"그래. 다른 마을로 팔러 가는 거면 밀짚모자라도 괜찮겠지만."

"윽. 그건 힘들 것 같네요. 마을 아주머니들은 멋을 부리는 거랑 인연이 없으니까……."

그리고 보니 로레아가 나를 처음 봤을 때 '도시 애'라고 했던가?

전혀 멋을 부리지 않은 나를 보고.

"저도 그렇게까지 잘 아는 건 아니지만, 참고가 될 만한 거라도 만들어볼까요? 모자 일러스트 같은 걸 그려서요. 케이트 씨하고 아이리스 씨는 어때요? 모자 디자인 같은 거 모르시나요?"

"윽……, 나는 그쪽 방면은 잘……."

"아이리스는 흥미가 없지. ……그림도 못 그리지만."

내가 묻자 아이리스 씨는 말문이 막혔고, 케이트 씨는 쓴웃음을 지었다.

"그쪽은 내가 도와줄게. 딱히 그림을 잘 그리는 건 아니지

161

만 분위기 정도는 전달할 수 있을 테니까."

"네, 꼭 좀 부탁드릴게요. 이제 촌장님에게 이야기를 해두는 것 정도만 남았겠네요. 아, 나머지는 셋이서 드세요."

나는 과자를 두 개 정도 들고 곧바로 촌장님 댁으로 향했다.

등 뒤에서 들리는 우당탕탕 소리를 들으면서.

"흐음, 일을 의뢰하겠다고?"

"네, 어떻게 생각하시나요?"

촌장님은 한가했는지 내가 찾아가자 바로 집에 들여보내 주었다.

그리고 내가 설명하자 고개를 연달아 끄덕이고는 미소를 지었다.

"나쁘지 않겠어. 아니, 솔직히 마을에는 큰 도움이 되지. 현금이 부족해서 더들리나 다르나에게 손을 벌리는 경우도 많아서 말이다……."

특히 이 마을에 연금술 가게가 없어진 뒤로는 채집자들이 모은 소재도 직접 사우스 스트러그로 가져가는 경우가 늘어났기에 마을에서 현금을 잘 쓰지 않게 되었다.

그 결과, 현금을 가지고 있는 두 사람에게 농작물 같은 것들을 사달라고 해서 세금용 현금을 마련하는 것도 한두 번이 아니었던 모양이다.

"그래도 마을 여자들이 만들 수 있는 건 밀짚모자 정도밖에 없을 터인데? 바느질은 할 수 있겠지만, 만드는 법을 모를 테니."

"그건 제가 참고가 될 만한 그림을 제공할 예정이에요. 그걸 보고 어떻게 만들지 생각해주셔야만 하겠지만……, 필요하다면 어느 정도 가르쳐드릴 수도 있고요."

"그러면 어떻게든 되려나? 근데, 몇 개나 필요하지?"

"그거 말인데요……, 지금 생각하고 있는 건 위탁이라는 형태예요."

"위탁? 그게 무슨 뜻인가?"

의아해하며 고개를 갸웃거리고 있는 촌장님에게 나는 지금까지 생각했던 방법을 설명했다.

우선 마을 사람들이 자기 돈으로 모자를 만들어 원하는 가격을 매긴다.

나는 그 모자에 냉각 기능을 부여해서 마을 사람들이 매긴 가격에 냉각 모자로 만든 비용──, 부여비를 더해서 가게에 내놓는다.

그리고 그 모자가 팔리면 그걸 만든 사람에게 돈을 지불한다.

"실용성을 중시해서 만든 간단한 모자와 수고를 들여서 만든 멋진 모자에 똑같은 가격을 매길 수는 없으니까요."

"흐음, 그렇긴 하겠지."

"지금 생각하고 있는 부여비는 하나당 5천 레어예요. 마을 사람들이 5백 레어짜리 모자를 만들어주시면 5,500 레어로 가게에 내놓게 되겠죠."

"……모자가 안 팔리면 대금을 못 받는 건가? 그러면 마을 사람들만 손해를 볼 텐데?"

"그건──."

"그게 아니야! 아버지!"

내가 설명하려던 순간, 방 안에 날카로운 목소리가 울렸다.

급하게 그쪽을 보니 그곳에는 떡 버티고 서 있는 여자가 있었다.

바로 촌장님의 딸인 에린 씨였다.

그녀는 촌장님이 늦둥이로 낳은 딸인 모양인지, 아직 서른 살 정도였다.

나이로 따지면 로레아의 어머니, 마리 씨와 비슷할 정도다.

그런 에린 씨가 나를 보고 조금 껄끄러워하며 사과했다.

"아, 사라사. 끼어들어서 미안해. 이야기하는 게 들리길래."

"아뇨, 진짜 괜찮아요."

이 집은 촌장님의 집치고는 작은 편이다.

같은 집 안에 있으면 목소리가 들려도 이상할 게 없고, 딱히 들린다고 곤란한 이야기도 아니다.

그리고 실제로 모자를 만들 사람은 에린 씨 나이대 여자들이니까.

오히려 이야기에 끌어들여야 하나……?

"저기, 혹시 괜찮으시면 에린 씨의 의견도 말씀해주실 수 있을까요?"

"물론이지! 우선, 아버지!"

힘차게 고개를 끄덕인 에린 씨는 날카로운 눈초리로 자기 아버지를 보며 촌장님의 얼굴을 손가락으로 가리켰다.

"왜, 왜 그러는 게냐?"

"지금 말이지, 사라사는 정말, 정말 마을을 생각해서 제안 해주고 있는 거야! 그렇게 좋은 조건은 보통 안 내놓거든?!"

"그, 그런가?"

자기 딸이 그렇게 따지고 드니 촌장님은 부정할 수가 없 는지 애매하게 대답했다.

그런 촌장님을 보고 에린 씨가 다시 힘차게 고개를 끄덕 였다.

"그렇다고! 사라사, 그 모자가 만약에 팔리지 않더라도 냉각 모자로 만드는 비용——, 5천 레어는 청구하지 않을 거지?"

"네. ……그래도 같은 사람이 만든 모자가 일정 이상 재고 로 남으면 제한을 걸긴 하겠지만요."

어느 정도 손해라면 감수할 생각이 있지만, 너무 불량 재 고가 많이 쌓이면 좀 곤란하다.

내가 그렇게 대답하자 에린 씨는 이해가 된다는 듯이 고 개를 끄덕였다.

"그건 당연하지. 사라사만 손해를 보게 될 테니까."

"어째서지? 딱히 사라사가 사들이는 건 아닐 텐데?"

"아버지는 바보야!! 냉각 모자로 만드는데 5천 레어나 들 잖아? 모자가 팔리지 않으면 사라사가 모자를 만드는 비용의 몇 배나 손해를 보게 된다고! 알겠어?! 모르겠지? 알아야 해!!"

촌장님이 의문을 제기하자 에린 씨가 강한 말투로 다그쳤고, 촌장님이 고개를 끄덕였다.

매번 확실하게 성공한다면 부여하는데 드는 비용은 5천 레어까지는 안 되겠지만……, 내 인건비까지 포함하면 많이 저렴하다는 건 분명하니까.

그런데, 저번 헬 플레임 그리즐리 사건 때 촌장님이 영 미덥지 못해서 조금 신경 쓰였는데 평소에는 에린 씨가 도와주고 있는 게 클지도 모르겠다.

"사라사, 한 명당 가게에 내놓을 수 있는 숫자를 제한하는 건 어떨까? 다른 물건을 내놓고 싶으면 팔다 남은 걸 자기가 사들여야 하는 규칙을 정하는 식으로."

"저는 상관없어요. 그런데 사들이는 건 힘들지 않을까요?"

"아니, 팔리지 않는 걸 만들었으면 그 정도 책임은 져야지. 그리고 다른 시점으로 보면 자기가 쓸 냉각 모자를 5천 레어에 살 수 있다는 거잖아?"

"……그런 식으로도 볼 수 있겠네요. 모자 자체를 자기가 만들면 말이지만요."

장난기 어린 미소를 짓는 에린 씨를 보고 나는 고개를 끄덕였다.

역시 에린 씨는 머리가 잘 돌아간다.

이런 시골 마을 사람이 아니라는 생각이 들 정도로.

극단적으로 따지자면 마을 사람이라면 평소에 쓰는 모자를 내 가게에 가져와서 5천 레어만 내면 냉각 모자를 얻을 수 있다.

내가 만들어서 파는 냉각 모자가 7천 레어니까, 차이는 2천 레어.

자기 취향에 맞는 냉각 모자를 가지고 싶으면 그 2천 레어로 다른 곳에서 모자를 사 와도 된다.

"절대 안 된다고 하진 않겠지만, 자기 모자가 생겼다고 이제 안 만들겠다고 하시면 안 돼요. 제 목적은 그게 아니니까."

"물론이지. 마을에 대해 생각해주는 거잖아? 다르나에게 가서 팔아달라고만 해도 현금이 생기니까……. 사라사, 무리하는 거 아니니?"

"괜찮, 은데요……?"

사실 조금 애매하다.

냉각 모자를 5천 레어에 팔아 버리면.

소재인 빙아 박쥐의 송곳니를 근처에서 채집할 수 있다는 것과 실제 판매 가격은 그것보다 비싸다는 걸 감안하면 아마 괜찮을 것이다.

주의를 받을 일은 없……겠지?

──응, 다르나 씨가 다른 곳에서 팔 때는 최저 가격을 정해두자. 만에 하나를 대비해서.

내가 말꼬리를 흐리자 에린 씨가 걱정스러운 듯한 눈초리로 바라보았지만, 내가 더 이상 아무런 말도 하지 않아서 그런지 고개를 살짝 끄덕였다.

"그럼 상관없겠지만……. 알겠어. 우선 내가 몇 명에게 이야기를 해볼게. 모자를 만든 다음에는 가게로 가지고 가면 될까?"

"네, 네. 그러면 되는데요……."

에린 씨가 정해도 되나? 그렇게 생각하며 촌장님 쪽을 보니 멍하게 이야기를 듣고 있던 촌장님은 내 시선을 눈치채고 급하게 고개를 끄덕였다.

"그, 그렇게 부탁하마. 으음."

"그래, 아버지는 별로 신경 안 써도 되니까. 다음부터 자세한 이야기는 내게 먼저 하는 게 빠를 거야."

말이 너무 심한 것 같기도 한데…… 촌장님은 신경 쓰지도 않고 테이블 위에 있던 컵을 들어 차를 마시고 있었다.

그래도 되나? 촌장님……?

"그리고……, 필요하시면 모자 일러스트를 마련해 드릴 테니 가게로 가지러 와주세요."

"정말?! 와, 멋지네! 이 마을에서는 도시 분위기가 나는 옷 같은 건 인연이 없으니까. 왕도에서 온 사라사의 일러스트라면 분명히 최첨단이겠지?!"

에린 씨도 역시 여자다.

패션에 흥미가 있는지 내 쪽으로 몸을 내밀며 눈을 반짝였다.

나는 그런 그녀에게 기가 눌린 채 고개를 끄덕였다.

"네, 네. 너무 기대하시면 곤란하지만요. 일단은 왕도에서 사람들이 쓰고 다니는 모자예요."

"기대된다! 얼른 사람들에게 이야기를 해야겠어!"

"그런 부분은 잘 부탁드릴게요."

"그래, 내게 맡겨! 분명히 멋진 모자를 만들 테니까!"

에린 씨는 그렇게 말하며 가슴을 펴고는 그 커다란 가슴을 두드렸다.

그리고 그것이 이 마을 특산품의 시작이었── 라고 하고 싶지만……, 잘 되려나?

촌장님──아니, 정확히는 에린 씨──에게 가서 이야기를 하고 난 얼마 뒤.

냉각 모자 건은 꽤 순조롭게 진행되고 있었다.

하지만 처음부터 순조로웠던 것은 아니다.

납품 직후에 돈을 받을 수 없다는 게 걸렸는지, 혹은 구조를 제대로 이해하지 못해서 그랬는지, 처음에 납품해 준 사람은 내가 알고 지내는 사람들뿐이었다.

구체적으로는 에린 씨와 잡화점의 마리 씨, 대장간의 지메나 씨, 그리고 이웃인 엘즈 씨, 이렇게 네 명.

어느 정도 돈을 다루고 있는 사람이나 나를 믿어주고 있는 사람들이라고 하면 되려나?

하지만 그것도 잠시.

에린 씨의 지시에 따라 마리 씨와 다른 사람들이 약간 의도적으로 '돈을 벌었다'라는 소문을 퍼뜨리자 다른 마을 사람들도 모자를 만들어주게 된 것이다.

품질이 제각각 달랐고, 처음에는 가격을 매기는데 익숙하지 않은 느낌이었지만 요즘은 좋은 물건은 비싸게, 약간 부족한 물건은 싸게, 그런 느낌이 되었다.

다르나 씨도 우리 가게에서 산 냉각 모자를 가지고 가서 사우스 스트러그에서 팔고 식료품이나 잡화, 그리고 모자의 재료로 쓸 천 같은 것들을 사 오게 되었다.

내 이익으로 이어지지는 않았지만……. 뭐, 장기적인 전망으로 봐야지.

손해를 보지는 않았으니까 문제없고!

──그렇게 생각했는데.

문제가 생겼다.

그날, 로레아는 왠지 모르겠지만 요리용 소쿠리를 머리에 쓰고 출근했다.

"사라사 씨! 이거! 이거 어떤가요?"

평범한 소쿠리보다 조금 작아서 로레아의 머리에 딱 맞았다.

혹시 빠지지 않게 된 건가?

설마 기행에 눈을 뜬 건……, 아니겠지?

"로레아, 대체 뭐야? 그 소쿠리."

"소, 소쿠리 아니에요! 잘 보세요! 자!"

기뻐하는 표정을 짓다가 곧바로 불만스럽다는 듯이 머리를 가져다 대는 로레아의 어깨를 붙잡고 그 소쿠리를 관찰해 보았다.

잘 살펴보니 두께가 꽤 되는 이중 구조였고, 밀짚이 위아래로 교차되는 형태로 짜여 있었다.

"응? 밀짚모자……, 혹시 이거 모자야?"

"네! 채집자분들의 의견을 듣고 만들어봤어요! 헬멧을 쓰는 사람들용으로요."

로레아가 그 소쿠리――, 아니, 모자를 벗어서 내게 내밀었기에 받아 들고 안팎을 확인해 보았다.

두께는 1cm 정도.

재주도 좋게 2층이 되게끔 짜서 살짝 누른 정도로는 망가지지 않았다.

헬멧을 쓰는 사람들용이라면……. 아, 그렇구나. 이 틈새인가?

여기로 공기가 통해서 찜통이 되지 않게끔 해주는 거구나?

이것만으로도 충분히 가치가 있는데, 이걸 냉각 모자로 만들면 헬멧을 쓰는 채집자들에게는 여름의 축복이 되어줄 게 분명하다.

"이거 대단하네……."

"헤헤헤~. 그렇죠? 그렇죠?"

솔직하게 감탄한 나를 보고 로레아가 신기하게도 의기양

양한 표정을 지었다.

그래도 이런 발상하고 밑짚을 잘 짜낸 기술, 양쪽 다 칭찬할 만하지. 진짜로.

의기양양한 표정을 지을 가치가 충분히 있다.

"문제는 내구성인데, 그쪽은?"

"헬멧을 빌려서 시험해 봤는데, 어느 정도 두들겨도 괜찮았어요."

대미지를 입을 정도의 공격은 버티지 못하는 것 같지만 그냥 쓰고 벗는 것 정도라면 금방 납작해져서 틈새가 눌리지는 않는 모양이다.

"그럼 옵션으로 내구성 향상도 부가하는 게 나으려나?"

"그런 것도 가능한가요?"

"응. 수고가 좀 들긴 하지만."

그냥 연금술 대사전에 나와 있는 아티팩트를 만들기만 하는 거면 회로를 베끼기만 해도 간단히 만들 수 있다.

하지만 커스터마이즈를 하려면 회로의 의미를 확실하게 이해하고 있어야 한다.

연금술사라면 그 정도는 하는 게 당연──, 하다고 하면 꼭 그렇지도 않단 말이지.

이걸 하지 못하더라도 낙제가 안 되니까.

'전혀 이해할 수가 없다'는 안 되지만, '복잡한 것은 못 한다' 정도라면 학점을 딸 수가 있다. 연금술사가 부족하니까.

참고로 나는⋯⋯, 그럭저럭 할 수 있다.

하지 못하면 상위 성적을 딸 수가 없으니까 스승님의 도움을 받으며 필사적으로 공부했지.

애초에 내구성 향상 정도라면 그렇게까지 어렵지도 않고.

"그런데 로레아, 용케도 이렇게 복잡하게 짜는 법을 생각해냈구나?"

"아, 그건 증조할머니께 도와달라고 했어요. 에헤헤."

로레아가 그렇게 말하며 미소지었다.

그렇구나, 증조할머니라고.

이게 노인의 지혜라는 건가?

"나는 만나본 적이 없는데, 다른 곳에 사셔?"

"집에 계신데요. 증조할머니께서는 다리가 안 좋으셔서 밖에 거의 안 나가세요. 아, 그래도 아직 정정하시니까 앉아서 할 수 있는 일은 하시거든요? 어머니께서 가져오신 모자도 절반 이상은 증조할머니께서 만드신 거고요."

"아, 그래서……."

마리 씨도 바쁠 텐데 용케 이렇게 많이 만들었다는 생각이 들었던 적 있기 때문이다.

냉각 모자를 팔러 가는 사람이 다르나 씨니까 열심히 만드는 거라고 생각했는데, 증조할머니께서 도와주셨구나.

"사라사 씨 덕분에 증조할머니께서도 '나도 돈을 벌 수 있다'고 하시면서 기뻐하세요. 감사합니다."

"그래? 그럼 나도 생각해낸 보람이 있구나. 다행이야."

"네!"

로레아는 증조할머니를 좋아하는지 정말 기쁜 듯이 대답했다.

"그런데 사라사 씨, 의논할 게 있는데요. 이 모자를 샘플로 놔둘 수 없을까요? 머리 모양에 딱 맞춰야 하니까 주문을 받아서 생산하려고……."

"아, 그렇겠지. 응, 좋아."

말을 조금 힘들게 꺼낸 로레아를 보고 나는 방긋 웃으며 고개를 끄덕였다.

헬멧 안에 쓸 것을 감안하면 당연할 것이다.

수고도 정말 많이 들 테니까 사이즈마다 만들어 둘 수는 없겠지.

"감사합니다."

"문제가 있다면 이미 채집자들 대부분이 냉각 모자를 가지고 있다는 점인데……. 새로 온 사람들도 늘어나고 있으니 문제없겠지?"

"아, 그렇죠. 요즘 늘었어요."

"아마 헬 플레임 그리즐리의 소재하고 빙아 박쥐의 송곳니를 사우스 스트러그에 팔아서 그런 거 아닐까?"

그 사실로 인해 토벌되었다는 게 확실해졌고, 이 시기에 수요가 많은 빙아 박쥐의 송곳니까지 들어왔으니 돈을 벌 수 있을 거라 생각한 채집자가 모이는 것 자체는 이상하지 않다.

그래도 그때 도망친 채집자들은 아직 보이지 않지만.

무슨 마음인지는 아니까 손님으로 와도 차별할 생각은 없지만, 그래도 답답하단 말이지. 이 마을에 살고 있는 내가 보기에는.

──딸랑, 딸랑.

"실례합니다."

"아, 어서 오세요~."

로레아와 그렇게 이야기를 하고 있자니 오늘 첫 손님이 왔다.

아마 처음 보는 사람이고, 조금 잘생긴 남자. 나이는 스무 살 정도려나?

몸을 별로 단련한 것 같지는 않으니 채집자는 아닌 것 같은데, 마을 사람 같은 옷차림도 아니다. 이 근처에서는 조금 특이한 타입인데…….

내가 그렇게 미심쩍어하는 눈초리로 보자 그는 급하게 손을 저으며 입을 열었다.

"아, 저, 저기, 저는 그레츠라고 합니다! 이웃집, 사냥꾼 재스퍼의 아들입니다!"

그 말을 듣고 나는 예전에 엘즈 씨에게 들은 이야기가 떠올랐다.

"……아, 사냥꾼이 되지 않고 행상인이 되었다던 아들분이요?"

"윽. 마, 맞습니다……."

그 사실이 아직도 조금 마음에 걸리는지 말꼬리를 흐리며 긍정하는 그레츠 씨.

그런데……, 사냥꾼이 되지 않은 것도 어쩔 수 없었는지도 모르겠다.

재스퍼 씨와 비교하면 허약하다는 느낌까지 드는 체격이니까.

"아, 그레츠 오빠구나. 바로 알아보질 못했어."

"너, 너무하잖아, 로레아. 예전에는 같이 놀아주기도 했는데……."

이제야 생각났다는 듯이 손뼉을 치는 로레아를 보고 그레츠 씨는 눈가를 늘어뜨리며 한심한 표정을 지었다. 하지만 로레아는 딱히 신경 쓰지도 않고 딱 잘라 대답했다.

"그래도 마을을 떠난 게 몇 년 전이고, 좀처럼 돌아오지도 않았잖아. 잊히고 싶지 않으면 자주 얼굴을 보여줘야지."

"으으, 그래도 이 마을에서는 들여갈 물건도 없고, 다르나 씨가 있으니까 상품을 가져와도 팔 수가 없거든."

"아, 가지고 오지 않아도 돼. 아버지가 할 일이 없어져 버리니까."

"너무해! 자주 오라고 해놓고 그러기야?!"

"오라고 하지는 않았는데? 안 오면 잊어버릴 뿐이지."

응. 꽤 너무하네.

로레아의 자비심 없는 말을 들으니 나도 쓴웃음을 지을 수밖에 없다.

소꿉친구(?)라서 말을 편하게 하는 거겠지만.

"그런데 왜 돌아왔어? 아, 행상을 실패해버렸나? 재스퍼 씨에게 훈련받을 결심이 섰어?"

"아니거든?! 애초에 나는 아버지에게 훈련받는 게 싫어서 도망친 것도 아니거든?! 이 마을이 마물에게 습격당했다는 소문을 듣고 급하게 돌아온 거야."

"아~, 좀 늦었네. 그건 이미 과거 이야기야."

고개를 끄덕이며 말하는 로레아를 보고 그레츠 씨는 한숨을 쉬며 어깨를 늘어뜨렸다.

"그런 모양이구나. 피해도 없고…… 아, 맞다."

그레츠 씨는 정신이 번쩍 들었다는 듯이 나를 보고는 자세를 바로잡은 뒤 정중하게 고개를 숙였다.

"사라사 양, 당신 덕분에 마을을 지킬 수 있었다고 들었습니다. 만약에 당신이 안 계셨다면 제 부모님이나 마을 사람들도 분명히 죽었을 거예요. 감사합니다."

"아, 아뇨. 저도 이 마을에 사니까 돕는 건 당연하죠. 신경 쓰지 마세요."

나도 허둥대며 손을 젓고 고개를 들어 달라고 했다.

연상 남자가 이런 식으로 고개를 숙이면 조금 껄끄러우니까.

"그런데 그레츠 오빠, 마을을 잊어버리지 않고 있었구나."

"잊어버릴 리가 없잖아. 이야기를 듣고 얼마나 놀랐다고. 진짜 급하게 돌아왔다니까."

고향을 사랑하는 건지, 부모님을 사랑하는 건지. 조금 미덥지 못하게 보이긴 하지만 일부러 위험한 곳으로 돌아온 걸 보니 나쁜 사람은 아닌 것 같다.

──하지만, 로레아는 엄격했다.

"엄청, 완전히, 늦게 왔잖아."

"윽……."

"그리고 제때 맞춰서 왔어도 애초에 그레츠 오빠가 있어 봤자 별로……."

"나도 알아! 나는 아버지와는 다르니까!"

진짜 인정사정없다.

평소에 로레아가 우리를 대할 때와는 전혀 다르다.

그레츠 씨는 약간 울상을 짓고 있고.

너무 가엾게 보였기에 나는 쓴웃음을 지으며 로레아의 어깨에 손을 얹었다.

"자자. 모처럼 걱정해서 돌아와 준 거잖아. 응?"

"그렇긴 하지만요……."

로레아는 아직 하고 싶은 말이 남은 눈치였지만 내가 미소를 지으며 고개를 흔들자 숨을 내쉬고 표정을 풀었다.

"그래서, 그레츠 오빠는 사라사 씨에게 고맙다는 인사를 하러 온 것뿐이야?"

"물론 그게 가장 큰 목적이긴 하지만, 사실 어머니에게 사라사 양의 가게에서 좋은 물건을 들여갈 수 있을지도 모른다는 이야기를 들어서……."

고맙다는 인사를 하러 와놓고 장사 이야기를 한다는 게 껄끄러웠는지 그레츠 씨는 조금 조심스럽게 눈을 이리저리

굴렸다.

그래도 실제로 이 마을에서 뭔가 상품을 들여가려면 우리 가게 말고는 갈 곳이 없다.

농작물은 다르나 씨가 팔러 가고, 다른 특산품은 없으니까.

"행상인이시니까 그런 건 신경 안 쓰셔도 돼요."

"감사합니다. 솔직히 돌아올 때 무리를 좀 해서 자금에 여유가……."

행상 일정을 바꾸면 그렇게 되겠지.

내 부모님도 상인이셨으니까 그런 부분은 이해가 된다.

곤란하다는 듯이 웃는 그레츠 씨를 보니 동정하는 마음이 조금 생긴다.

"그래요. 저희 가게 소재를 사우스 스트러그에서 팔면 이익이 조금 생기긴 할 텐데……, 확실한 건 거기 있는 냉각 모자를 가져가서 농촌 같은 곳에서 파는 거겠죠."

"냉각 모자요? 이 시기라면 잘 팔리긴 할 텐데, 이익이……, 어라? 이거 너무 싼 거 아닌가요?"

의아하다는 듯이 내가 손가락으로 가리킨 선반을 본 그레츠 씨는 가격표를 보고 고개를 갸웃거렸다.

"이 시기의 시세와 비교하면 3할 정도는 저렴하죠. 운송비나 이익을 더하더라도 시세보다 조금 저렴한 가격이니까 팔기 편할 테고요."

연금술사가 아닌 사람이 소재 매매를 할 경우에는 제대로 사고팔아도 운송비에 덤이 조금 붙는 정도다. 확실히 말해 이익은 얼마 안 된다.

그에 비해 여기에서 파는 냉각 모자는 정가에 팔아도 꽤 많이 벌 수 있다.

타당한 범위 이내라면 할인도 할 수 있으니 재고 걱정도 덜 수 있다.

"그, 그래도 될까요? 그러면 사라사 양이 손해를 보는 거 아닌가……."

"이익은 거의 안 나오지만, 손해를 볼 정도는 아니니까 괜찮아요."

"그럼 꼭 좀 부탁드립니다!"

"으으. 아버지의 장사 라이벌이 되겠다는 거예요?"

그레츠 씨가 기뻐하며 그렇게 말하자 로레아가 다시 엄한 눈초리로 바라보았다.

그런 로레아를 보고 그레츠 씨가 허둥대며 손을 저었다.

"괘, 괜찮아! 내가 팔러 가는 곳은 사우스 스트러그가 아니니까! 응?"

"뭐, 그렇다면……."

로레아는 조금 불만스러워하면서도 물러났다.

하지만 사우스 스트러그의 크기를 고려하면 주위 마을과 상권이 겹칠 테니 경쟁하지 않을 거라는 보장은 없는데……, 그건 마을 전체의 이익을 생각해서 참아야지.

"하지만 재고는 여기 있는 게 전부예요. 모자 자체는 마을 사람들이 만드는 거니까——."

내가 그렇게 말하며 위탁 판매 구조에 대해 설명해주자 역시 장사를 하고 있어서 그런지 그레츠 씨는 금방 이해하고 감탄하며 고개를 끄덕였다.

"그렇군요, 좋은 방법이에요. 그렇게 하면 마을 사람들도 노력해 줄 테고……, 알겠습니다! 제게 맡겨주세요!"

그렇게 힘찬 목소리로 말한 그레츠 씨는 분명히 상인이었다.

그는 내 가게를 나선 뒤에 곧바로 움직이기 시작했다.

이 마을 출신이라는 장점을 살려서 집집마다 직접 찾아가 모자 제작을 의뢰했다.

다 만든 모자를 현금으로 사들여서 그것들을 한꺼번에 우리 가게로 가져온 것이다.

그리고 의뢰할 때는 어떤 모자가 좋을지도 주문을 받았는지 도시에서 인기가 있을 법한 멋진 모자는 별로 없었다.

거의 대부분 저렴하고 실용성을 중시해서 농촌에 팔만한 것들이었다.

원래는 마을 주민이 아닌 사람이 사 온 모자를 가져오는 걸 받아주고 싶지 않지만, 엘즈 씨의 아들이고 모자도 마을 사람들이 만든 물건이니까.

마을의 현금을 늘린다는 목적에는 맞기 때문에 받기로 했다.

그리고 가지고 있는 현금이 부족하다는 그를 위해 대금 중 절반은 후불로 하기로 했다.

금액이 금액이니만큼 그 자신의 신용보다는 완전히 엘즈 씨를 봐서 그렇게 한 것이다.

그렇게 냉각 모자를 꽤 많이 사들인 그레츠 씨는 한동안 마을에 머무른 다음 신이 난 표정으로 떠나갔다.

로레아는 '사라사 씨, 너무 봐주셨어요!'라고 했지만, 그 레츠 씨는 마을에 돈을 가지고 와주는 귀중한 인재니까.

그 정도 대우는 해줘도 되지 않을까?

◇ ◇ ◇

여름이 본격적으로 다가오고 있는 지금, '냉각 모자 특산 품화 계획'은 순조로웠다.

다르나 씨가 사우스 스트러그에 가져간 것들은 전부 팔렸고, 그레츠 씨에게 판 모자 대금도 이미 회수했다.

그 이후로도 몇 번 물건을 사러 온 걸 보니 장사가 잘되는 모양이다.

그리고 로레아의 소쿠리――, 아니, 특수한 모자도 상상했던 것보다 채집자들에게 평판이 좋았다.

푹푹 찌는 헬멧이 매우 쾌적해졌다며 잘 팔리고 있었다.

만드는 김에 내구성 향상이나 방수 성능 부여 같은 옵션을 넣은 만큼, 내 이익도 늘어나서 조금 기쁘다.

로레아도 꽤 많이 벌었겠다 싶었는데 실제로 대부분의 모자를 만든 사람은 로레아의 증조할머니셨다.

은거해서 한가한 시간이 많으신 데다 밀짚을 짜는 속도도 로레아와 비교가 안된다.

일 대신 용돈을 잔뜩 받은 로레아는 기쁨과 아쉬움이 뒤섞여서 뭐라 말할 수 없는 표정을 짓고 있었다.

하지만 그것도 헬멧을 쓰는 채집자들이 전부 사기 전까지다.

시간이 좀 지나면 다시 원래대로 돌아온다.

누군가 흉내만 내지 않는다면 이 모자를 만들기 위해 다른 마을에서 이 마을로 채집자들이 올지도 모르겠지만, 아무리 그래도 그건 힘들 것이다.

하지만 조금씩 마을에 돈이 들어오게 된 건 분명하다.

아직 '유복한 마을'이 되려면 한참 멀었지만, 첫걸음은 내디뎠다고 할 수 있으려나?

그리고 유복해진 것은 반쯤 마을 사람인 그레츠 씨도 마찬가지였던 모양이다.

어느날 그레츠 씨가 내게 의논을 했다.

"엘즈 씨에게 은혜를 갚기 위해서 선물을 하고 싶다는 건가요?"

"네. 제가 마을을 떠나서 부모님께 고생을 시켜 드렸으니까요……."

그렇게 기특한 이야기를 듣고 깜짝 놀란 건 옆에서 이야기를 듣고 있던 로레아였다.

"놀기만 하는 아들로 유명한 그레츠 오빠가 은혜를 갚는 다니!"

"뭐어?! 내가 그런 식으로 유명해?!"

'놀기만 하는 아들'이라는 말은 처음 들었는지 자기도 모르게 소리친 그레츠 씨를 보고 로레아가 비정하게도 고개를 크게 끄덕였다.

"응. 키워준 은혜도 모르고 마을을 떠난 뒤로 돌아오지도 않고. 돈을 보내는 것 같지도 않고. 이 마을에서의 일반적인 평가는 '놀기만 하는 아들. 결혼하면 안 되는 상대'인데?"

"꽈앙~~~! 모자 만드는 걸 부탁드리며 돌아다닐 때 미묘하게 미지근하고 자상한 시선이 느껴진 이유가 혹시……."

"글러 먹은 아이가 열심히 하고 있으니까 좀 도와주자, 그런 느낌이었을 것 같은데?"

"교, 교섭을 잘 해낸 거라고 생각했는데……."

로레아가 뜻밖의 사실을 지적하자 그레츠 씨는 축 늘어졌다.

그래도 모자를 많이 모아줬지.

에린 씨 같은 선례와 선불이라는 장점이 있긴 했지만, 그에게는 그만큼 동정을 살 만한 소양이 있었던 거고……. 응, 별로 기쁘지 않을 수도 있겠다.

이 마을 한정으로 소양이 있다 해도 장사에는 도움이 안 되니까.

게다가 자칫하다간 그 동정이 그레츠 씨가 아니라 그런

아들을 둔 재스퍼 씨와 엘즈 씨에게 향하고 있을 가능성도 있고……?

저번 습격 사건 때를 생각해 봐도 재스퍼 씨는 인덕이 있으니까.

하지만 그런 말을 하면서 추가 공격을 가할 필요도 없다.

"뭐, 잘된 거잖아요. 무사히 돈을 벌고 있으니까요. 돈을 잘 버는 사람은 대단하다. 어떤 면에서 그 말은 진실이거든요?"

"그, 그렇죠! 돈은 확실히 벌었어요. 저는 성공했다고요!"

내가 위로해주자 약간 기운을 되찾은 그레츠 씨.

하지만 그런 그에게 다시 찬물을 끼얹는 사람이 여기 있었다.

"그것도 엘즈 씨의 연줄하고 사라사 씨의 자상한 마음 덕분이지만요~."

"으으윽……."

"로레아……."

로레아는 그레츠 씨만 보면 미묘하게 태도가 엄해지는 것 같다.

마을을 버리고 나갔다——, 어떤 면에서는 그렇게 볼 수도 있는 그레츠 씨에게 뭔가 앙심이라도 있나?

아, 혹시 로레아가 근처에 사는 오빠였던 그레츠 씨에게 희미한 연심을 품고 있었던 건가?

좋아했기 때문에 더 괴롭힌다든가……?

"……? 왜 그러세요? 사라사 씨."

"아, 아니. 아무것도 아니야."

응, 아니구나.

그레츠 씨를 보는 로레아의 눈에는 그런 기색이 없다.

오히려 글러 먹은 아들을 보는 듯한 느낌이다.

"그런데 은혜를 갚으려 하신다고 했죠. 그럼 제가 추천하는 건 비료 제조기 '하베스터'예요."

"비료 제조기요? 저희 부모님은 밭일을 거의 안 하시는데요……."

"아뇨, 이번에 중요한 건 하베스터에 투입할 소재죠."

하베스터는 투입한 것을 비료로 가공해주는 아티팩트다.

낙엽이나 고목, 음식물 쓰레기 같은 것들을 재료로 삼아 효과가 꽤 좋은 비료를 만들어 준다.

그리고 재스퍼 씨는 사냥꾼이다.

잡아 온 사냥감을 해체하면 필요가 없는 부분이 잔뜩 생길 수밖에 없다.

그것들을 처리하는 게 꽤 골치 아픈 것이다.

방치하면 썩기 때문에 구멍을 파서 묻거나 걸리적거리지 않을 곳에 버리러 가야 한다.

그런 점에서 하베스터가 있으면 그냥 넣기만 하면 된다.

만들어진 비료를 팔아서 용돈벌이도 할 수 있다.

단점이 있다면 동작하는데 필요한 마력이 조금 많다는 점이 있지만, 재스퍼 씨는 이웃집이니까 마력이 부족하면 내가 도와줄 수도 있다.

"사냥꾼이라면 가지고 있어도 손해는 안 볼 아티팩트거든요?"

——결코 이번 기회에 아직 만든 적이 없는 아티팩트를 팔아 보자는 생각은 하지 않았다.

그레츠 씨도 내 설명을 듣고 고개를 끄덕이고 있는 걸 보니 아무런 문제도 없다.

"그렇군요, 꽤 좋네요. 저도 예전에는 내장 같은 걸 처리할 때 돕고 그랬거든요. 그때부터 사냥꾼을 피하게 된 거기도 한데……."

"아, 어렸을 때부터 하셨다면……, 이해가 되네요."

동물의 머리나 피가 뚝뚝 떨어지는 내장 같은 것들을 어렸을 때 보면 트라우마가 생길 수도 있으니까.

익숙해지는 사람은 익숙해질지도 모르겠지만, 반대로 전혀 견딜 수가 없는 사람도 있을 것 같다.

아마 그레츠 씨는 후자일 테고 그래서 행상인이라는 길을 선택했을 것이다.

"참고로 그 하베스터는 얼마나 하나요?"

"크기와 효율에 따라 달라요. 처리량이 많고 적은 마력으로 가동시킬 수 있는 건 비싸죠. 제일 싼 게 12만 레어부터고요."

"……꽤 비싸네요?"

"아티팩트니까요. 그래도 그 정도는 버시지 않았나요?"

"낼 수 없는 건 아니지만 그러면 행상을 할 밑천이…….
조금만 더 열심히 해서 벌 테니, 사라사 양, 예약 같은 형태
로 부탁드릴 수 있을까요?"

"네, 알겠습니다. 필요한 소재 같은 것들을 준비해 둘게요."

조만간 만들 생각이었으니까 소재는 대부분 가지고 있지
만, 그건 우리 집에서 쓸 가정용 크기다.

재스퍼 씨가 큰 사냥감을 넣을 때 쓰기에는 너무 작다.

적어도 곰 한 마리 정도를 처리할 수 있는 걸 만들 수 있
게끔 소재를 모아둬야겠다.

"그레츠 오빠가 효도라니……. 저도 뭔가 해야 할까요?"

"아니, 난 이래 봬도 로레아보다 두 배는 오래 살았거든?"

진지하게 생각하기 시작하는 로레아를 보고 그레츠 씨가
조금 어이가 없다는 듯이 입가를 일그러뜨렸다.

"그래도 '놀기만 하는 아들'인데."

"그런 이야기를 못 하게 만들어야지! 이렇게 된 이상 어떻
게든 부모님에게 하베스터를 선물해야겠어. 비료를 나누어
주면 내 평판도 분명히……."

로레아 같은 아이들에게 확실하게 자리 잡은 걸 보니 꽤
오래 전부터 그런 이야기가 나돌았던 모양인데.

뭐, 재스퍼 씨가 비료를 팔기 시작하면 그레츠 씨가 하베
스터를 선물했다는 이야기도 퍼질 테니 평판이 좋아지긴 하
겠지?

그것만으로 '놀기만 하는 아들'이라는 이미지를 씻어낼 수

있을지는 모르겠지만.

"효도라……. 로레아 같은 나이에 그런 걸 신경 쓸 필요는 없을 것 같긴 한데. 이런 문제는 잘 모르겠네……."

내가 로레아 나이였을 때는 이미 부모님이 돌아가신 뒤였다.

할 수 있을 때 하는 것은 나쁘지 않다──, 오히려 권장해야 한다.

"사라사 씨는 부모님──, 아, 죄송합니다……."

"신경 쓰지 마. 그래도 월급을 받게 되면 선물을 한다는 이야기는 나도 들은 적이 있는데."

말을 하다가 끊고 고개를 숙인 로레아를 보고 나는 고개를 저었다.

부모님 대신 그러는 건 아니지만, 나도 고아원에 돈을 보내고 있으니까.

아, 참고로 스승님에게는 '고아원에 보내는 금액은 적당히 조절해주세요'라고 편지를 보냈다. 저번에 사우스 스트러그에서 돌아온 뒤에.

내가 버는 금액은 아직 적지만, 경험이 풍부한 스승님에게 맡겨두면 안심이니까.

"일단 다르나 씨에게 추천할 만한 아티팩트도 있거든?"

"어떤 건가요?"

"음, 이름이 '데굴데굴'인 아티팩트."

"──네?"

"그, 그러니까, 데, 데굴데굴……."

로레아가 진지한 표정으로 되묻자 나는 살짝 얼굴을 붉히며 다시 아티팩트의 이름을 말했다.

"네, 네에. 데굴데굴요?"

"이름이 원래 그런 거거든? 정식 명칭이야. 참고로 마차의 바퀴에 다는 아티팩트인데, 마차가 정말 가볍게 움직이게 된다고 호평이거든."

구체적으로는 짐의 무게가 절반이 된 것처럼 가벼워진다고 한다.

두 마리가 끄는 마차를 한 마리가 끌어도 되고, 이동 시간이 대폭 줄어들기도 하고.

마차를 쓰는 사람에게는 인기가 많은 아티팩트다.

단점은 정기적으로 정비하지 않으면 금방 망가진다는 것이다.

"그건 문제없을 것 같은데요……. 저기, 이름이 특이하네요?"

"그래. 그런데 아티팩트 중에는 그런 게 꽤 많단 말이지."

기본적으로 아티팩트의 이름을 붙이는 건 그것을 발명한 연금술사다.

대부분은 매우 단순하게 기능을 그대로 이름에 붙인다.

제취약, 마도 풍로처럼.

이름을 들으면 기능을 알 수 있기 때문에 다른 연금술사들도 많이 편해지는 방식이다.

유연 글러브도 비슷하지만, 유연성뿐만이 아니라 튼튼함도 평균 이상인 글러브이고 그 부분도 중요하니까 약간 설명이 부족하다.

적어도 '유연인내 글러브' 정도라면 좀 더 알아보기 쉬울 것 같다.

그래도 이 정도는 그나마 나은 편이다.

곤란한 건 이상한 고집을 보이는 사람이나 직감으로 이름을 붙이는 사람이다.

자기는 멋지다고 생각하며 이름을 붙였겠지만, 보통은 이름만 들으면 어떤 아티팩트인지 전혀 알 수가 없다.

다행히도 주위에 상식적인 사람이 있으면 수정해주거나 『비료 제조기 '하베스터'』 같은 식으로 알아보기 편한 설명이 이름에 추가된다.

하지만 그렇게 수정이 이루어지지 않을 경우에는 많은 사람들이 고생하게 된다.

그렇다, 이번처럼 데굴데굴 같은 경우에.

"하베스터보다는 싸지만 로레아의 급료로는 아직 못 살 것 같은데?"

"그런가요……? 일을 열심히 해야겠네요. 그게 있으면 아버지가 일할 때 훨씬 편해질 것 같으니까요."

"응. 효과가 꽤 좋은 것 같거든."

다르나 씨도 냉각 모자로 꽤 돈을 벌었을 테니 다르나 씨에게 직접 팔아봐도 괜찮을 것 같지만……, 로레아가 선물

하고 싶어 하는 것 같으니까 그러진 말아야겠다.

"좋아, 로레아. 나하고 누가 먼저 사드릴 수 있을지 경쟁하자!"

방긋 웃으며 그렇게 말한 그레츠 씨를 보고 로레아는 여전히 약간 싸늘한 눈초리로 입가에 미소를 드리운 채 입을 열었다.

"그레츠 오빠, 나이가 절반밖에 안 되는 어린애랑 경쟁하면 창피하지도 않아?"

"크헉!!"

그야말로 정론이다.

역시 그레츠 씨, 미묘하게 안타까운 사람이다.

외모는 그렇게 나쁘지 않은데.

"뭐, 경쟁 자체는 상관없지만. 그레츠 오빠도 열심히 해?"

"네, 네. 열심히 하겠습니다……."

대체 누가 연상인지.

그레츠 씨는 그런 느낌으로 힘없이 고개를 끄덕였다.

본격적인 여름.

실내에서도 더위를 느끼게 되었을 무렵, 냉장고, 냉동고의 외부 틀이 도착했다.

게베르크 씨가 만든 것치고는 시간이 오래 걸린 것 같지만,

주문한 목재가 늦게 도착했기 때문이다.

도착한 뒤에는 평소처럼 멋지게 작업해 주었다.

약간의 빈틈도 없이 주문한 대로 정확하게 만들어 준 것 같다.

"진짜 완벽하네. 조정할 필요가 없어……."

미리 만들고 있던 단열재와 냉각 코어 등을 '실물에 맞춰 볼 필요가 있나?'라고 생각했었는데 그대로 딱 들어맞았던 것이다.

이제 전체적으로 방수 처리 등을 하고 부엌에 설치하면 작업도 끝난다.

"우선 동작 확인부터. 냉장고는 나중에 하고……, 냉동고는 얼음이라도 만들어보자."

예상했던 것보다 간단히 끝났기에 그 시간을 써서 간식이라도 만들어야겠다.

"말린 과일을 썰어서 설탕하고 물을 조금 넣고……."

이걸 냄비에 끓여서 전체적으로 끈적이기 시작하니 달콤한 향기가 풍겼다.

그 냄새를 맡고 왔는지 로레아가 고개를 쏙 내밀었다.

"사라사 씨……? 왠지 좋은 냄새가 나는데요……."

"응. 냉동고가 완성돼서 잠깐 간식을 만들어 볼까 했거든. 먹을래?"

"그래도 되나요? 먹고 싶어요!"

기뻐하며 테이블에 앉은 로레아를 곁눈질하면서 냉동고

를 열었다.

"······응, 확실하게 얼었네."

꺼낸 얼음을 오른손으로, 그릇을 왼손으로 들고──.

푸슉! 사르륵······.

산산조각 난 얼음이 그릇 위에 쌓였다.

"──?! 사, 사라사 씨! 그게 뭐죠?!"

"이거? 마법. 스승님에게 배웠어."

얼음을 매우 잘게, 일정하게 부수는 마법.

마력 제어를 꽤 정밀하게 할 필요가 있기 때문에 스승님
이 여름에 '마법 연습이다!'라면서 여러 번 시켰다.

하지만 스승님과 비교하면 아직 멀었고, 스승님이 만든
것과는 식감이 다르단 말이지.

"이제 이 위에 시럽을 듬뿍 끼얹으면······, 빙수 완성! 자,
먹어."

"자, 잘 먹겠습니다. ······차갑네! 그리고 달콤해요! 이런
건 처음 먹어봐요!"

로레아는 한 입 먹고 눈을 크게 뜨고는 곧바로 기뻐하는
표정으로 칭찬했다.

평범한 사람은 차가운 간식을 먹을 기회가 없으니까.

"······아. 저기, 로레아. 빙수는 단숨에 먹으면 엄청 맛있
거든?"

"어, 그래도 아까운데요······."

"괜찮아, 괜찮아. 더 있으니까. 얼음은 얼마든지 만들 수

있고. 자."

아깝다는 듯이 빙수를 바라보던 로레아에게 나는 방긋 웃으며 재촉했다.

"그런가요? 그럼 사양하지 않고……."

와삭와삭 빙수를 먹어대는 로레아를 방긋 웃으며 지켜보았다.

"——윽?! 끄윽! 머, 머리가, 왠지 머리가 아픈데요! 엄청 아파요?!"

"응, 그렇게 된단 말이지. 차가운 걸 단숨에 먹으면 왠지 모르겠지만 아파진다니까."

머리를 부여잡고 빙글빙글 돌기 시작한 로레아를 보며 나는 고개를 끄덕였다.

그럴 기회가 없었기 때문에 나도 예전에는 몰랐지만.

이것도 스승님에게 **배웠다**.

"사라사 씨?!"

"아니, 아니, 내가 없을 때 경험했다가 심각한 병이라고 착각하면 안 되잖아? 그건 원래 그런 거니까 걱정할 필요 없어."

눈을 크게 뜨고 '그럴 수가?!'라는 표정을 짓고 있는 로레아에게 이유를 설명했다.

결코 장난을 치려고 했던 건 아니, 거든……?

"——으으~. ……아, 괜찮아졌네요."

"그래, 시간이 조금 지나면 괜찮아지거든. 천천히 먹으면 문제없어."

"으~, 아팠어요. 미리 말씀해주시지……."

조금 원망스러워하는 로레아를 보고 나는 눈을 살짝 피하며 대답했다.

"한 번 정도는 경험해봐도 괜찮겠다 싶어서. 그렇게 자주 경험할 수 있는 게 아니거든?"

"그럴지도 모르겠지만요……. 뭐, 됐어요. 맛있는 간식을 봐서 용서해드릴게요."

그렇게 말하고 '여기요!'라고 하며 그릇을 내밀었기에 나는 쓴웃음을 지으며 얼음을 부수고 달콤한 시럽을 듬뿍 뿌려주었다.

"적당히 먹어. 너무 많이 먹으면 배탈 나니까."

"알겠어요. ……음~, 역시 차갑고 맛있네요!"

신기하다는 이유도 있어서 그런지 로레아는 기뻐하면서 먹고 있는데, 나는 한 그릇이면 충분할 것 같네.

"일단 가게 쪽으로 갈까? 너무 오래 비워두면 안 되니까."

"아, 그렇죠!"

빙수를 들고 로레아와 함께 점포 쪽으로 향했다.

이쪽은 남쪽이라서 실내 온도가 조금 높지만, 그래도 바깥쪽과 비교하면 훨씬 시원하다.

왜냐하면 우리 집에는 집 전체를 식혀주는 냉풍기를 설치해 두었기 때문이다.

──아니, 사실 방 하나만 시원하게 해주는 크기면 충분

했거든?

연금술 대사전의 '진도를 나가는 것'만 놓고 보면 만들기만 하면 되니까.

하지만 품질이 좋은 빙아 박쥐의 송곳니가 잔뜩 있으니까 나도 모르게 조금 사치스러운 물건을 만들어 버렸던 거죠.

빙수를 즐기기에는 어울리지 않지만, 그건 상황이 너무 한정적이니까.

내가 빙수를 다 먹고 나서 이번에는 천천히 먹고 있는 로레아를 보며 느긋하게 지내고 있자니 어떤 의미로는 타이밍 좋게 아이리스 씨와 케이트 씨가 돌아왔다.

"점장 씨, 다녀왔어."

"점장님, 다녀왔다. ……휴우, 여기는 천국이군."

두 사람은 이마에 난 땀을 닦으며 크게 심호흡을 했다.

그리고 로레아가 들고 있던 것을 바라보았다.

"어라, 로레아. 그건 뭐지?"

"사라사 씨가 만든 얼음 간식이에요. 차갑고, 달콤하고, 맛있어요."

"호오, 그거 정말 멋지네?"

"으음. 더울 때는 최고겠어?"

"……네, 네. 드시고 싶으신 거죠? 만들어드릴게요."

확실하게 말하지 않아도 두 사람의 시선을 보니 무슨 말을 하고 싶은 건지는 알겠다.

나는 자리에서 일어서서 빙수를 만들기 위해 부엌으로 향했다.

"맞다, 아이리스 씨, 케이트 씨, 그거 아세요? 이 간식은 단숨에 먹으면 정말 맛있거든요?"

로레아가 그렇게 말하는 소리를 어깨너머로 들으며 나는 커다란 그릇에 빙수를 만들었다.

그리고 당연하게도 아이리스 씨는 머리를 부여잡고 발버둥을 치게 되었다.

"……휴우, 이제 좀 낫네. 다들 너무하잖아."

"저도 방금 사라사 씨에게 당했거든요."

혀를 낼름 내미는 로레아를 보고 아이리스 씨는 쓴웃음을 지으며 내 쪽으로 다가왔다.

"점장님도 말려주지 않았고."

"모처럼 하기 힘든 경험을 할 수 있으니까요."

"하긴, 이런 경험은 좀처럼 할 수가 없지. ──케이트는 자기 혼자 당하지 않았고."

"로레아와 점장 씨의 표정을 보니 뭔가 있겠다 싶더라고."

사실 케이트 씨는 아이리스 씨가 먹기 전까지 자기는 먹지 않고 방긋 웃으며 지켜보고 있었다.

아이리스 씨에게 아무 말도 하지 않고.

은근히 너무하다.

"그런데 이 간식, 맛있긴 한데 몸이 좀 싸늘해지네."

"여기는 시원하니까. 식사도 맛있고, 밤에도 쾌적해. 여관에서 살 수가 없겠어."

"저도 집에 가는 게 좀 아쉬워져요. 잘 때는 사라사 씨에게 받은 환경조절포 시트가 있으니까 나름 쾌적하지만요."

"그거 대단하지. 그냥 잘 때와는 반대로 이불을 제대로 덮고 자는 게 더 시원하니까. 그렇게 좋은 걸 진짜로 써도 되는 거야?"

"상관없어요. ……저만 좋은 걸 쓰면 마음이 좀 불편하니까요."

"아니, 그건 전혀 신경 쓸 필요가 없는데! 우리는 얹혀사는 입장이니."

"아뇨, 정말 괜찮아요."

손님용으로 마련해 둔 침대와 침구는 완전히 두 사람 전용이 되어버렸다.

하지만 이제 와서 두 사람에게서 이불을 빼앗을 수는 없다.

두 사람이 '어젯밤에는 더워서 잠을 제대로 못 잤다'는 이야기를 하는데 '저는 어젯밤에도 시원하게 잤어요'라고 하는 건 좀 아니겠다 싶기 때문이다.

그래서 이불과 침대는 추가로 두 세트 더 만들어두었다.

스승님이 갑자기 나타나더라도, 로레아가 자고 가고 싶어져도 괜찮다.

문제가 없다.

"그런데 가게가 쾌적한 건 정말 좋지만, 문제가 있긴 하죠."

조금 곤란하다는 듯이 그렇게 말하는 로레아를 보고 나는 고개를 갸웃거렸다.

"그래? 그런 이야기는 딱히 못 들은 것 같은데……."

"네. 볼일이 끝났는데 가게에 눌러앉는 채집자분들도——"

"어이쿠, 그거 혹시 나 말인가?"

마치 타이밍을 재고 있었던 것처럼 가게에 들어온 사람은 안드레 씨였다.

단골손님이라 날마다 찾아오니 시점에 따라서는 몸을 식히러 자주 온다고도 할 수 있을 것 같다.

"어라, 안드레 씨. 혹시 짐작 가는 게 있으신가요?"

"물론……, 있지!"

있구나?!

"그래? 로레아."

"안드레 씨는 그나마 나은 편이에요."

아, 나은 편일 뿐이지 부정하지는 않는구나.

"시원한 물을 내드리면 순순히 돌아가시니까요. 그러니까 물 드세요."

"그래, 고맙다. ——꿀꺽꿀꺽, 푸하아아앗! 역시 맛있네! 이런 시기에 차가운 걸 먹으니까 말이지!"

차가운 거라고 해도 냉장고에서 식힌 건 아니다.

냉풍기 때문에 시원한 가게 안에 놓아두었기에 바깥과 비교하면 상대적으로 차가울 뿐이다.

그래도 단숨에 마시기에는 딱 좋다.

로레아는 단숨에 물을 마신 안드레 씨에게 컵을 받고 나서 출구 쪽을 손가락으로 가리켰다.

"그러신가요? 그럼 돌아가세요."

"그래! 아니, 그게 아니지! 아직 볼일이 안 끝났다고."

"어이쿠. 그러셨군요. 오늘은 무슨 일로 오셨죠?"

"우선 오늘 성과야. 계산 부탁해. 그리고 포션을——."

"네."

이미 익숙한 과정인지 로레아는 안드레 씨의 주문을 빠르게 처리해 나갔다.

채용한 지 아직 몇 달밖에 안 되었는데 솜씨도 좋고 배우는 것도 빠르다.

이렇게 말하면 좀 그렇지만, '이런 시골 마을에 로레아처럼 괜찮은 아이가 있었네!'라는 느낌이다. 진짜 채용하길 잘했어!

"——이게 전부인가요?"

"그래. 오늘 채집해 온 건 그게 전부야."

"그러시군요. 그럼 또 오세요."

"그래……, 아니. 그게 아니라고! 오늘은 볼일이 또 있어!"

"그러세요? 몸을 식히려는 게 아니라요?"

"그게 아니라고. 이렇게 시원한 건 진짜 좋긴 하지만 말야. ——우리 여관에도 들여놓으면 안 되나?"

"그건 디랄 씨에게 의논해보세요. 그래도 별로 저렴한 게 아니니까 아마 힘들 것 같지만요."

들여주면 나도 좋긴 하지만, 얼마 전에 마도 풍로를 사 갔으니까.

방마다 설치하든 건물 전체에 설치하든 돈이 꽤 많이 들어가고, 마도 풍로와는 달리 가동 기간도 1년 중 절반에 불과하다.

그런데다 평범한 사람은 버틸 수 없을 정도로 마력을 많이 쓰니까 유지비로 쓸 마정석이나 빙아 박쥐의 송곳니 같은 물건이 필요하다.

경쟁하는 여관이 생겨서 손님 쟁탈전을 벌이는 게 아니라면 사지는 않을 것이다.

"그런데 안드레 씨는 무슨 볼일이 있으신 거죠? 주문하실 거라도 있나요?"

"아니, 그게 아니라……."

내가 묻자 안드레 씨는 말꼬리를 흐리면서 아이리스 씨를 보았다.

그 시선을 느낀 아이리스 씨는 고개를 끄덕이고는 입을 열었다.

"지금부터는 내가 말하지. ──점장님은 지금 마을에 머무르고 있는 상인에 대해 알고 있나?"

"그레츠 씨 말고요? 모르겠는데요."

"그보다 나이가 꽤 많고 약간 뚱뚱한 것 같은 상인인데."

"얼마 전부터 집을 빌려서 머무르고 있거든. 돈이 꽤 많은 모양인지 하인도 몇 명 데리고 왔어."

"그런가요? 행상인은 아닌가 보네요. 그게 왜요?"

행상인은 말 그대로 도시나 마을 이곳저곳을 돌아다니는 상인이다.

적어도 내가 아는 한 뚱뚱한 행상인은 없다.

커다란 상단을 이끄는 상인이라면 그럴 수도 있겠지만, 이 근처를 그런 상단이 오가지는 않을 것이다.

"사실 그 상인이 빙아 박쥐의 송곳니를 사들이고 있거든. 점장님보다 3할 정도는 비싸게 산다고 하면서."

"그런가요? 그건 처음 듣는 이야기네요."

"아, 혹시 최근에 빙아 박쥐의 송곳니를 팔러 오는 사람이 줄어든 게……?"

로레아가 정신이 번쩍 든 듯이 고개를 들자 케이트 씨가 고개를 끄덕였다.

"원인은 그거겠지."

"그러고 보니 줄어든 것 같긴 하네요. 빙아 박쥐의 송곳니 재고가."

들어오는 양이 완전히 없어졌다면 눈치챘겠지만, 아이리스 씨와 케이트 씨는 돌아와서 바로 환금하고, 안드레 씨 일행도 팔러 와준다.

재고가 조금 줄어들더라도 나이가 많아서 품질이 좋은 박쥐의 송곳니가 들어오고 있기 때문에 냉각 모자를 만들 때 쓰는 양이 별로 없어서 불안해질 정도는 아니다.

새로운 채집자는 늘어나는데 입하되는 양이 늘어나지 않길래 '빙아 박쥐의 송곳니를 채집하러 안 가나?'라든가 '혹시 사우스 스트러그까지 팔러 가나?'라는 생각을 하고 있었는데, 사실 우리 가게가 아니라 다른 곳에 팔고 있었을 뿐이었구나.

"점장님, 왜 그렇게 느긋한 거지……."

"점장 씨, 그렇게 속 편하게 지내도 되는 거야? 3할이나 차이가 나니까 이쪽에 팔 사람이 없어질 텐데? 이대로 가다간 위험하지 않아?"

네에~, 그렇게 대답하는 나를 보고 아이리스 씨와 케이트 씨는 당황한 것 같지만──.

"진짜로 3할 비싸게 사들이는 건지 신경 쓰이긴 하지만, 사들이는 것 자체는 별로?"

내가 만들고 싶었던 아티팩트는 이미 다 만들었다.

재고가 아직 남았으니 한동안은 냉각 모자도 만들 수 있고, 애초에 그걸로 얻는 이익은 극히 적다.

만약 만들지 못하게 되더라도 별로 곤란하지는 않다──적어도 나는.

그 대신 냉각 모자를 우리 가게에서 사가는 그레츠 씨와 다르나 씨는 곤란해질 테고, 마을 사람들도 모자를 만들어서 돈을 벌 수가 없게 된다.

예전엔 하지 않았던 일이니 생활에 영향은 없겠지만……, 한번 얻었던 수입원을 잃는 건 마음에 안 들 테고 모처럼 생각해낸 계획을 쓰지 못하게 되면 나도 싫다.

"빙아 박쥐의 송곳니는 연금술사가 아니라도 감정할 수

있고, 보존도 할 수 있는 소재지만……."

"저도 할 수 있게 되었으니까요."

"응. 그래도 로레아는 소질이 있거든? 일도 빨리 배우고."

"감사합니다."

나는 기쁜 듯 고개를 끄덕이는 로레아를 보면서 생각했다.

잘 살펴보면 가치를 알아볼 수 있는 소재니까 3할 더 비싸게 사들이는 것 자체는 가능하다.

단, 그 가격으로 사들여서 이익을 낼 수 있는지는 다른 문제다.

왕도의 시가와 비교했을 때 우리 가게에서 사들이는 가격이 싸긴 하지만, 그건 채집한 지역에서 사들이고 있기 때문이다. 왕도까지 운송하게 되면 이익이 나긴 할지 미묘한 가격이다.

거기에 3할을 얹어서 사들이면……, 스스로 상품을 가공해서 부가가치를 낼 수 있는 연금술사도 이익을 낼 수 있을지 의문이다.

상인이라면 말할 것도 없고, 그냥 연금술사에게 가져다 판다면 분명히 적자다.

시가 조작 같은 아슬아슬한 수단도 다른 생산지가 있다는 걸 감안하면 힘들 것이다.

무슨 생각으로 그렇게 하는 거지?

"……일단 진짜로 3할 비싸게 사들이는 건지 조사해볼까? 아이리스 씨, 감정이 끝난 송곳니를 드릴 테니까 팔러 가주실 수 있나요?"

"그래, 상관없다."

"감사합니다. 안드레 씨가 하려던 이야기도 그건가요?"

"그래, 맞아. 사라사에게는 신세를 많이 졌으니까 고참들은 이 가게에서 팔고 있지만, 사라사는 어떻게 생각하나 싶었거든."

"신경 써주셔서 감사합니다."

그렇구나, 더 비싸게 사주는 곳이 있는데도 우리 가게에서 파는 사람이 있었던 이유가 그거구나.

역시 장사를 하려면 다른 사람들과 좋은 관계를 유지하는 게 중요한 거야.

"그런데 진짜로 그 상인이 비싸게 사주는 거라면 그쪽에서 파셔도 상관없는데요? 아이리스 씨하고 케이트 씨도요. 저 같은 경우엔 필요하면 채집하러 갈 수도 있으니까."

"사라사는 그럴 수 있지. 잘만 하면 마을에 있는 채집자 모두가 모은 것보다 혼자서 훨씬 많이 모아올 수도 있겠고."

"옮겨다 줄 사람이 있다면 말이지만요."

아무리 내가 신체 강화를 쓸 수 있다 해도 옮길 수 있는 양에는 한계가 있다.

구체적으로는 가죽 주머니의 강도와 내 체격 문제 때문에.

"알겠어. 그럴 때가 오면 우리에게도 알려달라고. 그리고 고참 녀석들에게도 사라사가 신경 쓰지 않는다고 말해도 괜찮나?"

"네, 물론이죠. 잔뜩 벌어서 그만큼 마을에 돈을 써주시면 불만은 없어요. 하는 김에 저희 가게에도 말이죠."

"그래! 안 그래도 신참 녀석들까지 함께 날마다 식당에서 술판을 벌이고 있거든."

"그러고 보니 아버지도 요즘은 비싼 술을 들여오고 있다고 하셨어요. 집을 빌려서 사는 사람도 늘어나기 시작했고, 안주도 잘 팔리는 모양이에요."

요즘 이 마을은 빙아 박쥐의 송곳니 덕분에 대박이 났다.

악취만 참으면 의외로 간단히 채집할 수 있고, 비교적 가치가 높기 때문에 돈을 마구 써대는 채집자들이 늘어나고 있는 모양이다.

그런 채집자들로 인해 디랄 씨네 여관은 이미 꽉 찼고 식당도 사람들로 붐비고 있다.

그 결과, 테이블을 확보하기가 어려워진 채집자들은 집을 빌려서 술판을 벌이는 모양이다.

우리 가게도 그 흐름을 타서 제취약과 유연 글러브를 내놓았는데, 나름대로 팔리는 글러브에 비해 약 쪽은 별로 안 팔렸다.

안전과 직결되는 글러브에 비해 악취 쪽은 참을 수 있기 때문이겠지, 역시.

소모품이고, 가격도 꽤 나가는 편이고.

"그래도 로레아가 말한 대로 부엌을 정비하길 잘했어, 고마워."

"요즘 식당은 점장 씨나 로레아가 가기 좀 그렇지."

"우리도 정말 도움이 많이 된다. 로레아, 고맙다."

"아뇨, 저도 즐겁게 요리하고 있으니까요!"

우리가 고맙다고 인사하자 로레아가 쑥스럽다는 듯이 고개를 저었다.

"뭐, 여자가 들어가기에는 좀 그렇지, 요즘은."

"역시 그런 상황인가요?"

"그래. 빙아 박쥐의 송곳니로 돈을 편하게 벌 수 있다고 신참들도 꽤 많이 모였는데, 정보도 제대로 모으지 않고 가곤 하니까. 냄새를 풍기면서 식당으로 돌아오는 멍청이도 있거든."

안드레 씨는 인상을 찌푸리며 그렇게 말했다.

"으아……, 그러면 자리가 있더라도 식당에 가고 싶진 않네요."

"애초에 그런 녀석들은 디랄이 내쫓은 다음에 물을 끼얹어 주거든? 냄새가 가실 때까지 돌아오지 마라! 그렇게 말하면서."

역시 디랄 씨다. 인정사정없네.

더운 계절이니까 감기에 걸리진 않겠지만……, 그래도 일단은 손님이잖아?

"그래도 준비하고 가봤자 냄새가 남기는 하니까, 요즘 식당은……."

크게 한숨을 쉬는 안드레 씨에게 맞장구를 치려는 듯이

아이리스 씨와 케이트 씨도 고개를 끄덕였다.

"채집자들 중에는 불결한 녀석들도 많으니까."

"그렇지. 그런 면에서 여기는 진짜 좋아. 날마다 목욕할 수도 있고."

"뭐, 제가 목욕을 하니까요. 하는 김에 하시라는 거죠."

모처럼 목욕탕을 마련했으니 같이 사는 아이리스 씨와 케이트 씨도 쓰게 하는 게 낭비도 안 되고, 나도 그녀들이 깔끔하게 지내면 기분이 좋다.

하는 김에 거의 매일 로레아에게도 목욕하라고 권하고 있기에 그녀도 깨끗하다.

포션을 다루는 사람이 불결한 차림으로 가게를 보면 안 되니까.

"그런데 요즘 식당은 그런 느낌인가 보네요……."

내가 원인 중 일부를 만들었기에 디랄 씨에게 조금 미안했다.

장사가 잘되는 것 같긴 하지만, 그 대가가 악취 속에서 일해야 하는 거라니…….

"소취약(消臭藥)이라도 팔아볼까요……?"

"오, 점장님. 그렇게 좋은 게 있나?"

"네. 그런데 소취약 자체는 별로 비싸지 않은데요, 용기 쪽이 좀……."

쓰기 편하게끔 분무기로 뿌리는 형식이기 때문에 그냥 포션 병보다 꽤 비싸다.

물론 그냥 대충 뿌려도 되긴 하지만, 쓰기가 매우 불편해진다.

"그럼 가게 앞에서 저울로 달아서 팔면 되는 것 아닐까?"

"그렇지. 나도 있으면 좋겠으니까. 병은 따로 팔기로 하고."

채집자라고 해도 여자는 여자다.

아이리스 씨와 케이트 씨가 곧바로 달려들었다.

일반적인 포션 병은 회수한 다음에 확실하게 세척해서 재활용하고 있지만, 소취약 같은 건 그렇게까지 까다롭게 할 필요가 없으니까 나쁘지 않은 제안이려나?

"음~, 그렇게 해볼까요? 로레아, 수고가 좀 들 텐데 괜찮겠어?"

"네, 그건 전혀 문제없어요."

"고마워. 안드레 씨는 어떻게 생각하세요?"

베테랑 쪽 의견이 어떤지 안드레 씨에게 물어보자 그는 팔짱을 끼며 끙끙댔다.

"그래, 우리는 살 것 같은데⋯⋯, 신참 녀석들이 살지⋯⋯."

"그런가요? 냄새 때문에 곤란해하지 않나요?"

"곤란해하기는 하는데――."

간단히 말하자면, 불결한 것에 익숙해진 채집자가 꽤 많다고 한다.

자기들이 항상 냄새가 나니까 주위에서 냄새가 나도 신경 쓰지 않는다.

오랫동안 머무른 고참들은 마을 사람들을 항상 배려하지만,

금방 나갈 생각인 채집자들은 그런 걸 신경 쓰지 않고 아낄 수 있는 만큼 아낀다.

주위에서 폐를 끼치더라도 자신이 문제가 없으니 돈을 쓰지 않는다.

"뭐, 그런 녀석들이니까, 그중에는 손가락을 잃은 녀석도 있다만……. 자업자득이지."

"어? 그래요?"

"그래. 일단 동업자라서 충고는 해주고 있는데, 아껴서는 안 되는 부분까지 아끼는 녀석도 있거든. 사라사의 유연 글러브를 샀으면 걱정할 필요도 없었을 텐데."

이빨을 부러뜨리다 실수해서 얼어붙었고, 그대로 잃게 되어 버린 모양이다.

"아, 그러고 보니 그런 녀석도 있었군."

"자업자득이지. 이야기도 제대로 안 듣고, 꼬셔대기나 하고."

조금 불쌍해하는 안드레 씨와는 달리 아이리스 씨와 케이트 씨는 엄한 태도였다.

둘 다 미인이니까 끈질기게 꼬신 건가?

"여러분은 괜찮으시겠지만, 만에 하나 손가락이 얼어붙어 버리면 곧바로 서둘러서 가게로 와주세요. 남아 있기만 하면 비교적 저렴하게 치료할 수 있으니까요."

부위 결손을 치료하는 포션은 매우 비싸지만, 얼어붙기만 한 거라면 조금 싸게 치료할 수 있다.

무사히 우리 가게에 도착하기만 하면.

사실 치료용 포션을 사가는 게 제일 좋긴 하지만, 유연 글러브를 살 돈도 아끼는 사람에게는 알려줘도 소용이 없을 것이다.

"그래, 그렇게 되면 부탁하마. 뭐, 그 녀석이 손가락을 잃은 뒤에는 거의 모두가 유연 글러브를 끼게 되었지만 말이야. 반면교사라는 거지."

"그러고 보니 한 번에 잔뜩 팔았던 날이 있었어요. 그때였나요?"

"그럴 거야. 다들 한꺼번에 사러 갔었으니까."

로레아가 그렇게 말하자 안드레 씨가 고개를 끄덕였다.

유연 글러브의 재고가 갑자기 줄어든 이유가 그거였구나.

뭐, 그런 위험 부담과 비용을 절충하는 건 채집자가 알아서 생각해야 할 일이다.

내가 뭐라고 해봤자 소용이 없다.

"우선 내일은 가격 조사를 해봐야겠네요. 아이리스 씨, 잘 부탁드릴게요."

"그래. 팔고 나서 가격을 알아 두면 되는 거지?"

"아, 정 뭐하면 나도 도와줄까? 대상이 비교적 많을수록 좋겠지?"

"그래 주실래요? 그럼 부탁드릴게요."

좀 전에 안드레 씨가 가지고 온 송곳니를 돌려주고 금액을 기록해 두었다.

이것들을 대체 얼마에 사들이는 건지……, 조금 흥미로운데?

◇ ◇ ◇

"3할이라는 건 허풍이지만, 1할 정도 비싸긴 하네요."

다음날, 아이리스 씨와 안드레 씨에게 들은 매수 가격은 그런 느낌이었다.

내가 사들이는 가격을 모르는 건지, 아니면 알면서도 과장 광고를 하는 건지.

애초에 나는 조금 비싸게 사들이고 있으니 시가로 치면 3할 정도 될지도 모르겠다.

"그래. 조금 놀랐어. 비싸게 사들인다고 해도 조금 비싼 정도일 줄 알았는데."

"그래도 평범한 상인이 이 가격에 사들이면 힘들 것 같은데요……."

사들인 가격 그대로 팔아도 사우스 스트러그에서 팔릴지 어떨지 미묘한 가격이다.

왕도에서는 팔리겠지만, 운송비를 더하면 확실하게 적자가 난다.

"목적을 알 수가 없네요. 적자를 내면서까지 사들이다니."

로레아는……, 모르는 것 같네.

고개를 흔들고 있는 걸 보니.

"나, 나도 모르겠는데? 그런 건 케이트가 할 일이야, 그렇지?"

아이리스 씨가 이야기를 떠넘기자 케이트 씨는 턱에 손을 대고 잠시 생각에 잠겼다.

"……그래, 우선 그 상인이 어떻게 해서든 빙아 박쥐의 송곳니를 모을 필요가 있는 경우지. 예를 들어 마련할 양을 계약으로 정해두었는데 마련하지 못했다든가."

"위약금을 내는 것보다 조금 비싸게 먹히더라도 상품을 마련하는 게 낫다는 건가?"

"그래. 아니면……, 시가를 조작하려는 의도일 수도 있고. 여름이 오니까 가격이 오르는 걸 대비해서 사 모으고 있었는데 이쪽에서 공급하니까 생각했던 것보다 가격이 안 오르기 때문에 나선 거지."

"공급을 막기 위해서 사들이고 있다고요? 그래도 빙아 박쥐의 송곳니 자체는 별로 안 넘어갔을 텐데……."

처음에 레오노라 씨에게 판 이후로 사들인 송곳니는 전부 냉각 모자 같은 것에 쓰거나 재고로 창고에 보존해두었다.

마을 바깥에 소재 그대로 넘기지는 않았다.

채집자가 가지고 나간 게 있긴 하겠지만, 양이 그렇게까지 많지는 않을 테고.

내가 그렇게 말하자 케이트 씨는 어깨를 으쓱였다.

"냉각 모자는 사우스 스트러그나 근처 마을에도 팔러 가고 있지? 그렇게 공급된 만큼 소재로 쓸 송곳니가 팔리지 않을 테니 마찬가지 아닐까?"

"……그렇긴 하네요."

송곳니는 여러 가지 용도로 써먹을 수 있지만, 이 시기에는 제일 많이 쓰는 게 역시 냉각 모자다.

냉장고나 냉풍기 같은 것에도 쓰긴 하지만 고급품이기 때문에 전체적인 소비량으로 따지면 적은 편이다.

"그런 게 아니라면……, 원한이라든가?"

"네에?! 저는 딱히 원한을 살 일이 없었던 것 같은데요?!"

내가 나도 모르게 소리친 것과 동시에 더 큰 소리로 말한 사람은 로레아였다.

"맞아요! 사라사 씨를 원망하는 사람이 있을 리 없다고요!"

……아니, 그렇게 힘차게 말해줄 정도로 올바르게 살아오지는 않았거든?

"로레아, 인생을 살다 보면 원망받을 짓을 하지 않더라도 원망하는 사람이 있기 마련이거든?"

"말도 안 돼요!"

후욱, 후욱, 그렇게 콧김을 거세게 내뿜으며 두 주먹을 쥐고 마구 흔들어대는 로레아를 보고 케이트 씨는 뺨에 손을 댄 다음 한숨을 쉬며 고개를 끄덕였다.

"그래, 인생은 말도 안 되는 것들투성이지. 하지만 이번에는 그 상대가 점장 씨라고 확실하게 정해진 건 아니야."

"──그렇다면요?"

"예를 들자면, 그레츠 씨나 다르나 씨."

"네? 아버지요?"

케이트 씨가 생각지도 못한 말을 하자 로레아가 굳은 채 고개를 갸웃거렸다.

"이번에 냉각 모자로 꽤 많이 벌지 않았을까?"

"네에?! 아버지는 그렇게 많이 벌지 않았는데요? 물론 사라사 씨 덕분에 현금이 많이 들어오긴 한 모양인데, 그걸 써서 가게의 상품을 들여왔으니까요."

"오, 요즘에 잡화점 상품이 괜찮아진 게 그것 덕분이었군!"

"네. 지금까지는 팔릴지 아닐지 알 수가 없는 것들은 들여올 여유가 없었으니까요. 마을 사람들도 돈이 좀 생겨서 손님들이 늘어난 모양이에요."

어이쿠, 사실 가까운 곳에 노력한 성과가 나오고 있었구나.

"하지만 문제는 그게 눈에 띄지 않는다는 거지."

주의 깊게 살펴보지 않으면 거기서 이익이 나오고 있다는 걸 알지 못할 것이다.

질투에 눈이 먼 사람이 그걸 눈치챌 리는 없을 거다.

"반대로 그레츠 씨는……, 돈을 많이 벌었을지도 모르지?"

순조롭게 돈을 벌고 있는 것 같은 그레츠 씨가 얼마 전에 정식으로 하베스터를 주문했다.

그러니 돈을 꽤 많이 모은 건 분명한데…….

"하지만 그레츠 씨가 돈을 많이 번다는 걸 알고 있는 사람은 별로 없지?"

"그렇단 말이죠. 다르나 씨 같은 경우에는 사우스 스트러

217

그에서 물건을 파니까 그곳 상인이라면 어느 정도는 파악할 수 있을 거예요. 하지만 그레츠 씨는 여러 마을을 돌아다니고 있을 테니까…….”

우리를 제외하면 마을 사람 중 극히 일부. 특히 에린 씨처럼 계산에 강하지 않으면 그가 얼마나 버는지 상상하기 힘들 테고, 외부인이라면 더 힘들 것이다.

물론 애를 쓰면서 마을 사람들에게 물어보면 알아낼 수도 있겠지만, 그런 짓을 하면 분명히 눈에 띌 테고, 내 귀에 들어왔을 것이다.

“뭐, 그 상인의 동기는 그렇다 치고, 어떻게 대처할 거지? 점장님.”

“음~, 대결할지, 방치할지…….”

“방치한다는 건 그냥 내버려 둔다는 거지? 냉각 모자는 괜찮은가?”

“얼마 전에 말씀드렸다시피 재고는 아직 있고, 제가 채집하러 가도 되니까요.”

“점장님, 물론 그때는 우리도 돕겠어!”

“저쪽에서 파는 것보다 점장 씨를 돕는 게 더 많이 잡을 수 있으니까 짭짤하거든.”

“그래, 그래──, 아니! 점장님에게는 신세를 지고 있으니까! 그리고 그 상인은……, 왠지 마음에 안 든다고!”

“아하하……, 감사합니다. 그렇게 하게 되면 제대로 분배해 드릴게요.”

"점장님! 정말로, 정말로, 딴마음을 먹은 건 아니다?!"

"그래요, 저도 알아요."

필사적으로 주장하며 다그치는 아이리스 씨를 밀어내면서 나는 고개를 끄덕였다.

케이트 씨가 농담한 거니까 그렇게 필사적으로 말할 필요는 없는데.

"알고 있다면 다행이군. 응. ──그런데 대결 쪽은?"

"몇 가지 방법이 있긴 한데요……, 우선 제가 사들이는 가격을 비슷한 수준까지 올리는 거."

나는 손가락을 하나 펴고 생각하고 있던 것들 중 한 가지를 제시했다.

그러자 이해가 된다는 듯이 고개를 끄덕인 사람은 아이리스 씨와 케이트 씨였고, 로레아는 의아하다는 듯이 고개를 갸웃거렸다.

"사라사 씨, 비슷한 수준이면 의미가 없지 않나요……?"

"아니, 비슷한 수준이라면 점장님에게 팔겠지. 예전부터 이 마을에 있던 채집자라면 더더욱 그렇고."

"연금술사와 상인은 신뢰감이 다르니까. 점장 씨가 포션을 싸게 살 수 있게끔 해준 덕분에 도움을 받은 채집자도 많거든."

"가게를 보다 보면 기뻐하시는 분들이 많으시긴 하죠."

직접 채집자와 접하기 때문에 실감하는 부분이 있는지 로레아도 이해가 된다는 듯이 고개를 끄덕였다.

"그런데, 그렇게 하면 점장 씨도 손해를 떠안게 되는 거 아니야?"

"아뇨, 지금 가격이라면 괜찮아요. ……작업 비용을 무시하고 절대 실패하지 않으면요."

한 번 실패하면 그것만으로 수십 개 분량 이익이 날아가지만.

물론 내 인건비를 빼고 계산해서 말이지.

"그건……, 좀 그렇지 않나? 공짜로 일하는데다 실패할 수가 없다니."

"사라사 씨, 연금술은 원래 실패하지 않나요?"

"그렇지 않아. 꽤 많이 실패하지. 평범한 연금술사라면 두 번 중 한 번은 실패한다고 가정하고 가격을 매기지 않으면 파산할 정도거든."

그렇기 때문에 아티팩트가 비싼 것이다.

모두가 10할 다 성공한다면 가격이 좀 더 내려갔을 것이다.

"그러면 안 되잖아."

"괜찮아요. 저라면 냉각 모자를 만드는 정도로 실패하지 않을 거예요. ……아마도."

"아마도라니……."

"아니, 지금까지는 한 번도 실패한 적이 없거든요! 이래 봬도 마스터 클래스인 스승님의 제자니까요!"

4레벨 정도 마도구로 실패할 수는 없지!

냉각 모자는 간단한 부류에 속하는 아티팩트고.

"호오, 그거 정말……, 응? 마스터 클래스의 제자?"

'어라?', 그렇게 말하며 고개를 갸웃거리는 아이리스 씨를 보고 나는 고개를 끄덕였다.

"네. 어라? 아이리스 씨하고 케이트 씨에게 말한 적이 없었나요?"

"못 들었어! 못 들었다고! 누, 누구의 제자인데?"

그러고 보니 스승님은 아이리스 씨와 케이트 씨가 우리 가게에 오기 전에 왔었지.

조금 초조한 느낌으로 물어보는 아이리스 씨에게 나는 스승님의 이름을 말했다.

"오필리아 밀리스예요. 아시나요?"

"모를 리가 있나! 그분은……, 휴우, 점장님이 강한 이유나 비상식적인 이유를 이제야 알 것 같군."

비상식적이라니, 실례잖아.

이래 봬도 연금술사 양성학교의 수석 같은 위치에 있던 사람이거든요?

"저기, 전 마스터 클래스도 모르고 그 오필리아 밀리스라는 분도 모르는데요……, 유명하신 분인가요?"

피곤하다는 듯이 한숨을 쉬는 아이리스 씨를 로레아가 의아한 눈초리로 봤다.

"'마스터 클래스'는 연금술사의 최고봉이야. 이 나라에서도 손가락에 꼽을 정도밖에 없을 정도로 고위 연금술사지. 연금술에 어느 정도 흥미가 있는 사람들은 모두 알고 있는 지식이고."

"그, 그런 분이 사라사 씨의 스승님이라니……, 대단해요!"

"응, 뭐, 대단하기는 한데……, 말이지?"

로레아는 감동했다는 듯이 눈을 반짝반짝 빛내고 있지만, 실제로 스승님과 만나면 맥이 빠질 것 같다. 외모도 꽤 젊어 보이고.

나도 상상하고 있던 마스터 클래스와 전혀 이미지가 달랐기 때문에 선배가 가르쳐줄 때까지는 눈치채지 못했을 정도다.

만약에 선배들하고 사이좋게 지내지 않았다면 지금까지 몰랐을 가능성조차 있다.

"오필리아 밀리스라는 분에 대해서는……, 점장 씨, 제자로서 설명해주는 게 어때?"

"네……? 스승님의 일반적인 평가에 대해서는 저도 잘 모르는데요……, 연금술사 중에서는 나름대로 유명한 정도?"

"바보! 점장님! 바보!"

어어?! 갑자기 아이리스 씨가 매도하는데?!

"오필리아 님은 '나름대로 유명한 정도'라는 차원이 아냐! 그분은 말이지, 그분은 말야!!"

"자자, 아이리스는 진정 좀 하자. 미안해, 점장 씨. 아이리스의 반응이 극단적이긴 하지만, 연금술사가 아닌 사람에게도 '꽤 많이 유명한' 수준인 분이야."

"그런가요?"

"그래요."

나는 그냥 아르바이트를 모집하길래 지원했고, 반쯤은 어쩌다 보니 제자로 들어가게 되었는데…….

사실 엄청 운이 좋았던 건가?

아니, 선배들이 매우 부러워하긴 했지.

"뭐, 스승님 이야기는 제쳐두고요. ──다시 본론으로 돌아가죠. 그런 다음에 상대방이 맞서서 사들이는 가격을 더 올릴지, 아니면 포기할지."

"제쳐두기에는 너무 중요한 이야기인데……. 오필리아 님 이야기는 나중에 듣기로 하고."

"아뇨, 이야기 안 할 건데요? 딱히 할 이야기도 없고."

평범한 스승님이거든요, 제게는.

"──듣기로 하고. 포기한다면 끝나는 거지."

어떻게 해서든 듣고 싶은 모양이다.

스승님이 귀족들에게 마음대로 행동한 모습을 이야기해 주면 되려나?

"맞아. 문제 해결."

"그래. 맞서서 올렸을 때가 곤란한데."

"그때는 빙아 박쥐의 송곳니 공급량을 늘리죠. 팍팍."

"어떻게?"

"제가 날마다 동굴에 가서 사냥할 거예요. 상대방의 자금이 바닥날 때까지."

내가 온 힘을 다해 사냥하고 아이리스 씨와 케이트 씨의 도움도 받는다면 하루에 수백 개는 거뜬하다. 안드레 씨 일행까지 끌어들이면 더 많이 채집할 수 있을 것이다.

송곳니는 한 마리당 두 개 있고, 다섯 살짜리 송곳니 하나당 최소 매입 가격은 약 천 레어.

나이가 많이 든 녀석일수록 가격도 올라가고, 상대방은 3할 이상 비싸게 사들일 테니 열심히 하면 하루에 수백만 레어를 빨아들일 수 있을 것이다.

현금을 엄청나게 많이 가지고 온 게 아니라면 금방 바닥날 텐데.

"후후후……, 이제 동굴에 있는 빙아 박쥐가 먼저 사라질지, 아니면 상대방의 자금이 먼저 사라질지 승부네요."

──응, 채집자들에게는 엄청나게 폐를 끼치게 되겠지.

그만큼 이익을 돌려줄 수 있게끔 세일이라도 하지 않으면 큰일이 날지도 모른다.

"역시 점장님이야! 자비심이 없군 그래?!"

"저는 원만하게 넘어가고 싶긴 한데요. 뭐, 처음에 시비를 건 건 저쪽이니까."

뭐가 '역시'라는 건지, 나를 어떻게 인식하고 있는지에 대해 아이리스 씨와 한 시간 정도 이야기를 나눠보고 싶기는 한데, 이야기가 다른 쪽으로 빠질 테니 나중으로 미뤄두자.

"사라사 씨, 역시 그 상인처럼 장사하면 안 되는 건가요? 아버지도 소재를 사들이곤 했는데요……."

"다르나 씨는 내가 오기 전에 하신 거잖아. 그런데 연금술사가 제대로 자리 잡은 곳에서 억지로 그런 짓을 하면…….
특히 신입 연금술사는 여유가 없거든."

큰 도시라면 모를까, 작은 마을 같은 곳에서 상인이 소재를 사들일 경우에는 그곳의 연금술사에게서 사들이거나 최소한 미리 양해를 구하는 것이 매너다.

예를 들어 수요가 많아서 이익을 내기 쉬운 소재와 수요는 별로 없지만 '만에 하나'의 경우에 필요한 소재.

연금술사가 전자만 다룬다면?

아니면 잘 팔린다고 해서 완전히 씨를 말려버린다면?

그런 상황을 피하기 위해 사들이는 가격이나 개수 제한 등을 통해 조정하는 것도 연금술사의 역할인 것이다.

그런데 상인이 와서 규칙을 무시해 버리면 그렇게 조정할 수도 없게 된다.

빙아 박쥐는 비교적 여러 군데에 사는 동물이니까 씨가 마를 걱정은 덜하지만, 역시 규칙을 어기면 안 되겠지?

"뭐, 법적으로는 문제가 없으니까 그러는 것 자체는 자유지만."

"그런가요? 연금술사분들이 그런 짓을 당하면 곤란한데도요?"

"제대로 된 상인은 안 그러니까. 연금술사를 적으로 만드는 게 더 위험하거든."

연금술 관련 소재를 다루는 경우, 주된 고객은 연금술사다.

규칙을 어기면 그 주변 연금술사들에게 무시당해서 장사

를 하기 힘들어진다.

그렇기 때문에 그가 왜 그런 짓을 하는지 모르겠는 거다.

"그런데 점장님. 어느 쪽으로 할 건가? 방치랑 대결 중에."

"음~, 어느 쪽이 나을까요?"

편한 건 방치다. 이익이 줄어들긴 하지만 곤란할 정도는 아니다.

문제는 내가 얕보이는 것──, 아니, 지금 상황에서는 실제로 얕보고 있는 거겠지만 이번뿐이라면 모를까 앞으로도 멋대로 그런 행동을 하면 곤란하다.

이익만 생각한다면 대결해야 한다.

문제는 내가 열심히 일해야만 한다는 점이다.

아, 일하는 게 싫다거나 그런 건 아니거든?

연금술에 투자할 시간이 없어진다는 게 문제란 뜻이지.

"……그래요, 다수결로 정하죠. 우선, 대결이 좋다고 생각하는 사람!"

세 사람이 손을 들었다.

갑자기 결정되어 버렸다.

"점장님을 방해하다니, 용서할 수 없지!"

"그래. 장사를 할 거면 자기 생각만 할 게 아니라 얽혀 있는 사람들까지 생각해야 해."

"로레아도?"

"네, 아버지하고……, 저기, 그레츠 오빠에게는 예전에 신세를 졌으니까요."

그러고 보니 그레츠 씨가 '같이 놀아줬다'고 했지.

로레아는 '알아보지 못했다'든가 여러모로 말을 심하게 했는데, 정도 든 모양이구나.

지금까지 보여준 모습을 보면 '애정'이 아니라 '동정'이겠지만.

"알겠어요. 그럼 그 방향으로 가죠. 아이리스 씨, 케이트 씨, 도와주실래요?"

"그래, 우리에게 맡겨줘!"

"안드레 씨 일행에게도 부탁하고 정보를 넘겨줄게!"

"아, 네. 부탁드릴게요⋯⋯?"

왠지 나보다 더 의욕에 넘치는 것 같은 아이리스 씨와 케이트 씨를 보니 믿음직스럽기도 하고 당황스럽기도 하면서 작전을 시작하게 되었다.

그리고 그 효과는 극적이었다. 다음날부터 고참 채집자들을 중심으로 예전보다 더 많은 송곳니가 우리 가게로 들어오게 되었다.

내게 은혜를 입었다고 생각하거나 안드레 씨에게 의리를 지키려는 이유 때문일지도 모르겠지만, 역시 가장 큰 이유는 비슷한 가격으로 사들이기 때문일 것이다.

덩달아 신참 채집자 중에서도 우리 가게로 가져오는 사람들이 늘어났을 무렵──.

"점장님! 맞서서 가격을 올리기 시작했다!"

"어라, 어라. 의외로 앞날을 내다보는 힘이 없었나 보네요. 후후후……."

가게에 뛰어 들어온 아이리스 씨를 보고 나는 약간 흑막처럼 카운터 위에 팔꿈치를 괴고 낮은 목소리를 내며 웃었다.

지금 나, 멋지다.

"……점장 씨, 안 어울리는데?"

"어라? 그런가요? 그럼 그만할게요."

아직 내게는 관록이 부족했나?

"그런데 어느 정도나 올렸던가요?"

팔꿈치를 내리고 물어보자 아이리스 씨가 잠깐 생각하면서 대답했다.

"5할 더 비싸게 사들인다고 하는군. 하지만 실제로는 지금까지 사들인 가격에서 1할 정도를 더 쳐줄까 말까 하는 느낌이야. 내 느낌이니까 정확히는 모르겠지만."

"그래도 꽤 힘들 것 같은데요……, 이유가 뭘까요?"

그렇게까지 하면서 이 마을에서 사들이려 하는 이유를 모르겠다.

시가보다 2할이나 비싸게 사들일 거라면 아예 조금 멀리 있는 마을에서 사들여서 옮겨 올 수도 있을 텐데.

"아니, 점장님 이야기를 하면서 '이제야 괴로워하는 건가? 얼마 안 남았군'이라고 말한 모양이던데?"

"네? 괴로워해요?"

무슨 소리지?

"그 상인은 점장 씨가 송곳니를 사들일 수가 없어서 곤란해한다고 생각하는 거 아닐까?"

"아마 그럴 거야. 설마 직접 채집하러 갈 수 있다는 생각은 못할 테니까."

흐음……. 사실 표적이 나인 건가?

원한을 살 만한 짓을 한 적은 없는 것 같은데.

——아, 말도 안 되는 원한이라면 그럴 수도 있겠다.

예를 들자면, 사우스 스트러그의 악덕 연금술사. 이 마을의 채집자에게서 헐값에 사들이던 소재를 얻지 못해서 곤란해하고 있다—— 면 좋겠네?

그러면 내가 써둔 주의사항이 제대로 효과를 발휘하고 있다는 뜻이니까.

애초에 그 사람이랑 이번에 온 상인이 손을 잡고 있을 확률은……, 전혀 없진 않지만 너무 위험이 큰 것 같은데…….

——뭐, 됐어. 문제는 없으니까.

작전 속행이다.

"그럼 내일부터 그 작전을 시작할 테니 두 분께서 도와주셨으면 해요."

"알겠다."

"그래. 안드레 씨 일행에게도 부탁할까?"

"그래요. 인원이 얼마나 필요할지에 따라 달라지겠지만, 우선 안드레 씨 일행 세 분에게 부탁해보죠."

짐을 옮길 사람과 송곳니를 회수할 사람.

그리고……, 시체의 숫자가 많을 테니까 그것들을 처리할 사람도 필요한가?

 그런 건 실제로 해보면서 생각하자.

 "로레아는 한동안 혼자서 가게를 보게 될 텐데, 부탁 좀 할게."

 "네. 괜찮아요. 제가 모르는 걸 가지고 오면 거절해도 되는 거죠?"

 "응. 단골 말고는."

 최근에 단골이 가지고 오는 소재는 신용 거래를 하고 있다.

 구체적으로는 내가 자리를 비웠을 때 로레아가 소재를 맡아두고, 내가 돌아온 뒤에 감정한 다음 다시 가게에 왔을 때 대금을 지불하는 방법이다.

 처음 온 사람이나 신참 채집자는 제외다.

 로레아가 알아볼 수 있는 범위로 종류나 소재의 상태를 적어서 교환증을 발행해주고 있긴 하지만, '더 좋은 상태로 넘겼다'고 하면서 시비를 걸면 골치 아프니까.

 "그럼 내일부터 열심히 해보죠!"

 """"네!""""

Episode 4

ßfilffif Wfifhf fioffi
Afflhioffi-fhffl-ßffflofflf
Wfhfingling

장사 대결과 뒷거래

다음 날, 몇 가지 준비를 마친 나는 아이리스 씨 일행과 함께 동굴로 가서 수수께끼의 복면 신입 채집자 '신지니'로 데뷔했다.

나라는 게 상인에게 들키면 재미가 없으니까.

동굴 앞에 모여 있는 채집자들 중에 눈가 말고는 전부 천으로 가려서 매우 수상쩍어 보이는 신입.

주목받을 줄 알았는데……, 의외로 그러지 않았다.

그 이유는 이 동굴에 떠도는 악취.

얼굴을 천으로 가리고 있는 사람은 나뿐만이 아니었고, 정체를 숨기기 위해 입은 로브도 마찬가지로 여기에서는 매우 평범한 장비였다.

사람들이 낙하물을 피하기 위해 선택한 방법 중 대부분이 천으로 몸을 가리는 방법이었던 모양인지, 주위에는 그런 사람들투성이였다. 우산을 쓰고 있는 사람은 아무도 없었다.

굳이 말하자면 주위 사람들에 비해 내가 입고 있는 로브가 깔끔해서 눈에 띄는 정도?

"그런데, 점──."

"음, 으음! 어흠, 어흠!"

모처럼 변장했는데 다 망칠 뻔한 아이리스 씨의 말을 헛기침으로 가로막았다.

"······어이쿠, 신지니. 바로 들어갈 건가?"

"으음. 들어가지."

거창한 말투로 말하는 나를 보고 케이트 씨가 입가를 손으로 누르며 표정을 가렸다.

하지만 어깨가 떨리는 게 확실히 보였기 때문에 웃음을 참고 있다는 건 뻔하다.

어쩔 수 없다고!

정체를 숨기기 위해서니까!

진짜. 안드레 씨 일행을 보고 배웠으면 하는데!

──그런가 싶었더니.

어라? 이 양반들도 웃고 있네?

길 씨와 어깨를 서로 두들기면서 다른 이야기를 하며 웃는 척하고 있지만, 분명히 아니죠?

"큭. 가자."

여기에서는 마음대로 말을 할 수가 없다.

인기척이 적은 곳으로 가기 위해 빠른 걸음으로 동굴 안에 들어가자 아이리스 씨와 다른 사람들도 내 뒤를 따라왔다.

이번 목적지는 저번에 가지 않았던 빙아 박쥐의 서식 영역 최심부다.

그곳을 목표로 잡은 이유는 세 가지.

첫 번째는 다른 채집자들에게 주는 영향을 적게 만들기 위해서다.

채집자들은 거의 대부분 가치가 생기는 아슬아슬하게 다섯 살 이상인 빙아 박쥐를 노리고 있는 것 같으니 최심부까지 가면 경쟁할 사람이 없을 것이다.

두 번째는 자원 확보.

어린 빙아 박쥐를 전부 잡아버리면 내년부터 채집하는데 영향이 생긴다.

그리고 세 번째, 마지막 이유는 효율적으로 상인에게서 돈을 회수하기 위해서다.

나이가 많을수록 송곳니의 품질이 좋아지고 사들이는 가격이 올라간다는 건 저번에 설명한 적이 있다.

그런 빙아 박쥐가 살고 있으니 사냥하지 않을 이유가 없다.

"그런데 점장님. 이 동굴은 생각했던 것보다 더 깊군."

"그러니까, 신지니라고요."

"이제 괜찮잖아, 아무도 없으니."

"뭐, 그렇긴 하지만요."

저번에 우리가 빙아 박쥐를 사냥했던 곳을 지나치자 이미 다른 채집자들이 보이지 않게 되었다.

그러니 일부러 정체를 숨길 필요는 없지만……

"그래도 아이리스 씨는 실수할 것 같으니까 계속 가명으로 불러주세요."

"그래, 아이리스는 실수할 것 같으니까."

"음. 나는 그렇게까지 덜렁대지 않는데?"

아이리스 씨는 말도 안 된다는 듯한 표정을 짓고 있는데, 무슨 염치로 그런 말을 해요?

"동굴로 들어오기 전에 갑자기 실수할 뻔한 사람이 뭐라고 하네요. 케이트 씨."

"그래. 전혀 믿을 수가 없어."

우리가 서로 마주 보며 고개를 끄덕이고 있자니 아이리스 씨는 말문이 막힌 것 같았다.

"으윽! 하, 하긴, 그런 일도 있긴 했다만——."

"뭐, 상관없잖아. 우리 모두가, 음, 신지니? 그렇게 부르면 되는 거지. 일부러 바꾸는 것도 귀찮잖아?"

"그렇지. 우리들도 실수할지도 모르니까. 안 그래?"

"그래. 아무도 없다는 보장도 없으니 조심하는 게 좋겠지."

"그, 그런가. ······응, 그렇겠군."

안드레 씨 일행도 거들고 나서자 납득했다는 듯이 고개를 끄덕이는 아이리스 씨.

그래도 안드레 씨 일행은 한 번도 실수 안 했거든요?

"그런데 안드레 씨 일행도 안쪽까지는 가보신 적 없죠?"

"그래. 평소에는 그때보다 바깥쪽에서 채집하지. 시체를 운반하는 게 귀찮으니까."

그게 문제란 말이지.

필요한 건 송곳니뿐이니까.

그곳에 시체를 방치해도 된다면 더 많이 회수할 수 있는데.

"······그러고 보니 시체가 떨어져 있지 않았네요. 매너가 안 좋은 사람이라면 송곳니만 부러뜨리고 방치할 것 같기도 한데요."

"그래. 그런 걸 잘 **지도**해줬거든. 우리 고참들이."

"지도······?"

"세상 물정을 모르는 애송이들에게 규칙을 가르쳐 줬을

뿐이야."

그레이 씨는 무표정하게 말했지만, 그 방법이 조금 신경 쓰인다.

아이리스 씨는……, 말없이 어깨를 으쓱이기만 하고.

그 대신 케이트 씨가 쓴웃음을 지으며 가르쳐 주었다.

"걱정 안 해도 돼. 시체를 버리고 간 그룹을 세 배 정도 되는 인원이 둘러싸고 살짝 건드린 정도니까. 다치진 않았——, 크게 다치진 않았어."

"그, 그랬나요……."

으음……, 뭐, 임시 채집자인 내가 따질 일은 아닌가?

조금 폭력적인 것 같긴 하지만, 소재를 채집할 때는 규칙을 따르는 게 당연한 거니까.

예를 들자면 버섯.

팔 수 있는 걸 발견했다고 해서 그곳에 있는 걸 전부 채집하면 안 된다.

내년 이후도 고려해서 어느 정도는 남겨 둔다.

예를 들자면 약초.

필요한 게 잎사귀라면 뿌리 부분에는 상처를 내지 않게끔 조심한다.

예를 들자면 나뭇잎.

이파리를 따기 위해 나무를 베는 건 말도 안 되는 짓이다.

가지를 자를 때도 부위를 고려해서 말라 죽지 않게끔 주의한다.

나는 이런 걸 학교에서 배웠지만, 일반적인 채집자들은 선배들에게 배우는 모양이다.

자상한 선배라면 말로, 엄한 선배라면 주먹으로.

이번에는……, 응, 아마 말을 잘 안 듣는 후배들이었겠지.

안드레 씨 일행이라면 갑자기 주먹으로 지도하진……, 않겠지?

◇ ◇ ◇

저번에 사냥한 곳에서 한 시간 정도 더 걸어갔다.

주위에 풍기던 악취가 조금 가셨고, 그 대신 다른 냄새가 풍기기 시작하고 있었다.

안드레 씨 일행도 그걸 느꼈는지 킁킁대며 인상을 썼다.

"……이 미묘하게 달달한 것 같은 냄새는 뭐지?"

"이건 빙아 박쥐가 저장해 둔 과일 같은 것들의 냄새예요."

"오, 그거로군! 빙아 박쥐가 과일을 얼려서 저장한다는 거!"

"그건 일부에서 꽤 비싼 가격으로 거래되는 물건이지?"

"네. 보통은 서식 영역 최심부에 저장하니까 가까운 곳까지 온 모양이네요."

내가 한 말에 반응을 보인 사람은 아이리스 씨와 케이트 씨.

반대로 안드레 씨 일행은 처음 듣는 이야기였는지 미묘한 표정으로 말했다.

"과일을 저장한다는 이야기는 들어본 적이 있긴 한데, 그런 게 팔린다고?"

"더럽지 않나?"

"네. 솔직히 저는 길 씨하고 똑같이 생각하는데요. 세상에는 다양한 사람이 있으니까요……."

이런 동굴 땅바닥에 굴러다니던 과일 같은 건 별로 먹고 싶지 않잖아?

"귀족은 귀하기만 하면 상관없어 하거든."

"아니, 그래도 정말 맛있다고 하던데?"

어이가 없다는 듯이 어깨를 으쓱이는 케이트 씨와는 달리 아이리스 씨는 오히려 흥미롭다는 듯……, 아니, 확실하게 말하자면 자기도 먹어보고 싶다고 얼굴에 쓰여 있다.

"시기적으로는 딱 맞춰서 왔으니까 얻을 수 있을지도 모르겠지만요……."

숲에서 과일을 많이 얻을 수 있는 시기는 여름 끝자락부터 가을까지.

빙아 박쥐는 그 시기에 과일을 저장하고 겨울부터 초여름, 다시 말해 지금 같은 시기까지 소비한다.

그런 과일에 비싼 가격이 붙는 이유는 그냥 얼렸기 때문이 아니라 저장 기간 동안 과일이 숙성되어서 술처럼 변하기 때문인 모양이다.

그렇기 때문에 가치가 있는 건 요즘 같은 시기의 과일이다.

겨울에 가지러 와봤자 거의 가치가 없다.

"술이라……, 우리도 흥미가 좀 생기는데."

"그래. 먹을 수 있다면 먹어보고 싶어."

"파는 것도 좋지만, 맛을 보는 것도 괜찮을 것 같군."

술이라는 말을 듣고 의욕을 보이는 남자들.

하지만 세상은 그렇게 어설프지 않다.

나는 그들에게 현실을 들이댔다.

"오히려 썩은 것도 많을 텐데요."

"……그래?"

"네. 빙아 박쥐는 어느 정도 썩어도 먹으니까요. 그런 와
중에 운 좋게 썩지 않고 숙성된 것들이 비싸게 팔리는 거죠."

"비싼 이유가 있다는 건가."

"그런 거예요. ──아, 이제 보이네요. 아마 저거일 거예요."

내가 공중에 띄운 빛이 비춘 것은 사람 키만큼 쌓인 얼어
붙은 과일 더미였다.

그곳에서 풍겨오는 것은 달달한 느낌이 뒤섞인 썩은 내.

가까이 다가가 확인할 필요도 없이 표면의 과일은 분명히
썩어서 도저히 먹을 수 있는 상태가 아니었다.

"윽, 이건 좀……."

설마 이런 상태인 곳에서 과일을 회수해 올 거라고 생각
하진 못했는지 아이리스 씨를 비롯해서 모두가 조금 질린
듯한 표정을 짓고 있었다.

"그렇죠. 그래도 이게 있는 이상 여기가 서식 영역의 최심
부겠죠. 동굴은 아직 남은 것 같지만요."

다시 말해 이 근처에 있는 빙아 박쥐가 이 동굴에서 나이

가 가장 많은 빙아 박쥐다.

즉, 제일 돈이 많이 벌리는 사냥감인 것이다.

"참고로 회수해야 할 것은 표면의 과일이 아니라 저 과일 더미의 중심 부근에 있는 모양이에요. 거기에는 썩지 않고 숙성된 게 있다고 하죠. 하지만 함부로 손을 대면──."

"오, 그래? 그럼 파내 보자고!"

내가 설명하던 도중에 길 씨가 과일 더미를 무너뜨리기 시작했── 지만, 그건 분명히 실수였다.

"빙아 박쥐들이 덤벼들거든요. 아니……, 이미 늦었네요."

단숨에 동굴이 시끄러워졌고, 자신들의 식량에 손을 댄 길 씨를 향해 빙아 박쥐가 잔뜩 날아들었다.

"멍청한 녀석! 전문가의 이야기를 끝까지 듣지도 않고 손을 대면 어떡해!"

"미, 미안해!"

안드레 씨가 곧바로 도우러 나서며 길 씨에게 소리를 질렀다.

꾸지람을 당한 길 씨는 들고 있던 과일을 내던지고는 검을 뽑아 들고 공격에 참가했다. 그는 그레이 씨와 함께 주위에 있던 빙아 박쥐를 베어 나갔다.

하지만 빙아 박쥐의 표적은 그들만이 아니었다.

나는 날아다니는 빙아 박쥐를 마법으로 떨어뜨리면서 근처에 있던 적을 검으로 베었다.

"어, 어째서지? 자고 있었는데 갑자기……. 공격도 하지 않았는데!"

조금 당황하며 검을 휘두르고 있는 아이리스 씨에게 매우 근본적인 대답을 했다.

"식량을 헤집어 놓았으니까 일어날 만도 하죠."

"당연하지. 목숨이 걸린 문제인데."

이해가 된다는 듯이 고개를 끄덕인 케이트 씨는 약삭빠르게 나와 아이리스 씨 사이로 파고들어서 근처에 있는 적을 우리에게 맡기고 멀리 있는 적을 활로 노리고 있었다.

"무슨 소린지는 알겠어! 그런데──, 젠장, 너무 많은 거 아닌가?!"

우리는 불평하면서도 빙아 박쥐를 계속 쓰러뜨렸고, 주위에는 점점 발 디딜 틈도 없을 정도로 시체가 쌓여나갔지만 그럼에도 불구하고 공격이 끊기지는 않았다.

그리고 제일 먼저 지친 사람은 아이리스 씨였다.

"휴우, 휴우……, 아, 아직 안 끝난 건가?"

"아이리스! 힘내! 점장 씨는 마법을 쓰면서 검도 휘두르고 있거든? 네가 먼저 힘들다고 하면 어떻게 해!"

"케, 케이트는 그나마 좀 쉬면서 하고 있잖아! 그야 점장님에게 체력으로 지는 건 한심하긴 하지만!"

"아, 아뇨. 저는 괜찮은데요? 혹시 힘드시면 '에어 월'을 강화시킬까요? 빙아 박쥐의 공격이 닿지 않게 될 텐데요."

"그, 그럴 수도 있나?"

"네, 물론이죠."

"그러고 보니 저번에는 빙아 박쥐를 튕겨냈지."

애초에 이 마법은 화살을 막을 때 쓰는 마법이다.

결코 떨어지는 분뇨를 막을 때 쓰는 마법이 아니다.

다시 말해 그냥 써도 화살을 빗나가게 하는 위력이 있고, 조금 강화하면 빙아 박쥐의 돌격을 막는 정도는 아무것도 아니다. 마력이 나 정도 되는 사람이라면.

그러지 않았던 이유는 빙아 박쥐를 쓰러뜨리는 게 목적이었기 때문이다.

완전히 다가오지 못한다면 검으로 공격할 수도 없으니까.

"으으……. 조, 조금만 더 싸우겠다!"

"그래요? 그럼 힘내세요. 그래도 조심하시고요. 유연 글러브가 튼튼하다는 건 보장하지만, 다른 부위는 막지 못하니까요. 이 근처에 있는 빙아 박쥐라면 부드러운 가죽 방어구 정도는 관통할 테고, 그렇게 되면 팔이 통째로 얼어붙을 걸요?"

"으엑! 사, 사라사, 숫자를 좀 조절할 수 있을까?!"

"알겠습니다~."

뒤에서 들린 길 씨의 나약한 소리에 나는 '에어 월'의 위력을 조절했다.

"덕분에 살았어!"

"으음. 이렇게 많으니 한 번도 맞지 않고 다 피하는 건 나도 힘들지."

길 씨에 이어 조용히 중얼거린 사람은 그레이 씨였다.

그는 우리 중에서 가장 무거운 무기를 쓰고 있기에 이런 상황에서는 싸우기가 불편하다.

그럼에도 불구하고 움직임이 별로 둔해지지 않은 건 기본 체력이 다르기 때문인가?

하지만 빙아 박쥐는 정말 많았기 때문에……, 그레이 씨를 비롯한 모두가 움직임이 처지기 시작했을 때쯤, 드디어 날아다니는 빙아 박쥐가 보이지 않게 되었다.

"끄, 끝났나……?"

"네, 일단은 끝났네요."

마법으로 감지해봐도 근처에 살아있는 빙아 박쥐의 반응은 없었다.

내가 고개를 끄덕이자 케이트 씨, 안드레 씨 같은 사람들은 동시에 숨을 내쉬고 무기를 거둔 다음 각자 팔을 주무르거나 어깨를 돌리면서 몸을 풀기 시작했다.

"휴……, 이번에는 나도 팔이 저리네."

"크아~~! 힘들다!"

"너무 많잖아!"

"네가 함부로 행동했기 때문이야. 반성해라, 길."

"진짜 그렇지! 다들 정말 미안해!"

두 손을 모으며 고개를 숙인 길 씨를 보고 나는 웃으며 고개를 저었다.

"괜찮아요. 여차하면 대처할 방법도 있었으니까요."

"그런데 역시 점장님은 대단하군! 그렇게 마법을 써대면서 검을 계속 휘둘러도 멀쩡하니까."

"마력으로 신체를 강화했으니까요. 기본 체력, 근력으로는 아이리스 씨를 당해내지 못해요. 그리고 신지니라고 불러주세요."

"……점장 씨, 그거 계속할 거야?"

"그야 상인에게 들키면 재미가 없——, 아니, 귀찮아지잖아요."

내가 그렇게 말하자 안드레 씨 일행이 서로 얼굴을 마주 보았다.

"신지니, 사실 즐기고 있는 거 아니야? 이번 사건."

"네? ……설마요. 탐욕스러운 상인 따위는 망해버려라, 이런 생각은 조금밖에 안 했는데요?"

"조금은 그렇게 생각하는 거구나?!"

내가 솔직하게 말하자 길 씨가 태클을 걸었다.

그래도 당연한 거 아닌가?

상인은 자기만 행복해지면 안 된다.

다른 사람도 행복하게 해줘야지.

"조금요. '장사는 성실하게', 이게 저희 집 가훈이거든요."

"가훈이라니……, 신지니네 집이 상인이었어?"

"네. 부모님은 도적 때문에 돌아가셨지만요."

"아~, 미안해."

"아뇨, 아이리스 씨께서 사과하실 필요는 없어요. 옛날 일이니까요."

껄끄러운 듯이 눈을 피하는 아이리스 씨를 보고 나는 고개를 저었다.

부모님을 잃은 건 슬프지만, 고아원에 있다 보니 그게 딱히 드문 일이 아니라는 것도 알게 되었고, 그 이후로 내가 불행하다고 생각하지도 않았다.

학교에서는 좋은 친구가 생겼고, 마스터 클래스인 스승님처럼 뜻밖의 만남도 있었다.

부모님과는 형태가 조금 다르지만 연금술사로서 '장사'도 하게 되었다.

그렇기 때문에 부모님이 목표로 했던 것을 실현했으면 좋겠고, 장애물을 없애기 위한 노력을 아낄 생각은 없다.

──그렇게까지는.

지금은 연금술사로서 성장하는 게 우선이니까, 거기에 영향이 없는 범위 안에서 말이지.

"뭐, 이번에는 연습 중이었던 마법을 실전에서 쓸 수가 있어서 다행이었죠."

"점장님은 최근에 삼림을 파괴했으니까."

"'삼림 파괴'라니, 말이 심하시네요. 뒤쪽에 공터를 조금 만들었을 뿐이잖아요."

저번 헬 플레임 그리즐리의 습격 사건.

써먹을 수 있는 공격 마법이 별로 없어서 조금 고생했기 때문에 스승님과 의논해서 최근에는 그것들을 연습하는 시간을 늘렸다. 가게 뒤에서.

하지만 결코 숲을 마법으로 날려 버렸다든가, 그렇게 살벌한 이야기는 아니다.

서 있던 나무를 한 그루씩 꼼꼼하게 마법으로 쓰러뜨려 나갔을 뿐이다.

물론 그 나무들은 낭비하지 않고 게베르크 씨에게 선물했다.

그래도 베고 남은 그루터기는 광범위 마법의 표적으로 써먹어서 지면이 조금~. 거칠어졌지만 말이지.

"진짜로 위험해지면 광범위 마법으로 쓰러뜨릴 생각이었는데, 쓰지 않고 끝나서 다행이네요. 여기에서 쓰면 동굴이 더러워지고 송곳니를 회수하기도 힘들어지니까요."

만약에 사용했다면 찐득찐득한 핏덩이 속에서 송곳니를 건져내게 되었을 것이다.

"그거 다행이군. 이 시체를 처리하는 것만 생각해도 힘이 빠지는데……."

한숨을 쉬면서 주위를 둘러본 안드레 씨가 말한 대로 주위에는 빙아 박쥐의 시체가 잔뜩, 허리 높이를 넘어선 곳까지 쌓여 있었다.

약간 멀리 흩어져서 떨어져 있는 것들은 내 마법과 케이트 씨의 활로 쓰러뜨린 적들.

그것들의 숫자도 결코 적진 않다.

"새삼 보니까 말도 안 되는 숫자인데. 이번에는 왜 이렇게 많았던 거지……?"

"상대방이 도망치지 않았으니까요. 식량에 손을 댔으니."

일부가 사냥당하는 동안 나머지는 도망친다.

그것이 일반적인 빙아 박쥐의 패턴이다.

하지만 이번에는 그들이 살아갈 때 필요한 식량에 손을 댔다.

그 때문에 빙아 박쥐도 필사적으로 저항했고, 적당히 싸우다 도망치지도 않았다.

지금은 숲에서도 식량을 얻을 수 있는 시기라서 이 정도로 끝났지만, 만약 겨울이었다면 동굴 안에 있는 빙아 박쥐를 모두 상대하게 되었을지도 모른다.

"──그러니까, 길 때문이라는 거지!"

"미안하다니까! 다음부터는 이야기를 잘 듣고 나서 행동할게! 응?"

"그렇게 부탁드리고 싶네요. 지금은 우선 이 시체들부터 처리해볼까요."

"……그래. 길을 혼내고 있어봤자 소용이 없지. 그런데 어떻게 할까?"

"음, 저번하고 똑같은 방법을 생각했는데요……."

시체가 이렇게 많으니 모두 함께 옮겨도 한 번에 끝날 양이 아니다.

여러 번 왔다 갔다 하며 동굴 앞에서 송곳니를 회수하다가는 그 모습을 본 다른 채집자들이 이 시체를 멋대로 가져갈지도 모르니까…….

"여기서 먼저 송곳니를 회수한 다음에 시체를 여러 번에 걸쳐서 옮기는 건 어떨까요?"

"그러는 게 낫겠어. 길, 열심히 해라?"

"그야 열심히 하겠지만 말이야……, 들 수 있는 양에는 한계가 있거든?"

"이 근처에 있던 빙아 박쥐는 꽤 크니까요."

아마 한 마리에 1kg은 넘을 것이다. 그게 말 그대로 산더미처럼 쌓여 있다.

그만큼 송곳니의 가치가 높긴 하지만, 출구까지 거리가 거리인 만큼…….

"좋아. 길의 할당량은 한 번에 100마리다."

"진심이야?! 아무리 그래도……, 겨우 두 번 정도가 한계일 것 같은데?"

"할 수 있어, 할 수 있어. 뛰어가면 세 번은 옮길 수 있다고!"

터무니없는 소리다.

100kg이 넘는 가죽 주머니를 메고 동굴 안을 뛰어가면 확실하게 참사가 기다리고 있을 것이다.

애초에 해가 질 시간을 고려하면 두 번도 꽤 힘들 테고.

"……응. 오늘은 송곳니를 우선 회수하죠. 돌아갈 때 무리하지 않는 범위에서 옮기고 본격적으로는 내일 이후로 사람을 고용해서 옮기도록 해요."

"그래도 되나? 길을 부려 먹어도 딱히 상관은 없는데. 돈도 들잖아?"

"그것도 나쁘진 않겠지만…….."

시야 구석에서 '으엑!'이라고 하며 인상을 찌푸리는 길 씨를 보며 나는 고개를 저었다.

"그렇게 해서 될 만한 양이 아니거든요. 그리고 다른 채집자들 눈치도 있고요."

사냥은 이번 한 번만 하는 게 아니다.

시체의 양을 통해 얼마나 벌었는지 상상할 수 있는 이상, 너무 많이 잡아 버리면 시기를 받는 원인이 된다.

"사라사가 괜찮다고 한다면 반대할 이유는 없다만."

"뭐, 우리만 돈을 버는 것도 문제가 되겠지. 나도 괜찮을 것 같은데?"

"그래. 그럼 열심히 회수하자. 송곳니를 부러뜨리는 것만 해도 간단히 끝날 것 같지 않을 정도로 양이 많으니까."

우리는 우선 동굴 한쪽을 시체 창고로 정하고 그곳에 있던 시체를 치운 다음 송곳니를 부러뜨리는 작업을 시작했다.

처음에는 잡담도 하면서 작업을 해나갔지만, 나중에는 이야기할 기력조차 없어서 조용히, 정신없이, 묵묵하게 작업을 진행했다.

나름대로 가지런히 쌓아두던 시체도 지금은 꽤 거칠게 집어던지고 있어서 흐트러진 산더미가 생겨나 있었다.

"……앞이 까마득하다는 게 이런 건가?"

"아하하……, 숫자가 좀 많네요."

작업은 단순하지만, 어떤 의미로 단순 작업이라서 질린다고 해야 하나.

가끔씩 투덜투덜 불평을 하면서도 아무도 손을 멈추지 않고 작업을 계속해 나갔고——.

드디어 마지막 한 마리를 산더미 위에 던졌다.

"끝났다~~~!!"

그와 동시에 소리친 사람은 아이리스 씨였다.

다른 사람들도 소리를 지르진 않았지만 한숨을 쉬며 미소를 지었다.

"케이트 씨, 고생 많으셨어요."

"점장 씨——, 아, 신지니도 고생했어."

"하하, 아무리 그래도 이 시간에 다른 사람은 없을 테니까 괜찮아요."

"상상했던 것보다 숫자가 많았지. 대체 몇 마리나 있었던 거야?"

"글쎄요……, 중간부터 숫자를 세는 걸 그만둬서."

"나도. 질려버릴 것 같았으니까."

안드레 씨가 묻자 나와 케이트 씨는 동시에 고개를 갸웃거렸다.

그런 나를 돌아보고 시체 더미 앞에서 팔짱을 끼고 있던 그레이 씨가 입을 열었다.

"수천 마리는 될 거야. 신지니, 내일은 몇 명 정도나 부르면 될까?"

"수천……. 그렇다면 우리가 열심히 옮겨도 열 번 넘게 왕복할 필요가 있겠네요."

보수도 나름대로 지불할 생각이니까 어설프게 제한을 두면 불화의 씨앗이 될지도 모르겠는데?

"여러분이 믿을 수 있는 사람들 중에서 하고 싶다는 분들은 전부 불러주세요. 제가 일단 이렇게 정체를 감추고 있긴 하지만 만약에 들켰을 때를 대비해서요."

그렇게 말한 나를 보고 안드레 씨 일행은 서로 얼굴을 마주 보며 한숨을 쉬었다.

"아니, 고참 중에서 모르는 녀석은 없을걸."

"싸우는 모습을 보면 단번에 들킬 거야. 마법을 쓰는 채집자는 이 마을에 없으니까."

"어라……? 단번에 들키나요?"

모두가 곧바로 고개를 끄덕였다.

"모처럼 준비한 건데……."

"물론 입구에서 얼굴을 가리거나 이름을 부르지 않는 건 필요할 것 같은데?"

"그래, 그래, 요즘 온 채집자라면 모를 거야, 분명히."

아, 그러니까 고참 채집자들은 모두 안다는 거군요.

거기 있던 고참 채집자들은 모두 내가 '으음, 들어가지'라고 하는 걸 듣고 마음속으로 웃고 있었던 거군요.

"──뭐, 됐어요. 모처럼 변장한 거니까 이 노선은 유지할래요. 그런데 보수는 이번에도 똑같이 나누면 될까요?"

내가 그렇게 제안하자 안드레 씨 일행은 고개를 저었다.

"아니, 그렇게 많이 받으면 다른 녀석들이 우리를 시기할 거야."

"그래, 그래. 평소에 우리가 버는 금액에 조금 얹어 주는 거면 충분하다고."

"맞아. 안전하게 쓰러뜨릴 수 있었던 건 신지니의 마법이 있었기 때문이니까."

"그런가요? 그래도 그렇게 말씀해주시니 다행이네요. 내일부터 시체를 옮겨 달라고 부탁할 분들에게도 보수를 줘야만 하니까요."

운반 작업뿐만이 아니라 송곳니 매각도 부탁하고 싶으니 그쪽 보수도 줄 필요가 있다.

아무리 그래도 복면을 쓰고 송곳니를 잔뜩 들고 가면 너무 수상쩍으니까.

"아이리스 씨하고 케이트 씨는 어떻게 하실래요?"

"윽. 지금 같은 상황에서 공평하게 나눠달라고 말할 수는 없잖아."

"그래. 안드레 씨 일행하고 비슷한 정도만 줘."

"알겠어요. 그럼 평소에 여러분께서 가지고 오시는 송곳니 매입가의 세 배 정도면 될까요? 오늘은 꽤 오랫동안 일 하셨으니까요."

"충분해. 그런데 오늘은 이 시체를 그냥 두고 가도 될까? 아무리 그래도 지금 체력으로 무거운 짐을 메고 몇 시간 동안 걸어가기는……."

"네, 물론이죠."

내일이 되면 일손을 잔뜩 확보할 수 있으니까.

"그럼 이제 저 과일 더미만 남았는데요……, 회수하고 싶으신 분 계신가요?"

내가 손가락으로 가리킨 것은 '토벌 & 송곳니 회수 데스 매치'의 원인이 된 과일 더미였다.

거기에 모두의 시선이 쏠렸고, 그다음으로는 길 씨에게 시선이 향했다.

그 시선에 포함되어 있는 침묵의 의미 때문에 그는 조금 곤란하다는 듯이 웃으면서 한 손을 들었다.

"아~, 응, 확실하게 물어볼 거야. 사라사, 손대도 괜찮은 건가?"

"네, 지금이라면요. 내일이 되면 이 근처에도 다시 빙아 박쥐가 있을 테니 안 되겠지만요."

최심부가 공백지대로 변했기에 지금까지는 나이가 어려서 입구 쪽에 가까운 곳에 있던 빙아 박쥐가 안쪽으로 들어오게 된다.

그 상태에서 손을 대면 오늘의 참극(?)이 다시 발생하게 되는 것이다.

"……먹을지 어떻게 할지는 제쳐두고, 일단 회수해 둘까. 비싸게 팔 수 있는 거지?"

"팔 곳이 있다면요. 그런데 운송하기가 힘들겠네요. 녹아 버리면 가치가 없어지니까요."

그 말을 듣고 안드레 씨 일행이 '어?'라고 말하며 나를 바라보았다.

"그럼 평범한 채집자는 팔 수가 없잖아?"

"──저희 가게에서는 냉동고라는 편리한 아티팩트를 판매하고 있어요."

반대로 말하자면 마법을 쓰지 못하는 경우에는 그게 없으면 회수하기가 힘들다.

"그걸 사면 본전을 뽑을 수 있는 가격인가?"

안드레 씨가 묻자 나는 잠시 생각한 다음 대답했다.

"……팔 곳이 있다면요."

"역시 그렇구나!"

안드레 씨는 그렇게 말하며 이마를 따악 때렸다.

그래도 이건 다루기가 힘든 상품이란 말이지.

항상 차갑게 보관해야 하고, 사들일 수 있는 사람도 한정적이다.

그야말로 대상인이나 귀족에 연줄이 있지 않으면 돈으로 바꿀 수가 없다.

"그런데 신지니는 가지고 갈 수 있는 거지?"

"네, 가져갈 수 있죠. 보존도……, 지금이라면 한동안은 가능하겠네요."

"그래, 모처럼 만든 냉동고가 거의 비었으니까. 마침 잘됐군!"

"……네, 그렇죠."

멋진 미소를 지으며 말하는 아이리스 씨를 보고 나는 조금 쓸쓸한 표정으로 대답했다.

모처럼 냉동고를 만들었는데, 로레아가 말하기로는 '어디에 써야 할지 잘 모르겠다'라는 상황이라 지금은 얼음을 만들어서 음료수를 차갑게 식히는 정도로만 쓰고 있다.

뭐, 지금까지 쓰지 않고 생활했으니 어쩔 수 없겠지만.

"평범한 사람은 냉동고 같은 것과 인연이 없으니까."

"그렇죠~. 고기를 보존할 때라든가, 편리한데……."

"신지니, 평범한 마을 사람은 보존할 수 있을 정도로 고기를 많이 사지 않아."

"그렇죠~. 저도 알아요."

케이트 씨와 안드레 씨가 한 말을 듣고 나는 고개를 끄덕일 수밖에 없었다.

마을에 사냥꾼은 재스퍼 씨밖에 없으니 저번 헬 플레임 그리즐리 같은 특수한 사례를 제외하면 장기간 보존이 필요할 정도로 많은 고기가 마을 사람들에게 넘어올 리가 없다.

우리 같은 경우에는 가끔 케이트 씨가 사냥감을 잡아 오니까 조만간 활약하게 될 것 같지만, 평범한 사람에게는 완전히 사치품일 것이다.

"여름에는 좋긴 하지만, 그걸 위해서 사는 건 좀 사치지."

"안드레 씨, 이 과일을 보존하기 위해 사실래요?"

"팔 곳이 없으면 본전을 못 뽑는다면서?"

"네."

솔직하게 대답한 나를 보고 안드레 씨는 어깨를 으쓱이며 쓴웃음을 지었다.

"그럼 못 사지. 우리 같은 평범한 채집자에게 귀족 연줄이 있을 것 같아? 아이리스 아가씨들은 어때?"

"……나도, 좀 힘들겠는데."

아이리스 씨는 잠시 침묵하다가 말 그대로 난감한 표정을 지으며 고개를 저었다.

"그렇겠지. 그럼 우리들끼리 즐길까? 그런데……."

"이런 상황을 보고도 먹겠다는 생각을 하시다니, 용감하시네요. 안드레 씨."

"아니, 나도 망설이고 있긴 하거든?"

"그래도 말이지, 맛있다면서? 흥미는 있다고."

"좀처럼 먹을 수 없는 거라고 하니까."

역시 베테랑 채집자다. 멘탈이 강해.

나는 이렇게 푹 썩은 것들 안에 있는 과일을 먹겠다는 생각이 안 드는데…….

"뭐, 일단 회수해 볼까요. 여기서 이야기를 아무리 해봤자 시간 낭비니까요."

"그래. 이봐, 길, 그레이, 가자."

""알겠어.""

세 사람이 썩은 과일 더미를 무너뜨리기 시작하자 끈적끈적하게 썩은 과일에서 달달한 냄새가 진하게 풍기기 시작했고, 코를 찔렀다.

생긴 걸 보니 식욕이 완전히 사라졌지만, 뜻밖에도 안에서 나온 과일은 아직 얼어붙어 있어서 척 보기에도 괜찮을 것 같았다.

"……이거 괜찮을 것 같은데?"

"그래, 왠지 먹을 수 있을 것 같아."

안드레 씨는 조금 기쁜 듯이 깔끔한 과일을 골라서 가죽 주머니에 넣기 시작했다.

생각했던 것보다 양이 많아질 것 같은데……, 뭐, 그 정도는 괜찮겠지.

"어떻게 하실지는 맡기겠지만, 안쪽에 들어있던 것만 가져가 주세요. ──아, 배탈이 나서 저희 가게 포션 매출에 공헌해 주셔도 상관없긴 한데."

파는 물건이니까 아마 괜찮긴 하겠지만……, 처음에 먹어본 사람은 진짜 용감하다. 아무리 봐도 위험할 것 같은데.

"돌아가서 먹을 거야. 여기서 설사라도 나면 큰일이니까."

"이렇게 냄새가 심하니까 네 똥냄새가 섞이더라도 모를 것 같은데? 푸하하하……, 미안하다."

천박한 말을 한 길 씨에게 여자 일행들의 날카로운 시선이 꽂히자 그는 곧바로 사과했다.

박쥐 똥이 쌓여 있긴 하지만, 그건 또 다른 문제거든요?

"천박하게 자라서 미안하다."

면목이 없다는 듯이 사과하는 그레이 씨를 보고 아이리스 씨가 고개를 저었다.

"자란 환경이 아니라 길의 인격이 문제인 거잖아? 그러면 여자들에게 인기가 없을 텐데."

"아이리스, 너무해!"

"그런 생각이 들면 길도 쓸데없는 농담하지 말고 여자들을 배려하도록 해."

"윽!"

"정말. 채집자들 중에는 왜 이렇게 천박한 녀석들이 많은 거지?"

팔짱을 끼고 불만이라는 듯이 한숨을 쉬는 아이리스 씨를 보고 안드레 씨가 쓴웃음을 지었다.

"여자가 거의 없거든. 그러니까 아이리스 아가씨들 같은 미인이 있으면 말을 거는 녀석들이 많은 거야."

"그런가요?"

"아마 신참 녀석들 같은 경우엔 세 명 중 한 명은 말을 걸지 않았을까?"

안드레 씨에게 물어보자 상상했던 것보다 많은 숫자를 대답했다.

"그런가요?"

이번에는 아이리스 씨에게 물어보았다.

"……유감이지만, 그 정도는 돼. 골치 아프게도."

"인기가 많으시네요?"

"기쁘지도 않아. 신지니도 가게에 오는 사람들이 매번 꼬시려 하면 싫겠지?"

"싫죠. ──그런 경험은 없지만요."

한 명도 없다고!

뭐, 멋진 사람이 없으니까 딱히 상관없지만!

분하지 않다고!

"아니, 연금술사를 꼬시려 드는 채집자는 좀처럼 보기가 힘들지."

"그래. 엘리트와 우리는 입장 차이가 심하니까. 그런 반면에 아이리스와 케이트는 같은 채집자니까 말을 걸기 편한 거겠지."

"그렇군요, 그런 이유도 있겠어요."

그게 좋은 건지 나쁜 건지. 아이리스 씨와 케이트 씨는 귀찮기 짝이 없는 것 같고, 나는……, 응, 그런 건 나중에 생각하자.

스승님도 아직 결혼하지 않은 것 같으니까.

"자, 괜찮아 보이는 건 대충 회수했는데 어떻게 팔지가 문제야. 우리끼리 전부 먹을 수는 없고……."

"갑자기 대상인에게 달려갈 수도 없겠지."

"애초에 우리는 옮길 수도 없잖아."

"……저기, 혹시 괜찮으시면 제 연줄을 통해서 물어볼까요?"

고민하고 있던 안드레 씨를 보다 못한 내가 그렇게 제안하자 안드레 씨는 조금 의아하다는 듯이 나를 바라보았다.

"응? 신지니는 고아라고 하지 않았던가?"

고아인데도 어떻게 그런 연줄이 있는 거냐고 물어보는 거겠지만, 그 대답은 곧바로 아이리스 씨가 말했다.

"아! 그렇구나! 스승님! 마스터 클래스 연금술사라면……."

"네. 저는 못 하겠지만 스승님 연줄이라면 팔 수 있을지도 몰라요."

연줄이라는 걸 따지면 학교 선배들도 상급 귀족이긴 하지만, 선배들이 있는 곳은 다른 지방 도시라서 운송 같은 걸 생각하면 조금 힘들다.

그에 비해 스승님이라면 전송진으로 편지와 실물을 보낼 수 있다.

"그러니까, 신지니의 스승님이 마스터 클래스라고?"

"네. 그러니까 나름대로 연줄이 있을 것 같긴 한데요……. 거절당할지도 모르지만요."

그런 스승님이니까 '귀찮아'라는 한마디로 거절하더라도 전혀 이상할 게 없다.

귀족이 의뢰해도 귀찮으면 거절하는 게 스승님이니까.

"그래도 가능성이 있다면 꼭 좀 부탁하고 싶은데."

"그래. 만약에 이게 맛있다고 해도 보존할 수가 없으니 의미가 없잖아."

"우리가 보기에는 평범한 술이 더 다루기 편하고."

"알겠어요. 그런 방향으로 교섭해 볼게요."

이 마을에서는 술을 식당에서 마시거나 다르나 씨네 가게에서 사야 한다.

스승님에게 부탁하면 이 마을에서 팔지 않는 술도 얻어다

주지 않을까?

과일을 전부 회수한 우리가 빠른 걸음으로 동굴에서 나오자 이미 해가 완전히 진 뒤였다.

조금 서늘해진 밤의 깨끗한 공기를 잔뜩 들이마시며 심호흡을 했다.

"휴우~~."

숨을 크게 내쉬자 옆에서 마찬가지로 심호흡을 하고 있던 케이트 씨가 나를 보고 피곤한 듯한 미소를 지었다.

"후각은 예전에 마비되어 버렸지만, 꽤 힘들다."

"그렇죠. 냄새를 확실하게 없애고 가요."

우리는 느끼지 못하지만, 아마 악취가 배어 있을 것이다.

나는 꺼내든 소취약을 푸슉푸슉, 푸슉푸슉, 모두에게 뿌려주었다.

"그러고 보니 이게 식당 입구에 있던데, 벌써 판 거야?"

"네. 채집자들이 안 사니까요. 디랄 씨도 곤란해하던 모양이라……."

채집자들이 다른 사람을 배려하지 않는다면 다른 쪽으로 접근할 수밖에 없다.

그래서 생각해낸 것이 냄새를 없애지 않은 사람은 식당 이용을 제한하는 방법.

단, 모두에게 소취약을 사게 하는 건 힘들기 때문에 식당 입구에 설치하고 한 번 쓸 때마다 사용료를 받는 방법을 채용했다.

디랄 씨에게 제안하자 곧바로 '이걸 안 쓰는 녀석은 출입 금지할 거야!'라고 했고, 설치가 결정되었다.

"그게 있어서 우리도 편해졌어. 그런데 본전은 나오나?"

"아~, 적자죠. 확실하게."

이용료는 한 번에 3 레어.

디랄 씨가 '확실하게 감시할게!'라고 했으니 돈을 내지 않는 사람은 없겠지만, 살짝 뿌리더라도 본전이다.

냄새가 심하다고 푸슉푸슉, 푸슉푸슉, 그렇게 연달아 뿌리면 완전히 적자다.

채집자들, 그리고 디랄 씨를 위한 서비스. 지역에 공헌하는 장사다.

이런 마을에서는 이웃들과의 관계가 매우 중요하니까.

"그럼 이제 돌아가기만 하면 되는데……. 안드레 씨, 이 과일 조금 가지고 가실래요?"

"그…… 래. 시험해볼까."

"그래. 여관에서는 무슨 일이 생겨도 괜찮을 테고."

"괜찮을 것 같긴 한데요. 진짜로 위험한 상태가 되면 저희 가게로 와주세요. 포션을 드릴게요, 유료로."

공짜로 드릴 순 없죠. 장사니까.

"뭐, 괜찮겠지. 우리 배는 튼튼하니까."

안드레 씨 일행은 그렇게 말하면서 내가 짊어지고 있던 가죽 주머니에서 과일을 한 사람당 두 개씩 꺼내서 자기 가죽 주머니로 옮겨 담았다.

"한동안 저희 냉동고에 보존해둘 테니 처분 방법이——, 팔 건지 드실 건지 정해지면 알려주세요."

"그래, 고맙다——, 아, 그렇지. 그 과일은 사람 수대로 나눠도 되나? 신지니는 가지고 가는 수고하고 보존하는 수고가 있으니까 미안한데."

"네, 저는 상관없어요. 안드레 씨에게는 신세를 지고 있으니까요."

냉동 상태로 옮기는데 필요한 마력도 내가 보기에는 많은 양이 아니고, 냉동고도 비어 있으니까.

"그래도 되나? 우리는 별로 도움이 안 되는 것 같은데……."

"그러면, 천박한 길과 함께 지내주는 보답이라고 생각해."

"나?! 천박하다는 건 부정하지 않겠지만~."

안드레 씨가 그렇게 말하자 길 씨가 자신을 손가락으로 가리키며 조금 거창하게 불평을 늘어놓았다.

"후후, 그럼 감사히 받을게요."

"고마워. 흥미가 좀 있었고, 먹지 않아도 빚을 갚는 데 도움이 될 테니까."

안드레 씨가 배려해주자 케이트 씨와 아이리스 씨는 미소를 지으며 고개를 끄덕였다.

"그럼 오늘 함께 와주셔서 감사합니다. 내일부터도 잘 부탁드릴게요."

"""그래(네)!"""

◇ ◇ ◇

다음날부터는 안드레 씨가 모은 채집자들도 참가하게 되었다.

빙아 박쥐를 쓰러뜨리는 것과 송곳니를 회수하는 건 우리가 맡고, 다른 채집자들은 시체를 회수하고 옮기는 것, 그리고 묻는 것. 그날 마지막에는 송곳니를 파는 것을 맡았다.

이런 시기에 시체를 대충 버리고 숲의 자정작용에 맡기면 너무 불안하기 때문에 귀찮더라도 확실하게 묻어달라고 부탁했다.

썩어서 넘치기라도 하면 폐를 끼치게 될 테니까.

박쥐를 마구 잡아대고 있는데도 불구하고 우리를 방해하는 사람은 없었고, 상인에게 매입을 거부당하지도 않은 채 일주일 정도가 지났다.

송곳니가 잔뜩 모였고, 동굴에 있는 빙아 박쥐의 숫자가 눈에 띄게 줄어들었기 때문에 수수께끼의 복면 신입 채집자 신지니는 은퇴하게 되었다.

"그런데 케이트 씨, 상인은 어떤 상황인가요?"

이번 작전의 문제점은 내가 직접 상인과 접촉할 수 없다는 것이다.

그렇기 때문에 그런 미묘한 판단은 케이트 씨에게 맡겼다.

아이리스 씨보다 더 믿음직하기도 하고.

"초조해하는 것 같긴 한데……, 확실하지는 않은 정도?"

"나는 '예상했던 것보다 잘 버틴다'라는 말을 하던 걸 들었는데?"

케이트 씨가 굳은 표정으로 그렇게 말하자 아이리스 씨가 다른 정보를 제공해 주었다.

"'버틴다'라는 건 제가 버틴다는 말이겠죠. 제가 송곳니를 얻지 못하게 되어서 울상을 짓고 있을 거라 생각하는 걸까요? 제가 보기에는 '예상했던 것보다 잘 버티는 것'은 그쪽인데."

실제로 송곳니를 매각해서 내가 모은 돈은 나도 모르게 실실거리는 표정이 얼굴에 드러나 버릴 정도로 많았다.

로레아에게 한 번 보여줬더니 입을 뻐끔거리면서 두 손을 저으며 허둥지둥.

그런 다음 새파랗게 질려서 쓰러질 뻔했다.

구체적인 금액은 말하지 않겠지만, 연금술 대사전을 정가로 여러 세트 살 수 있는 수준이다.

대상인이라고 해도 현금으로 가지고 있는 자산은 의외로 적은 경우도 있으니 단기간에 이렇게 많이 모으는 건 힘들 텐데……, 진짜 잘도 버티는 것 같다.

"점장 씨, 아마 송곳니를 다른 도시로 가져가서 처분하고 있는 것 같은데? 아무리 그래도 그렇게 많은 돈을 가지고 왔을 리는 없으니까."

"나도 그렇게 생각했다. 말을 타고 몇 번 오가는 걸 본 적이 있거든."

"빙아 박쥐의 송곳니는 크기가 작은데도 비싸게 팔리니까요. 후후후······."

"왜 그래? 점장 씨. 수상쩍게 웃다니."

"아뇨, 예상했던 게 맞았다 싶어서요."

내가 예상했던 대로 움직이자 나도 모르게 웃음이 나왔다.

"무슨 소리지?"

"아이리스 씨, 이 마을에서 얻은 송곳니를 팔려면 어디에 팔까요?"

"일단 사우스 스트러그겠지. 가장 가까우니까. 그밖에도 작은 마을이나 도시가 있긴 하지만, 상품을 처리하기에는 효율이 안 좋아."

"그렇죠. 그리고 판매처는요?"

"······일반인은 안 사겠지. 연금술사야."

"맞아요. 그리고 사우스 스트러그의 연금술사 중 한 명은 제 지인이에요."

내가 그렇게 말하자 케이트 씨가 정신이 번쩍 든 듯이 내 얼굴을 바라보았다.

"혹시 미리 연락해두었어?"

"네. 대결하기로 정했을 때요. 아슬아슬하게 가격을 후려쳐달라고 부탁했죠."

사정을 적은 편지를 다르나 씨에게 맡기고 레오노라 씨에게 가져다 달라고 했다.

레오노라 씨는 송곳니를 싸게 얻고, 나는 상인의 자금줄을 억누를 수 있다.

만약에 너무 헐값에 사려 하다가 사지 못하게 되면 내가 제공하겠다고 해두었기에 그녀가 빙아 박쥐의 송곳니가 부족해서 고생할 걱정도 없다.

악덕 연금술사 쪽에게 가져갈지도 모르겠지만, 그때는 그때 가서 생각하면 된다.

상인과 악덕 연금술사가 한패이든 아니든, 그런 식으로 장사하는 연금술사의 자금 따윈 거기서 거기다.

사들이지 못하게 될 때까지 공급량을 늘리기만 하면 된다.

"역시 대단하구나, 그렇게 용의주도하다니……. 이렇게 작은데."

"작다는 말씀은 하실 필요 없어요! 이제부터 성장할 거니까요!"

그렇게 주장한 나를 보고 아이리스 씨와 케이트 씨가 보낸 것은 미지근한 시선이었다.

"그건……, 힘들지 않을까?"

"어째서요!"

"아니, 그래도 점장님은 성인이잖아? 그런 형태라도."

"그런 형태?!"

"보통은 성인이 되기 전에 끝나거든? 그 이후로도 자라는 애도 있긴 하지만……, 소수파지."

"……제가 그 소수파를 하면 안 될까요?"

아이리스 씨는 쓴웃음을 짓고 고개를 저으며 그런 내 희망을 부정했다.

"안타깝게도 고아원에서 자란 아이들은 몸집이 작을 경우가 많지. 어렸을 때 식사를 적게 할 수밖에 없으니까."

"윽……."

짐작 가는 게 있네요.

굶을 정도까지는 아니었지만, 배부르게 먹을 수 있는 것도 아니었다.

일을 별로 하지 않았으니까 좀 사양하기도 했고…….

"괜찮아. 점장 씨는 충분히 귀여우니까."

"그래, 그래. 그 정도는 신경 쓸 필요 없다. 점장님에게는 그것 말고도 장점이 잔뜩 있으니까."

"위로가 안 되잖아요! 두 분 다 멋진 걸 가지고 있으니까 그런 말을 할 수 있는 거라고요! 에잇! 에잇!"

두 사람의 출렁출렁한 부분을 공격했다.

빌어먹. 나와는 중량감이 다르잖아.

"……만약에 빚을 갚지 못하면 그 대신 이걸 담보로 잡아 버릴까요."

내가 조용히 그렇게 말하자 아이리스 씨와 케이트 씨가 내게서 물러나며 자기 가슴을 두 팔로 감쌌다.

"무, 무서운 소리 하지 마라!"

"그래. 애초에 담보로 잡아 봤자 아무런 소용도 없잖아?!

"……없지? 연금술사라면 어떻게든 할 수 있다든가, 그런 건 아니지?!"

"네, 못해요…… 라고 하진 않겠고, 그냥 화풀이로요."

"그러지 마! 화풀이로 그렇게 무서운 짓을 하다니!"

꽤 진지한 표정으로 비명을 지르는 두 사람을 보고 가슴이 후련해진 나는 어깨를 으쓱이며 웃었다.

"농담이에요. 실제로 마음만 먹으면 포션으로 어떻게든 할 수가 있거든요. 키도 그렇고, 몸매도."

그 말을 듣고 아이리스 씨와 케이트 씨도 조금 안심했는지 한숨을 쉬었다.

아무리 그래도 그렇게 심한 짓은 안 할 건데요?

"역시 연금술사야. 장난이 아닌데."

"그럼 조만간 진짜로 점장 씨의 키가 크는 건가?"

"아뇨, 저는 쓸 생각이 없는데요?"

지금 내게 부모님이 남겨주신 건 이 몸밖에 없다.

그걸 부자연스러운 방법으로 바꿀 생각은 전혀 없다.

그렇기에 자연스럽게 성장하는 걸 바라고 있는 건데……, 가능성은 희박한가?

역시 좀 아쉽다.

"……점장님은 부모님을 소중하게 여기는군."

"네. 돌아가셨을 때는 어린 나이였고, 집을 비우신 적도 많아서 추억이 별로 없긴 하지만 존경할 만한 부모님이세요."

"점장님은 대단하구나. 부모님을 소중하게 여기고, 고아가 된 뒤로도 비뚤어지지 않고 노력해서 연금술사가 되었으니까."

"맞아. 연금술사가 되는 건 고아들의 꿈이라고 하는데, 그리 간단히 될 수 있는 게 아니니까."

두 사람이 마음을 담아 해준 말을 들으니 나도 모르게 얼굴이 뜨거워졌다.

"가, 갑자기 무슨 소릴 하시는 거예요. 칭찬받으면 쑥스러운데……."

노력하긴 했지만, 그것도 스승님이나 고아원 선생님, 다른 아이들, 여러 사람들의 도움이 있었던 덕분이다.

그렇게 대놓고 칭찬하면 창피하다.

"……어흠. 일단 빙아 박쥐의 송곳니는 아직 있어요. 작전은 계속 진행하죠."

"후훗. 알겠어. 우리에게 맡겨줘. 확실하게 돈을 가로채 올 테니까."

"그래. 비싸게 사주는 좋은 돈줄이니 말이다."

"네. 그런 식으로 열심히 해주세요. 저는 내일 잠깐 나갔다 올 테니까요."

"호오? 어디 가는데?"

"사우스 스트러그에 작전 회의를 좀 하러요."

나는 그렇게 말한 다음 후후후, 웃었다.

"안녕하세요~. 레오노라 씨."

"아, 사라사. 오랜만이야~. 덕분에 돈을 잘 벌고 있어."

다음날, 사우스 스트러그에서 나를 맞아준 사람은 매우 멋진 미소를 짓고 있던 레오노라 씨였다.

"아, 역시 여기로 왔나요?"

"그래. 가격을 잔뜩 후려쳐 줬어. 가지고 올 때마다 사들이는 가격을 조금씩 낮춰가면서."

"그러면 돈을 쓸어 담고 계시겠네요?"

방긋 웃는 나를 보고 레오노라 씨도 마찬가지로 씨익 웃었다.

"그래, 그야말로 쓸어 담고 있지. 지금은 시가보다 꽤 낮은 가격인데, 그런 상황에서도 팔고 있는 걸 보니 꽤 위험한 상태 아닐까?"

"글쎄요? 저는 다른 쪽 연금술사에게 가지고 갈지도 모르겠다고 걱정했었는데……."

"아, 그 녀석 말이야? 그 녀석의 가게는 이제 없는데?"

"──네? 없어졌나요?"

"망해버렸거든. 그 마을에서 소재가 들어오지 않는 것도 이유 중 하나인데, 나도 손을 좀 써서 여러모로 괴롭혀줬으니까."

"…………."

다시 씨익 웃는 레오노라 씨.

스승님 정도까지는 아니더라도 그녀의 표정을 보니 경험을 많이 쌓은 사람 특유의 대단한 느낌이 들었다.

그런데, 그런 이유라면 '망했다'가 아니라 '망하게 만들었다' 아닌가?

뭐, 악질 연금술사가 사라지는 건 업계 전체로 봐도 좋은 일이니까 동정하지도 않겠지만.

"그러면 빙아 박쥐의 송곳니는 충분하신 거죠?"

"그래. 가지고 왔니? 괜히 미안하네."

"아뇨, 다른 소재도 가지고 왔고, 살 것도 있어서요."

협력해달라고 부탁했으니 이 정도는 당연하다.

그리고 송곳니 매각을 위탁한 채집자들도 그냥 놀고 지내진 않는다.

빙아 박쥐를 사냥하는 대신 다른 소재를 채집해서 우리 가게에 팔러 오기 때문이다.

그런 소재들을 카운터에 늘어놓고 레오노라 씨와 반쯤 물물교환을 했다.

여기에는 내가 필요한 소재가 대부분 있기 때문에 정말 도움이 많이 된다.

"……아니, 제가 사려던 게 거의 다 있네요?"

내가 그렇게 지적하자 레오노라 씨가 미소를 지었다.

"그야 그렇지. 그 마을에서 아티팩트를 주문할 일은 거의 없잖아? 그럼 사라사가 필요할 만한 건 연금술 대사전……, 지금쯤이면 4권하고 5권에서 쓸 소재. 그리고 마을에서 필요할 포션 소재. 그 정도 아니야?"

"정답이에요. 역시 대단하시네요."

설마 지금 내 진도까지 맞출 줄이야.

"이래 봬도 사라사보다 몇 배는 더 오랫동안 연금술사였거든! 마스터 클래스까지는 아니더라도 나름대로 실력에 자신이 있어."

"비교적 가까운 곳에 경험이 풍부한 선배가 있으니 좋네요. 그 마을에 갔을 때는 진짜 어떻게 해야 하나 싶었는데."

"그래도 사라사는 스승님에게 의논하면 되잖아?"

"그야 물론 의논하면 도와주시겠지만, 스승님 가게에서 수행하라는 걸 거절하고 나왔는데 너무 의존하는 건──."

"뭐어?! 마스터 클래스의 가게에 취직하라는 제안을 거절했다고?! 정말이야?"

내가 그렇게 말하자 레오노라 씨가 곧바로 소리쳤다.

"네, 뭐."

"내가 졸업했을 때 그런 제안이 들어왔다면 분명히 바로 취직했을 텐데. 확실하고 안정적이잖아."

"저도 그런 생각을 해보긴 했는데, 그러면 경험을 쌓을 수가 없게 될 것 같다고 해야 하나⋯⋯, 아, 아뇨, 연금술사로서는 정말 좋은 경험을 쌓을 수 있겠지만, 인생 경험 쪽이⋯⋯."

"⋯⋯뭐랄까, 마스터 클래스가 제자로 삼는 사람은 역시 좀 다르구나."

레오노라 씨가 어이없어하면서도 조금 겁을 먹은 듯한 눈초리로 바라보았다.

이유가 뭐지?

"뭐, 됐어. 그건 그렇고 사라사, 오늘은 자고 갈래? 나도 그 상인에 대해서 이것저것 조사해 봤거든. 그런 것들을 이 야기하고 싶으니까."

"아, 그러셨나요? 물론 거절할 이유는 없지만요⋯⋯."

"그럼 그렇게 하자! 점심은 아직 안 먹었지?"

"네. 먹고 올까 생각도 해봤는데, 조금 어중간한 시간이 라서요."

생각한 게 좀 있어서 오늘 마을을 나선 시간은 이른 아침 이 아니라 조금 더 늦은 시간.

그래서 사우스 스트러그에 도착한 것도 점심시간 조금 전 이었다.

점심을 먹기에는 아직 이른 시간이고, 식당도 연 곳이 별 로 없었기 때문에 먼저 레오노라 씨네 가게에 온 것이다.

"그렇구나. 먹으러 나가도 괜찮겠지만 지금 시간이면⋯⋯."

레오노라 씨는 잠시 생각한 다음 뒤쪽을 돌아보고 가게 안쪽을 향해 소리쳤다.

"저기~, 점심밥 3인분 있어~?"

"⋯⋯있어~."

잠시 후 대답이 들리자 레오노라 씨는 이쪽을 보며 방긋 웃었다.

"그러니까 오늘은 집에서 먹자. 우리 종업원도 나름대로 맛있는 요리를 만들어주거든."

레오노라 씨를 따라 들어간 가게 안쪽에는 레오노라 씨와 비슷한 나이로 보이는 여자가 혼자서 식탁에 요리를 늘어놓고 있었다.

차분하고 부드러운 분위기를 풍기는 여자였고, 레오노라 씨보다 몸집이 조금 작았다.

연한 갈색 머리카락을 머리 뒤로 묶어서 길게 늘어뜨리고 있었다.

"사라사라고 합니다. 잘 부탁드릴게요."

"아, 그렇게 공손하게 굴 필요는 없어. 나는 피리오네야. 보면 알겠지만 노라……, 레오노라 가게의 종업원이야. 가게를 보거나 잡일 같은 걸 하고 있지."

내가 인사하자 피리오네 씨는 손을 흔들고 웃으며 가벼운 말투로 대답했다.

"자, 앉으렴."

"죄송합니다. 갑자기 찾아와서 폐가 되진 않았나요?"

"괜찮아. 노라가 돈을 꽤 벌고 있으니까 음식은 여유가 있거든. 거창한 걸 대접해줄 수는 없지만."

그렇게 말하면서도 식탁에는 빵과 수프, 닭고기 소테, 그리고 달걀에 채소를 섞어서 구운 음식이 놓여 있었다.

일반적으로 따지면 거창한 음식이다.

특히 달걀 같은 건 마을에서는 좀처럼 얻을 수가 없다.

"정말 맛있어 보이네요!"

"그래? 그럼 다행이네. 맛도 마음에 들면 좋겠는데…….
식기 전에 먹자. 노라도 앉아."

"네, 네~. 그럼 먹자."

"네, 잘 먹겠습니다."

우선……, 수프부터.

스푼으로 떠서 한 입. ……응, 담백한 계열이네.

그래도 채소의 맛하고 말린 고기의 풍미가 살아있어서 맛
있다.

빵을 한 입 뜯어 먹고 난 다음에는 달걀.

여러 가지 채소를 썰어서 넣은 그 요리는 꽤 고급스러웠다.

한 조각 먹어보니 화악 퍼지는 달걀과 채소가 뒤섞여서
마찬가지로 맛있었다.

스승님네 가게의 마리아 씨가 프로 요리사라면 이쪽은 요
리를 매우 잘하는 어머니?

"어때? 우리 요리 담당도 실력이 꽤 좋지?"

"맛있네요. 이런 요리는 먹을 기회가 별로 없어요."

"고마워. 요리 담당은 아니지만 말이야. ――이 애가 노
라가 말했던 연금술사구나. 귀엽고 착한 애네."

"그렇지? 그러니까 보호해줄 수밖에 없단 말이야."

"어라? 저를 보호해 주셨나요?"

내가 그렇게 말하자 레오노라 씨는 머리를 긁으면서 쓴웃
음을 지었다.

"아니~, 그냥 보내기는 왠지 불안했으니까. 이상한 여관 같은 곳에 잡힐 것 같아서."

그래서 그때 재워준 거구나.

하긴, 그런 쪽으로는 불안하긴 하지만.

"그러고 보니 그때는 피리오네 씨를 못 만났는데……."

"그때는 일이 좀 있어서 나가 있었거든. 괜찮았니? 이상한 걸 먹이진 않았어?"

"아뇨, 괜찮았는데요? ……조금 간단하게 먹긴 했지만요."

"역시 그랬구나. 미안해. 노라는 요리를 잘 못 하니까."

한숨을 쉬며 고개를 젓는 피리오네 씨를 보고 레오노라 씨는 삐진 듯이 입을 삐죽댔다.

"됐거든요~. 피가 요리해주니 문제가 전혀 없으니까~."

"정말. 연금술에 힘쓰고 싶다는 건 이해가 되지만, 다른 일도 좀 해줬으면 하는데?"

"싫거든요. 그래서 피를 고용한 거니까."

딱 잘라 거절하는 레오노라 씨를 본 피리오네 씨의 눈썹이 움찔거리며 떨렸다.

"……나는 딱히 그만둬도 상관없는데?"

"항상 도움이 많이 됩니다! 버리지 말아 주세요!"

곧바로 매달리는 레오노라 씨를 떼어내며 피리오네 씨가 한숨을 쉬었다.

"미안해. 나이도 꽤 먹은 선배 연금술사가 이런 식이라."

"아, 아뇨……, 두 분은 오랫동안 함께 지내셨나요?"

"안타깝게도 오랫동안 함께 지내버렸지."

"응, 피하고 함께 지내게 된 건 내가 가게를 내고 나서 조금 뒤였으니까……, 10년 이상?"

"그렇게 되겠구나."

레오노라 씨가 손가락을 꼽으며 그렇게 말하자 피리오네 씨가 고개를 끄덕였다.

스승님하고 마리아 씨도 오랫동안 함께 지낸 것 같고, 역시 연금술사의 가게 종업원은 그런 법일지도 모르겠다.

전문 지식이 꼭 필요하기에 그런 것들을 익힌 사람을 내보내는 건 큰 손실이다.

어느 정도 수준에 오른 연금술사라면 비싼 급료를 지급할 만한 여유도 있을 테고, 취직한 사람에게도 그보다 더 좋은 직장은 별로 없다.

"저도 점원을 고용했는데요, 역시 가게를 내면 그렇게 되나 보네요."

"가게를 낸 직후에는 별로 여유도 없고, 좋은 상대를 만나기도 힘들지만 가능하다면 고용하는 게 낫지. 가게를 봐줄 사람이 없으면 연금술에 시간을 투자할 수도 없으니까."

"그렇죠. 가게를 보다 보면 낮에는 본격적인 작업을 할 수가 없고, 문을 닫은 뒤에 하려고 해도 집 청소나 식사 준비 같은 잡일을 해야 하니까요. 소재를 사려고 이렇게 가게를 비울 수도 없고요."

"그렇다니까. 그런 면에서 피는 이것저것 해줘서 편리해~."

"처음에는 가게를 봐주려고 들어온 건데. 지금은 식사 준비하고 집 청소, 빨래까지. 노라는 아무것도 안 하니까······."

피리오네 씨는 그렇게 말하고 곤란하다는 듯이 한숨을 쉬었다.

"아하하, 덕분에 편해요. 그래도 상성이 너무 좋은 사람하고 만나면 그것도 나름대로 곤란하거든."

"그런가요?"

상성이 좋고 가게가 잘 돌아간다면 괜찮을 것 같은데······.

"응. 이대로 살아도 괜찮겠다는 생각을 해 버리니까."

"그 결과, 노라는 이 나이까지 결혼도 하지 않았거든?"

"그건 피도 마찬가지잖아?!"

"그러니까 문제지. 사라사도 조심해. 편하다, 그런 생각이 들기 시작하면 위험한 거야. 그건 '결혼'이 떠나가는 발소리니까."

"하하하······."

깊은 한숨을 쉬는 두 사람을 보고 나는 헛웃음을 지었다.

그쪽인가······, 저는 이미 그 발소리를 듣고 있는데요.

"그렇다고 해서 상성이 안 좋은 사람을 쓰자니 오랫동안 일을 못 하니까 안 된단 말이지~."

"그렇긴 하지. 배울 게 많으니까 금방 도움이 되지도 않고."

상성이 안 좋으면 일을 배워서 쓸만한 종업원이 될 때까지 견디지 못한다.

상성이 좋아서 일을 오랫동안 하게 되면 귀중한 종업원이 되어서 놓칠 수가 없게 된다.

"……저기, 어떻게 해볼 방법이 없는 거 아닌가요?"

"응. 가게 일만 맡기고 집안일은 자기가 하는 방법도 있긴 한데──."

"아마 뛰어난 연금술사일수록 그러기 힘들지 않을까? 노라도 한번 하기 시작하면 먹는 거나 자는 것도 잊어버리곤 하니까."

"신이 나면 그렇게 된단 말이지~. 연금술사라서!"

"그래서 더러워져 가는 집을 내가 참지 못하고 손댄 건데, 지금은 완전히……."

"떠맡기고 있습니다. 네."

"에휴……. 사라사도 조심하는 게 좋을 거야. 결혼하고 싶다면."

그녀가 깊은 한숨을 쉬며 충고한 말을 듣고 나는 땀을 흘렸다.

"며, 명심할게요."

나는 아직 괜찮겠지?

그래. 젊으니까.

"자. 그럼 일 이야기──, 그 상인에 대해서 이야기를 해볼까?"

식사를 맛있게 하고 피리오네 씨가 가게를 보러 가자 레오노라 씨가 그렇게 말했다.

"네. 부탁드릴게요."

"응. 근데 얘기가 길어질 것 같으니 뭔가 마실 거라도……. 사라사, 만들어둔 차도 괜찮니? 그런 것도 피에게 맡겨두고 있어서."

지금 다시 부르는 건 좀 그러니까, 그렇게 말한 레오노라 씨에게 내가 고개를 끄덕이자 차갑게 식힌 차를 내주었다.

요즘에 내가 자주 마시는 스야차와는 달리 향기로운 연갈색 차였다.

마셔본 적이 없는 차였지만 이것도 나름대로 괜찮았다.

"휴우, 맛있네요. ──역시 냉장고도 가지고 계신가 봐요."

"피가 끓인 거지만 말이야. 냉장고는 연금술사 가게라면 대부분 있지 않을까? 위를 목표로 하는 연금술사라면 반드시 만드는 물건이니까."

그녀가 '사라사도 그렇지?'라며 묻자 나는 고개를 끄덕였다.

"그렇겠지. 타이밍이 좋으면 팔기 위해서 만들 수 있지만, 팔지 못하면 자기가 쓸 수밖에 없잖아. 그 마을에서는 사라사도……."

"네. 못 팔고 있어요. ──아니, 팔릴 것 같지가 않아서 포기하고 처음부터 저희 부엌에 맞게 만들었죠. 냉동고하고 같이요."

"아, 그건 세트로 만들곤 하지. 여름 말고는 잘 안 쓰지만."

"그렇죠. 저희 냉동고도──, 아, 지금은 빙아 박쥐의 과일을 넣어두었네요."

"회수했어?! 아~, 그래도 시기는 딱 좋겠구나. 사라사 본인이 직접 가면 문제 없이 가지고 올 수도 있겠고."

"그 동굴의 박쥐는 한동안 사냥하지 않아서 무리 규모가 꽤 컸거든요. 회수한 과일도 꽤 많았어요. ——나누어 드릴까요?"

"그래도 되나? 꽤 귀중한 물건인데."

"저는 별로 흥미가 없고, 팔 곳도 없어서 곤란하니까 스승님에게 부탁할 생각까지 했을 정도거든요."

지금은 냉동고에 넣어두고 방치하는 상태란 말이지.

나도 한 번 정도는 맛을 볼까 생각하고 있는데, 가지고 가서 먹어 본 안드레 씨 일행의 평가는 '맛있는……, 것 같아', '그냥 술이 더 나은데', '고급스러운 맛이던데'라는 것이었다.

얼른 먹어 봐야겠다는 생각이 드는 감상이 아니었고, 그들도 더 이상 먹으려 하지 않고 팔아달라고 부탁했다.

"그럼 조금만 나눠줄래? 이야깃거리로 삼게 먹어 보고 싶은데."

"알겠어요. 그럼 다음에 올 때 가지고 올게요. 다른 사람에게 맡기기는 힘드니까 시간이 좀 걸리겠지만요."

"그래, 상관없어. 다음에 소재를 사러 올 때 가져와도 괜찮고."

그냥 옮기면 녹아 버리기 때문에 내가 가지고 올 수밖에 없다.

필요한 숫자와 사들이는 가격에 대해 이야기를 나눈 다음, 다시 본론으로 돌아왔다.

"우선, 이름은 요크 바루. 여기 사우스 스트러그에 가게를 가지고 있고 규모가 그럭저럭인 상인이었어."

대상인까지는 아니지만, 나름대로 규모가 큰 상인이다.

그렇기 때문에 레오노라 씨도 비교적 간단하게 알아낸 모양이었다.

"다루는 상품은 연금술 관련 소재나 아티팩트, 포션 같은 것처럼 보이는데……."

"소재뿐만이 아니라 포션도요?"

"그래. 그게 문제란 말이지."

연금술 소재 중에는 처리하지 않아도 열화가 더딘 것들이 있고, 연금술사가 처리한 다음에 사들이는 방법도 있다.

아티팩트도 냉각 모자처럼 효과를 알아보기 편한 거라면 다룰 수 있을 것이다.

하지만 포션은 조금 다르다.

보기만 해서는 효과를 알아볼 수 없고, 보존 상태에 따라 사용 기간도 달라진다.

게다가 보통 포션을 사용하는 것은 구입한 지 시간이 좀 지난 뒤다.

효과가 없거나 이상한 효과가 생긴다 해도 '당신이 보존을 잘못한 거다'라고 하면 따지기도 힘들다.

그렇기 때문에 연금술사가 아닌 사람에게서 포션을 사는

건 위험하고, 평범한 상인이 상품으로 다루는 것도 꽤 힘들다.

"어디에 파는지도 신경 쓰이긴 하지만, 어디에서 사 오는 걸까요? 연금술사라도 데리고 있는 건가?"

"비슷해. 요크에게 돈을 빌린──, 아니, 요크가 빚을 지게 만든 연금술사를 부려먹고 있는 모양이야. 말도 안 되는 상황으로."

"빚을 지게 만들어요?"

신경 쓰이는 말투라 물어보니 레오노라 씨는 분노가 담긴 씁쓸한 표정을 지으며 고개를 끄덕였다.

"그래. 조사해 봤는데, 다들 함정에 빠진 듯한 느낌이야."

"그럼 잡혀가지 않나요?"

"내가 조사해 본 범위 내에서는 악질적이긴 하지만 확실하게 법을 어긴 게 아니라서 그건 힘들겠지."

으음……, 그럼 어쩔 수 없지.

우리 마을에서 하고 있는 짓도 비슷해서 영주에게 고발해 봤자 아마 소용이 없을 것이다.

"그런데 표적으로 삼은 게 모두 젊은 아이들이란 말이지."

"경험이 적어서 속았다는 건가요?"

"나는 그렇게 생각해. 가게를 낸 직후에는 돈이 없잖아? 연금술은 소재가 비싸니까 사소한 실수로도 단숨에 돈이 바닥나곤 하고……."

"아, 그렇긴 하죠."

예를 들자면 조금 비싼 아티팩트의 제작을 의뢰받았을 경우.

간단한 거라면 모를까, 조금 무리해서 어려운 것에 도전해 버렸을 경우에……

만에 하나, 실패하면 정말 큰일이다.

가지고 있는 자금에 여유가 있는 경우에는 다시 소재를 사들이면 된다.

아티팩트의 가격은 한 번 실패 해도 커버할 수 있을 정도로 설정되어 있기 때문에 두 번째에 성공하면 손해를 보진 않는다.

하지만 돈이 없다면?

주문을 거절하고 손해를 보거나, 빚을 지고 다시 도전해야 한다.

그러고도 또 실패하면 빚만 남게 되는 거고.

"자기가 실수한 거면 어쩔 수 없는 부분도 있겠지만, 일부러 그렇게 만들었다면……."

함정을 파는 방법은 여러 가지가 있겠지만, 예를 들어 돈이 없는 타이밍에 필요한 소재를 조금 싸게 파는 상인이 있다면……, 보통은 사 버리겠지.

하지만 그 소재가 조작이 되어 있어서 실패하기 쉬운 거라면?

물론 그것을 간파하지 못한 시점에서 미숙한 연금술사겠지만.

"기분 나쁘지?"

"기분 나쁘네요."

알고 지내는 사람들이 아니긴 하지만, 같은 연금술사, 그리고 비슷한 나이인 나는 더욱 그렇다.

"……아, 혹시 저를 표적으로 삼은 건가요?"

내가 문득 그렇게 말하자 레오노라 씨는 어이가 없다는 듯이 한숨을 쉬었다.

"이제야 눈치챘어? 확실하게 표적으로 삼고 있지. 사라사를 조금만 조사해보면 완전히 봉이라는 걸 알 수 있을 테니까."

학교를 이제 막 졸업한 초보 연금술사.

시골 마을에서 매우 저렴한 가게를 얻어서 개업한 상태.

경험도 별로 없다.

어머나! 정말 속이기 쉬운 상대잖아!

──내 이야기지만.

"그래도 이번에는 완전히 상대를 잘못 잡았지. 적으로 만들 상대를 착각하고 있어."

"네에……? 그렇게 말하시면 왠지 제가 나쁜 사람인 것 같은데요……."

"나쁘진 않지만, 방심할 수가 없는 상대잖아."

"그런가요? 저는 경험도 별로 없는 초보라고요. 병아리예요."

진짜 말도 안 되는 소리다.

하지만 레오노라 씨는 내게 눈을 흘겼다.

"병아리였다면 나한테 미리 교섭하러 오지도 않았을 거야. 열심히 해봤자 자기가 살고 있는 마을 안에서만 끝냈겠지. 그에 비해 사라사는, 우리 가게는 물론이고 주변 도시까지 손을 뻗으려 하고 있지 않니?"

"설마요. ……레오노라 씨에게 대량으로 넘기면 결과적으로 그렇게 되겠다 싶긴 했지만요."

그리고 그레츠 씨에게도 빙아 박쥐의 송곳니를 조금 넘겼을 뿐이거든요?

행상하러 간 곳에서 돈으로 바꾸라고 하면서.

"그런 부분이 용의주도하단 말이지……. 그래, 당연히 나도 넘기고 있어. 그 덕분에 이 주위에서는 순조롭게 빙아 박쥐의 송곳니의 시세가 폭락 중이고."

"그거 정말. 사들이고 있는 사람이 불쌍하네요."

그래, 정말.

내가 방긋 웃자 레오노라 씨는 고개를 저으며 쓴웃음을 지었다.

"말은 잘하네. 사라사의 그 미소가 좀 무섭게 느껴지는데? 그래도 얼마 전까지 송곳니의 시세가 올랐던 것도 요크 때문이기도 하니까 동정할 생각은 전혀 없어."

"아, 그때부터 관여하고 있었나 보네요."

그때 우리가 대량의 송곳니——, 아니, 송곳니를 사용한 아티팩트를 유통했기 때문에 우리 마을로 온 거고.

"솔직히 행동 규범이 없는 상인이 연금술 소재의 시세를 조작하면 곤란하단 말이지."

"그렇죠. 이익만 보면서 그런 짓을 하면 곤란하니까요."

연금술사는 멋대로 싸게 팔면 안 된다든가, 그렇게 여러모로 제한이 걸려 있으니까.

나라의 정책이니 대놓고 어기면 무서운 사람들이 찾아오게 된다.

"그렇지? 그러니까 할 수 있다면 이번 기회에 확실하게 짓밟아놓고 싶거든, 그 요크 바루 녀석. 사라사도 협력해 줄래?"

"네, 상관없어요. 제가 할 수 있는 거라면."

악덕 상인은 사라져야 한다.

인정사정 볼 것 없다.

그 이후로 나와 레오노라 씨는 몇 가지 패턴을 예측하고 요크에게 확실하게 대미지를 입힐 수 있는 계획을 함께 세웠다.

각 패턴에 맞게끔 서로 역할을 정하고, 자잘한 것들도 정했다.

"그런데 레오노라 씨는 역시 대단하시네요. 제가 눈치채지 못한 부분도 확실하게 챙겨주시니까."

"아니, 사라사도 꽤 대단한데? 아무리 봐도 그렇게 어린 나이가 아닌 것 같을 정도로."

"그런가요? 그래도 이 정도면 잘 될 것 같네요."

지금 단계에서도 우리의 승리는 거의 확실하다.

그런 상황에서 요크가 얼마나 몰락하게 될지는 그의 탐욕에 달려 있다.

그게 정말 좋다.

"기대되네요."

"그래, 맞아."

매우 악당 같은 미소를 지은 레오노라 씨와 귀엽게 미소 지은 나.

——마침 그때 들어온 피리오네 씨가 '비슷한 사람들끼리 뭉쳤네……'라고 중얼거린 건 못들은 걸로 해야겠다.

◇ ◇ ◇

레오노라 씨와 음모——, 아니, 사업 상담을 마친 다음날.

나는 피리오네 씨가 만들어준 느지막한 아침밥을 먹고 사우스 스트러그를 떠났다.

여러 가지 일이 잘 풀려서 발걸음도 가볍게 마을로 향하는 길을 달려가고 있었다.

그런데 그런 내 기분에 찬물을 끼얹는 듯이 그 사건이 일어났다.

마을까지 얼마 안 남은 곳.

그곳 길옆 수풀에서 갑자기 남자들 열 명 정도가 나타나

내 앞을 가로막은 것이다.

"이, 이봐! 멈춰!"

무기를 들고 있던 남자들이 그렇게 말하자 나는 급하게 멈췄다.

치지직, 땅바닥에 자국을 남기며 멈춰 섰다.

그런 나를 보고 남자들이 조금 안심한 듯이 숨을 내쉬었다.

"그, 그래. 좋아."

미묘하게 겁을 먹은 건 내가 달려온 속도가 어지간한 말보다 빨랐기 때문일 것이다.

……뭐, 솔직하게 말하자면 그대로 지나가 버릴 수도 있었겠지만, 모처럼 나와줬으니까.

멈춰주지 않으면 가엾잖아?

그렇게 많지도 않고 말이지……, 후후후.

"무슨 볼일 있으신가요?"

"'볼일'은 무슨. 지금 상황을 보고도 모르나? 으응?"

"크하하, 설마 이런 꼬맹이였을 줄이야!"

"편한 일이잖아!"

내 몸집이 작은 걸 보고 안심했는지 갑자기 세게 나오는 남자들.

아니, 이미 도적들이라고 해도 되려나?

"연금술사를 습격하다니, 배짱이 좋으시네요?"

"하! 입만 산 공붓벌레가, 뭘 할 수 있다는 거야?"

"캬하하하, 귀족도 호위병이 없으면 그냥 사냥감이거든?"

일단 경고를 해봤는데, 돌아온 건 정말 머리가 나빠 보이는 말뿐이었다.

너무 생각이 없는 그 말을 듣고 나도 모르게 한숨이 나왔다.

"에휴……, 연금술사에 대한 일반적인 인식은 역시 그런 느낌인가 보네요."

"으응? 이 꼬맹이가 뭐라는 거야?"

"이봐, 이봐. 허세를 부려도 소용없거든~?"

"그렇단 말이야. 이봐, 돈을 전부 내놔! 그러면 목숨만은 살려 줄 수도 있거든? 목숨만은 말이야."

"크헤헤헤, 너, 이렇게 빈약한 꼬맹이 취향이냐? 헤헤."

"**빈약**? '포스 불릿(역탄)'."

천박한 미소를 짓고 있던 도적 한 명이 뒤쪽으로 날아가 땅바닥에 떨어졌다.

곧바로 십몇 미터 정도 굴러가 움직이지 않게 되었다.

"""…………."""

그 모습을 본 도적들이 완전히 조용해졌다.

"연금술사는 마법을 쓸 수 있거든요? 모르셨나요?"

그렇게 말하며 미소를 짓는 나를 보고 정신을 차린 도적들이 일제히 무기를 겨누었다.

"이, 이봐! 모두 함께 덤벼! 집중하는 걸 방해하면 마법을 못 쓸 거야!"

"나쁘지 않은 생각이긴 한데, 저는 검도 쓸 수 있거든요.

이런 식으로. '포스 불릿'. 그리고 이야기가 나온 김에 말씀드리자면, 움직이면서도 마법을 쓸 수 있고요. 한 번 더. '포스 불릿'."

추가로 두 명 정도 날려 보낸 다음, 나는 검을 뽑아 들었다.

애초에 마력으로 신체를 강화할 수 있는 나와 단순한 도적은 움직임이 다르다.

제대로 생각할 수가 있다면 내가 달려온 속도를 보고 습격할 생각을 접었을 텐데.

뭐, 머리가 좋으면 도적 같은 게 되지 않았겠지.

일제히 덤벼든 도적들의 뒤쪽으로 파고들어 몇 명 정도 베어서 쓰러뜨리자 숫자가 금방 절반 이하로 줄어들었다.

그렇게 되고 나서야 허둥대기 시작한 도적이 소리쳤다.

"자, 잠깐! 잠깐만 기다려! 거래, 거래를 하자!"

그 말을 듣고 나는 일단 멈춰 섰다.

"거래?"

"그래! 우리는 부탁받았을 뿐이야! 살려줘!"

내게서 조금씩 물러나며 그렇게 멋대로 말하는 도적을 보고 나는 고개를 저었다.

"그건 거래가 아니죠. 저한테 이익이 없는데요."

"의, 의뢰한 사람을 가르쳐줄게! 상인, 상인이었어!"

"그것도 어찌 되든 상관없는 정보인데요. 당신들의 증언이 그 상인을 붙잡는 데 도움이 될 것 같지도 않으니까."

수상쩍은 사람들을 고용했으니 어느 정도 대책을 마련해

두었을 테고.

평범한 상인과 도적.

양쪽 증언을 듣고 어느 쪽을 믿어줄지는 굳이 말할 필요도 없다.

애초에 지금 상황에서 나를 습격하라고 시키는 사람은 한 명밖에 없잖아?

내가 그렇게 원한을 많이 사고 다닌 것 같지도 않고.

"그, 그럼 있는 돈을 전부 줄게! 그러니까 부탁이야, 살려 줘! 응?"

"어? 왜요? 당신들을 쓰러뜨리면 자동으로 손에 들어올 텐데."

"""진심이냐?!"""

내가 그렇게 당연하기 짝이 없는 말을 하자 도적들은 깜짝 놀라 비명을 질렀다.

자기들은 남에게서 빼앗아놓고 그 반대는 싫다니, 생각이 너무 어설픈데.

그리고 도적을 봐준다는 선택지는 처음부터 없었다.

"미안해요. '도적을 발견하면 확실하게 해치울 것'. 그게 저희 집 가훈이거든요. 봐주면 다른 사람들에게 폐가 될 테니까."

물건을 들이러 갔다가 돌아올 때마다 '이번에는 몇 마리를 해치웠다!'라고 자랑하는 이야기를 듣곤 했으니까.

'몇 마리'라니, 그건 좀 아니지 않나? 어린 마음에 그렇게 생각하곤 했는데, 마을을 오가는 상인이 보기에는 도적 같은 건 해충에 불과할 것이다.

아버지도 '상인들이 필사적으로 번 돈으로 사들인 물건을 편하게 가로채다니, 절대로 용서하지 못한다!'라고 했고, 알고 지내던 상인 중에 아버지처럼 맞서 싸우지 못하는 사람이 목숨을 잃은 적도 있었다.

다시 말해 도적을 해치우는 건 좋은 일이다.

정의는 나의 것.

"그러니까. ——잘 가세요."

나는 방긋 웃으며 손을 휘둘렀다.

있는 돈을 전부 내놓겠다고 했지만, 그들은 돈을 별로 가지고 있지 않았다.

——아니, 딱히 돈을 노리고 해치운 건 아니거든?

이곳에 도적 같은 것들이 눌러앉아 버리면 다르나 씨 같은 사람들이 피해를 입을지도 모르니까 확실하게 퇴치한 것뿐이고.

"아무리 그래도 모두의 돈을 모았는데 몇천 레어밖에 안 되다니……, 좀 뜻밖이네."

묻어주기까지 했는데, 그 수고비도 안 된다.

뭐, 묻어준 건 도적을 위해서라기보다는 길을 가는 사람들이 시체를 보면 기분이 안 좋아질 테니까 그런 거지만.

돈 말고는 흙으로 돌아가지 않는 무기 같은 것들도 회수

했는데, 이런 건 지즈드 씨에게 선물할까? 품질도 별로 좋지 않고.

"다른 건……, 아무것도 안 남았네. 문제없어."

깜빡 잊고 처리하지 않았던 게 없는지 확인한 다음, 나는 다시 뛰어가기 시작했다.

그리고 마을 입구가 바로 보이기 시작했다.

그곳에는 살이 잔뜩 찐 상인이 서 있었다.

직접 만난 적은 없지만 아이리스 씨와 케이트 씨에게 들은 외모 정보로 볼 때 아마 저 사람이 그 요크 바루라는 상인일 것이다.

그 상인은 마을로 들어선 나를 보고 후다닥 달려왔다.

"괜찮…… 으신, 가요?"

급하게 말을 건 그는 중간부터 당황한 기색을 보이기 시작했다.

"뭐가요?"

"아, 아뇨, 저희 상회 사람이 이 길에서 도적을 봤다고 해서요……."

"아, 그래서 일부러 물어보셨나요? 면식도 없는 저를 위해서? 이거 참, 신경 써 주셔서 감사합니다."

전혀 다친 것 같지도 않고 방긋 웃으며 정중하게 고개를 숙인 나를 보고 상인은 한순간 씁쓸한 표정을 보였지만, 곧바로 미소를 지었다.

그렇게 전환이 빠른 건 상인답다.

"아뇨, 괜한 걱정이었던 모양이군요. 이 마을의 연금술사분이시죠?"

"네, 사라사라고 합니다. 그쪽은요? 상인이 머무르고 있다는 이야기는 들었는데요."

"이거 인사가 늦었군요. 저는 요크 바루라고 합니다. 요크라고 불러주십시오."

"요크 씨라고요. 잘 부탁드립니다."

"저야말로요. 그런데 사라사 씨는 도적에게 습격당하셨나요⋯⋯?"

"네, 만났죠. 물러가게 했지만요."

"네에⋯⋯? 도적이 순순히 물러가던가요?"

아무렇지도 않게 대답한 나를 보고 요크가 당황한 듯이 되물었다.

"네, 물러가시던데요. ——**이 세상에서.**"

내가 그렇게 말하며 미소를 짓자 요크의 표정이 일그러졌다.

"아, 아하, 아하하⋯⋯, 그, 그랬군요. 아~, 덕분에 살았네요. 도로에서 도적이 날뛰면 정말 곤란하거든요."

"진짜 그렇다니까요."

"⋯⋯아하하하."

매우 허무한 웃음소리가 주위에 울려 퍼졌다.

자기가 보내놓고, 정말 뻔뻔하게 나오시네.

뭐, 동요하는 모습을 드러내는 걸 보니 아직 잔챙이 같지만.

"그런데 사라사 씨는 빙아 박쥐의 송곳니가 필요하지 않으신가요? 제가 조금 필요해서 요즘에 사들이고 있는데요, 뭐하면 융통해 드릴 수도 있습니다만."

"그래요……? 재고가 조금 있긴 한데, 다 떨어지면 그때 부탁드릴게요."

그 말을 들은 순간, 요크의 표정이 확실하게 밝아졌다.

이런 상황에서도 포기하지 않는 걸 보니 끈기가 있다고 해야 하나, 물러날 때를 파악하지 못한다고 해야 하나.

그래도 물러나지 않는 건 오히려 내게 더 좋은 일이다.

지금 물러나면 모처럼 레오노라 씨와 함께 세운 작전이 헛수고가 되어버릴 테니까.

보아하니 미끼를 새로 던질 필요는 없을 것 같은데?

"오, 그러신가요. 필요하시면 말씀하십시오."

"네, 그렇게 되면 부탁드리겠습니다."

──자. 그는 앞으로 며칠이나 견딜 수 있을까?

"다녀왔어~."

"어서 오세요, 사라사 씨."

"점장 씨, 어서 와."

내가 가게로 들어가자 카운터에 앉아 있던 로레아가 미소를 지으며 맞이해 주었다.

그 옆에서 조금 심심한 듯이 앉아 있는 사람은 아이리스 씨와 케이트 씨.

만에 하나를 대비해 두 사람에게는 일하러 가지 말고 집에 있어 달라고 부탁했던 것이다.

아무리 그래도 가게를 습격하진 않을 것 같지만, 돌아오는 길에 있었던 일을 생각하니 대비해두었던 게 잘했던 건지도 모르겠다.

"점장님, 어땠나?"

아이리스 씨가 약간 기대하며 물어보자 나는 고개를 끄덕이며 대답했다.

"순조롭다고 해도 될 것 같네요. 꽤 초조한 모양이에요. 돌아오는 길에 도적을 보냈거든요."

"뭐?? 괜찮…… 겠구나, 점장 씨라면."

"좀 걱정해주셔도 되거든요? 케이트 씨."

옆에서 불안한 듯한 표정을 짓고 있는 로레아처럼.

아마 그녀는 나만 걱정하는 게 아니겠지만.

"그래도 문제는 없었던 거지?"

"네. 전부 해치웠어요. 로레아, 그러니까 다르나 씨는 걱정 안 해도 돼."

"감사합니다! 아버지는 싸움을 전혀 못하니까……."

뭐, 이 마을하고 사우스 스트러그 사이는 기본적으로 안전한 것 같으니까 괜찮다.

지금까지 도적이 나왔다는 이야기도 못 들었고.

치안이 유지되고 있다고 생각해야 하나? 아니면 돈벌이가 안 된다고 생각하는 건가?

……아마 후자겠네.

그 도로를 지나가는 건 다르나 씨 말고는 채집자들 정도밖에 없다.

나름대로 전투를 벌일 수 있는 채집자들을 노리는 건 위험 부담이 크고, 작은 마을의 잡화 상인을 습격해봤자 돈이 별로 안 될 테니까——, 지금까지는.

지금은 냉각 모자를 팔러 가고 있으니까 순찰을 좀 하는 게 나을지도 모르겠는데……?

"그런데 그 상인도 꽤 잘 버티는군."

"이제 물러나지 못하게 된 거겠지. 이렇게까지 돈을 많이 썼는데 성과가 나지 않으면 최악의 경우에는 상회가 파산하는 거 아닐까?"

"물론 그걸 노리고 있어요. 미끼도 이것저것 뿌렸고요. 좀 전에 빙아 박쥐의 송곳니 재고가 별로 안 남았다고 하니까 대놓고 기뻐하던데요."

그렇게 말하며 웃는 나를 보고 로레아가 미묘한 표정을 지었다.

"별로 안 남았다고요? 재고가 아직 많은데."

"응. 내가 혼자 쓰면 10년 넘게 쓸 수 있을 거야."

그건 물론 판매용 냉각 모자 등에 쓸 것까지 포함한 것이다.

다시 말해, 이번 일이 어떻게 되더라도 이 마을의 산업은 안전하다. 문제는 없다.

"그 상인은 완전히 점장님의 손바닥 위에 있는 건가? 조금 가엾군."

"무슨 말씀이신지. 이번에는 레오노라 씨도 한몫하고 계시거든요?"

오히려 정보 수집 같은 것까지 포함해서 큰 그림을 절반 이상 그린 사람은 레오노라 씨다.

내 느낌으로는.

레오노라 씨가 뭐라고 할지는 모르겠다.

"그리고, 이야기를 들어보니 그 상인은 망하게 만드는 게 나을 것 같거든요."

말이 나온 김에 아이리스 씨와 다른 사람들에게도 레오노라 씨에게 들은 이야기를 전해주었다.

"──그러니까, 뭐, 그런 이야기나 제가 도적에게 습격당한 걸 생각해봐도 법을 어기는 수단을 꽤 많이 쓰고 있는 것 같거든요. 빚을 지게 만드는 것도 그렇고."

"좋아, 망하게 만들자."

"그래, 사정을 봐줄 필요는 없어."

"너무해요! 그런 상인은 용서할 수 없어요."

의견이 금방 통일되었다.

"물론 그럴 생각이에요."

나는 그렇게 대답하며 고개를 끄덕였다.

뭐, 할 일은 똑같지만 말이야.

아이리스 씨와 다른 사람들하고 그런 이야기를 나누고 나서 열흘 정도 지난 뒤.

우리 가게에 살이 잔뜩 찐 사람이 찾아왔다.

"어서 오세요. 어라? 요크 씨라고 하셨죠. 오늘은 무슨 일로 오셨나요?"

그렇다, 그 상인이다.

──나는 그렇게 말했지만, 사실 그가 가게에 온다는 건 미리 알고 있었다.

내게는 든든한 채집자 정보 네트워크가 있으니까.

그렇기 때문에 로레아 대신 내가 가게를 보고 있었다.

"안녕하세요, 사라사 양. 아~, 빙아 박쥐의 송곳니 재고 상황이 어떤가 해서요. 부족하시면──."

"아, 그거요? 신경 써주셔서 감사합니다. 그런데 괜찮아요. 아는 사람에게 이야기를 해봤더니 싸게 융통해 주시기로 해서요."

척 보기에는 사람이 좋아 보이는 미소를 지으며 그렇게 제안한 요크를 보고 나도 마찬가지로 미소를 지으며 대답했다.

그러자 곧바로 그의 미소가 굳었다.

"……그건 혹시 사우스 스트러그에서?"

"네. 제일 가까운 도시니까요. 사들이려면 거기밖에 없죠."

"으음……, 그, 그래도 그곳에서 사 오려면 운반비가 들잖아요? 저라면 그런 부분을 봐드릴 수 있는데요."

"아뇨, 사우스 스트러그에서 사 와야만 하는 소재는 빙아 박쥐의 송곳니뿐만이 아니니까요. 다행히 송곳니는 부피가 별로 크지 않고 그렇게 많이 쓰는 것도 아니라 가는 김에 사오는 정도로도 충분하거든요. 저희 가게에서는."

"그, 그런가요……."

"네."

딱 잘라 대답하자 요크가 머쓱한 표정을 지었다.

그래, 그래. 슬슬 한계겠지~.

당장 오늘내일이라도 목돈을 마련하지 않으면 꽤 위험한 상황이라는 말을 들었거든. 레오노라 씨에게.

……그 사람은 정보를 어떻게 얻은 거지?

꽤 위험한 정보 같은 것까지 알고 있었는데.

"사실 저희도 슬슬 이 마을을 떠날까 하던 참인데요."

"그러신가요? 쓸쓸해지겠네요. 요크 씨 덕분에 마을이 꽤 활기차진 것 같았는데."

"하하하……, 저희도 장사를 해야 하니까요."

그렇기에 어떻게든 잘 팔아 치우고 싶은 거겠지만……, 이미 늦은 것 같은데?

"그래서 말씀드리는 건데요, 혹시 생각이 있으시면 저희가 가지고 있는 빙아 박쥐의 송곳니 재고를 사주실 수 있을까요?"

그렇게 나와야지.

그렇게 하게끔 열심히 움직였으니까. 나랑 레오노라 씨가.

"지금은 빙아 박쥐의 송곳니가 필요 없는데요……."

"그러지 마시고, 부탁 좀 드리겠습니다!"

반쯤 애원하는 듯이 부탁하는 요크를 보고 나는 팔짱을 끼며 끙끙댔다.

"음~, 그래요……. 우선 보여주시죠."

"알겠습니다!"

내가 '어쩔 수 없다'는 기색을 대놓고 드러내며 고개를 끄덕이자 요크는 들고 있던 가죽 주머니를 급하게 '쿵', 카운터 위에 올려놓았다.

나는 그 가죽 주머니 안에서 송곳니를 한 줌 정도 꺼내 카운터에 놓고 하나씩 확실하게 확인했다.

안달이 나서 발끝으로 소리를 내는 요크가 초조하게끔 정말 천천히.

그리고 충분히 시간을 들인 다음, 보란 듯이 한숨을 쉬었다.

"음~, 보존 상태가 안 좋은데요."

"그, 그럴 리가?! 빙아 박쥐의 송곳니는 처리를 하지 않아도 열화되지 않는 소재인데!"

놀라움과 당혹스러움, 그리고 분노가 뒤섞인 듯한 표정을 짓고 이마에 기름기 어린 땀을 흘리며 나를 다그치는 요크를 보고 나는 몸을 뒤로 젖히며 거리를 벌렸다.

"아뇨, 그건 아니죠. 빙아 박쥐의 송곳니는 분명히 **잘 열화되지 않는** 소재예요."

"그렇다면!!"

"하지만 그건 채집자가 빙아 박쥐를 잡아서 연금술사에게 가져다주는 시간 동안에 불과하죠. 그냥 내버려 두기만 하면 열화가 진행되거든요. 다시 말해 가치가 팍팍 떨어진다는 뜻이에요."

물론 방금 한 말이 **거짓말은** 아니다. 하지만 평범한 용도로 쓸 때는 영향이 없고, 그렇게까지 자세히 조사하기도 힘들기 때문에 대충 그 가격으로 사들이는 것뿐이다.

로레아처럼 연금술사가 아닌 사람이 가게를 보고 있는 경우에는 그걸 조사할 수도 없으니까.

"그, 그럼 이건……?"

"별로 상태가 좋지 못한데요. 게다가 양이 이렇게 많으니 소비하는데 시간이 꽤 걸릴 거예요. 솔직히 가치가 없는 것들도 많겠죠."

──아무런 처리도 하지 않는다면 말이지.

"그, 그럴 수가……."

요크의 안색이 조금 안 좋아졌고, 이마에서 기름진 땀이 흘러 턱을 따라 뚝뚝 떨어졌다.

쿠후후, 괜찮으신가요?

하지만 말도 안 되는 짓을 한 건 당신이거든요?

"뭐, 저도 어느 정도 쓰긴 할 테니까 10개 정도라면 사드릴 수가 있는데……."

"여, 여기에는 만 개가 훨씬 넘게 있다고?!"

"그렇죠, 잔뜩 사들이셨으니까요."

응, 진짜 잔뜩 잡았지…….

나도 모르게 먼 산을 바라볼 정도로.

"까, 까불지 마!"

"아뇨, 저한테 소리를 지르셔봤자 곤란하기만 한데요…….
물론 다른 도시로 가지고 가셔도 되지만, 이렇게 많은 양을
사들일 수 있는 사람은 별로 없을 테고, 그동안에도 가치가
팍팍 떨어질 테니까……. 얼마가 되려나요."

옮기는 동안에도 가치가 떨어진다는 것을 은근히 일러두
었다.

실제로는 '차이가 좀 있나~' 싶은 정도지만 사들일 수 있
는 곳이 없을 거라는 말은 아마 사실일 테고.

"으으윽…….""

"꼭 처분해야 하신다면 전부 사 드릴 수도 있긴 한데……."

"저, 정말인가?!"

내가 거드름 피우며 그렇게 말하자 요크는 마치 구원을
받은 듯한 표정을 지었다.

하지만 제가 구원해드릴 것 같아요? 도적에게 습격당했
는데.

"네. 하지만 이렇게 양이 많으니 일반적인 사용 방법으로
는 전부 소비할 수가 없으니까 조금 효율이 안 좋은 방법을
쓸 필요가 있겠네요. 비싸게 사드릴 수는 없거든요?"

"으으으, 그, 그래도 상관없어. 사줘!"

"알겠습니다. 그러면 감정을 할 테니……, 그래요. 나흘
뒤에 와주세요."

"……뭐? 나흘 뒤? 그러면 늦어버리는데!"

새파래졌다가, 새빨개졌다가, 요크의 안색이 참 바쁘게 바뀐다.

"그렇게 말하셔도 말이죠. 이렇게 많은 송곳니를 간단히 감정할 수 있을 것 같나요? 상식적으로 생각해서."

"으으으……!"

전부 합쳐서 만 개라고 하고, 하나당 10초 정도로 확인한다 해도 며칠이 걸릴지.

영업시간 안에만 확인한다면 사흘 정도는 걸리지 않나?

그런 사실을 은근히 가르쳐주자 요크도 부정할 수는 없었던 모양이다.

그냥 '으으윽, 으으윽', 그렇게 끙끙대기만 하고 있었다.

"급하시면 지금 바로 일시불로 사드려도 되지만——."

"부, 부탁하지!"

"네. 하지만 평가 금액은 꽤 많이 떨어질걸요? 어떤 상태인지도 모르고 사는 거니까요."

"으이이이익! 사, 상관없어! 그렇게 사줘!"

"알겠습니다. 잠깐만 기다려주세요."

뿌득뿌득, 이빨이 깨져버릴 것 같을 정도로 이를 악물고 쥐어 짜내는 듯한 목소리로 요크가 그렇게 말하자 나는 고개를 끄덕이고 빙아 박쥐의 송곳니를 세면서 나무 상자에 넣기 시작했다.

그리고 간단히 계산을 한 뒤 '이런 느낌이네요' 하며 돈을 카운터 위에 올려놓았다.

액수가 적은 것을 보고 요크는 눈을 뒤집으며 고개를 숙였지만, 내가 방긋 웃자 주먹을 꽉 쥐고 부들부들 떨면서 고개를 저었다.

"그럼 거래가 성립된 걸로 알고 있겠습니다."

"빌어먹을!"

요크는 욕설을 내뱉으며 돈을 낚아채고는 가죽 주머니 안에 담기 시작했다.

그 모습을 보니 처음에 이 가게에 들어왔을 때 같은 여유는 느껴지지 않았다.

그렇겠지~, 사우스 스트러그에서 기다리는 사람들이 있을 테니까.

"감사합니다~. 또 오세요~."

"두 번 다시 올 것 같으냐!!"

미소를 지으며 손을 흔들어주는 내게 돌아온 것은 그런 험담이었다.

참 너무하지?

◇ ◇ ◇

요크가 가게를 나서자 곧바로 뒤쪽 문이 열리고 쓴웃음을 짓고 있는 아이리스 씨, 케이트 씨, 로레아가 나타났다.

내가 도적들에게 물러가 달라고 부탁했다는 것은 그도 알고 있기 때문에 폭력을 휘두를 일은 없을 것 같았지만, 아이리스 씨와 다른 사람들이 '일단 조심해야 한다'라고 주장했기에 호위로 대기해 달라고 했다.

"점장 씨, 꽤 많이 짜낸 모양인데?"

"어~, 그렇지 않거든요? 시가의 1할이나 냈는데요."

"1할?! 그 상인도 용케 그런 가격에 팔았군. 너무 싼 가격을 부르면 밑져야 본전이라는 심정으로 사우스 스트러그로 가져가거나 다른 도시로 가져가는 방법도 있었을 텐데."

있었지. 가능성은.

하지만 그건 힘들단 말이야.

"후후후……."

"아. 사라사 씨가 악당 같은 미소를 짓고 있어요."

"로레아, 악당이라니 말이 심하잖아. 조금 손을 써두었을 뿐이라고."

"무슨 뜻이죠?"

"그 상인은 이미 사우스 스트러그에서 송곳니를 잔뜩 팔았어요. 그것도 시가보다 싼 가격에. 그걸 손에 넣은 레오노라 씨가 어떻게 했을까요?"

"연금술사니까 보통은 쓰기 위해 샀을 텐데……."

"——혹시 주변 도시에 뿌렸나?"

"케이트 씨, 정답!"

나는 손가락을 튕긴 다음, 케이트 씨를 가리켰다.

역시 케이트 씨는 머리가 좋아.

"시가 이하로 사들였고, 이 시기엔 수요가 있는 소재니까. 운송비에 이익을 약간 얹어도 꽤 저렴한 가격이라 잘 팔린 모양이던데?"

그리고 그걸 산 사람도 마찬가지로 다른 도시로 가지고 간다.

다시 말해 이 주위에는 이미 빙아 박쥐의 송곳니 수요가 없는 것이다.

그래도 조금이라면 사들일 사람도 있겠지만, 요크가 가지고 있던 송곳니의 양은 '조금' 정도가 아니다.

"내 가게로 가지고 온 걸 보니 레오노라 씨네 가게에서 더 이상 살 수 없다고 거절당했을 거야. 만약에 내가 매긴 가격이 마음에 들지 않아서 다시 레오노라 씨네 가게로 가지고 간다 해도 딱히 상관없고."

"그런 건가?"

"네. 가격을 후려치는 사람이 제가 아니라 레오노라 씨로 바뀌기만 하는 거니까요."

"……완전히 한패구나."

"말씀이 심하시네. 단순한 **업무 제휴**라고요. 이웃 마을이 잖아요. 사이좋게 지내야죠."

더불어 사는 사회.

좋은 말이지.

결코 담합한 게 아니거든?

"그래도 멀리 있는 도시까지 팔러 가는 선택지도 있었지 않나? 양이 양이니만큼."

"뭐, 가능하냐 불가능하냐를 따지면 가능하겠죠. 그런데 이번에 요크는 그런 선택을 할 수가 없었어요."

자신 있게 대답한 나를 보고 로레아가 의아하다는 듯이 고개를 갸웃거렸다.

"어째서죠?"

"아무리 어느 정도 규모가 있는 상인이라고 해도 말 그대로 로레아가 벌렁 넘어질 정도로 많은 돈을 항상 가지고 있을까?"

"지, 진짜! 잊어주세요! 그때는 좀 놀랐을 뿐이에요!"

얼굴을 붉히며 내 어깨를 찰싹찰싹 때리는 로레아를 훈훈하게 바라보면서 묻자 아이리스 씨가 잠깐 생각하다가 고개를 저었다.

"나는 상인을 잘 알지는 못하지만……, 힘들 것 같군."

"그래. 평범한 상인이라면 장사의 규모에 맞는 현금만 가지고 있겠지. 상품이나 채권처럼 전체적인 자산 쪽은 별개로 두더라도."

그리고 자산은 그리 쉽게 현금화할 수가 없다.

다시 말해 어디에선가 현금을 가져올 필요가 있는 거고.

"그 사람이 이번에 이곳저곳에서 돈을 빌린 모양이에요. 조금 위험한 곳에서 빌렸을 수도 있고."

"'위험한 곳'이 어디죠?"

"간단히 말하자면 범죄자 집단? 뭐, 요크도 마찬가지지만.

도적하고 연줄이 있는 것 같으니까.”

당연하지만 평범한 사람은 도적을 고용하지 않는다.

그게 가능했던 요크는 당연히 범죄자와 연줄이 있었을 것이다.

돈을 빌린 곳도 그쪽이고, 그런 곳에서 돈을 빌렸는데 기일까지 갚지 못하면 어떻게 될까…….

“그런 사람들이 사우스 스트러그에서 기다리고 있으니까. 어떻게 해서든 돈을 마련할 필요가 있었던 거야.”

참고로 전부 레오노라 씨에게 들은 정보지만.

스승님 정도는 아니더라도, 그 사람은 얕볼 수가 없다.

“그럼 아까 그 사람은 사우스 스트러그로 돌아가면 살해당하게 되는 건가요……?”

조금 슬픈 듯한 표정을 짓는 로레아.

그렇게까지 신경 써줄 상대가 아닌 것 같은데, 착하구나.

“괜찮아. 레오노라 씨가 적당히 끝낼 준비를 해두고 있으니까.”

“그런가요? 그럼 다행이네요.”

그걸로 잘 끝날지는 그가 돈을 얼마나 빌렸는지에 달렸지만 말이지.

상황에 따라서는 그대로 작별하게 된다.

그리고 레오노라 씨는 오히려 그쪽을 노리고 있다.

어설프게 손봐줬다가 부활하기라도 하면 여러모로 곤란하니까.

하지만 안심하고 있는 것 같은 로레아에게 알려줄 생각은
없다.

아이리스 씨와 케이트 씨를 힐끔 보니……, 아마 눈치챈
것 같다.

말할 생각은 없는 것 같지만.

"자. 이제 뒤처리만 하면 이번 사건은 끝날 거야."

"뒤처리요?"

"응. 뭐, 이곳저곳에 도움을 받았으니 그런 것들을 정산
하거나, 이것저것. 그러니까 로레아, 내일부터 또 자리를
좀 비울 거야. 부탁할게."

"네……? 알겠어요."

내가 그렇게 애매하게 말하자 로레아는 의아해하면서도
순순히 고개를 끄덕였다.

연금술 대사전 : 제9권 등재
제작 난이도 : 하드
표준 가격 : 3,800,000 레어~

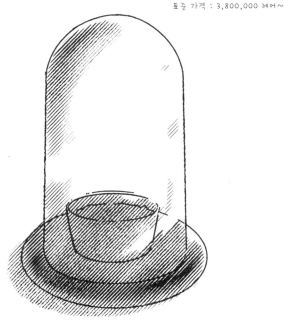

〈완전재배기〉

QFFIFჩFFFIFFㅓ GFჩFㅓ9FFIFჩ

꽃이 항상 시들어버린다고요? 그건 당신에게는 이것! 마력 공급만 있지 않으면 아무리 희귀한 식물이라고 해도 확신하게 키웁울니다. 험험하다는 낙인은 이제 과거의 유물. 오늘부터 당신도 꽃을 사랑하는 계열의 여자입니다.

※ 이미 알려져 있는 식물에만 해당됩니다. 씨앗은 별도로 마련하셔야 합니다.

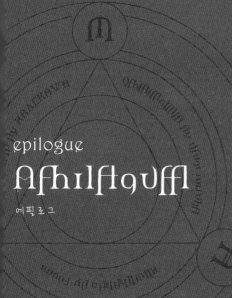

epilogue

AThilAoVffl

에필로그

요크 바루가 마을을 떠난 지 일주일 정도.

겨우 뒤처리를 마친 나는 로레아, 아이리스 씨, 케이트 씨와 함께 오후에 차를 즐기고 있었다.

스승님이 보내준 마리아 씨의 수제 과자를 먹으며 느긋하게.

이 근처에서는 얻을 수 없는 정말 맛있는 과자는 모두에게 평가가 좋았다.

그래도 좀 사양하면서 드셔도 되거든요?

저도 좀처럼 먹을 기회가 없는 거니까.

"이제야 겨우 느긋하게 지낼 수 있겠네."

"그렇죠~. 그래도 사라사 씨."

"응?"

"그 상인이 오기 전에도 꽤 바쁘게 지내셨죠? 헬 플레임 그리즐리가 숲에서 나온 것도 사라사 씨가 온 지 얼마 안 되었을 때였고."

"……부정할 수가 없겠는데. 나는 연금술만 할 수 있으면 되는데 말이야."

내가 '휴우', 하고 한숨을 쉬자 아이리스 씨가 과자를 하나 더 입에 넣은 뒤 미소를 지으며 지적했다.

"그 상인과 대결하기로 정한 건 점장님이었잖나?"

"그래도 세 명 다 대결하는 쪽으로 손을 들었잖아요."

"그렇긴 한데……, 후회하진 않잖아?"

"안 하죠. 종합적으로 보면 이익이 더 크고요."

"크다고 하기보다……, 점장 씨는 이번에 돈을 꽤 벌지 않았어? 송곳니도 그 상인에게 말했던 것처럼 비효율적으로 쓰지 않잖아?"

싱글싱글 웃는 케이트 씨를 보고 성실한 로레아가 깜짝 놀랐다.

"어? 그게 거짓말이었나요?"

"거짓말은 아니야. 마정석으로 가공한다는 방법이 있긴 하니까."

단, 효율이 매우 안 좋다.

차갑게 만드는데 특화된 빙아 박쥐의 송곳니에서 제일 큰 특징인 '차갑게 만든다'는 부분을 없애고 범용 마정석으로 바꾸는 거니까.

예를 들자면 '물이 필요하니까 얼음을 녹여 물을 만든다' 같은 이야기다.

녹이는데 비용이 들어가고, 그 마정석을 써서 냉각 모자 같은 아티팩트를 만들면 비용이 두 배로 들어간다.

엄청난 낭비인 것이다.

그렇기 때문에 빙아 박쥐의 송곳니는 그냥 쓰는 게 기본이다.

문제는 그렇게 쓸 만한 곳도 없고, 팔 만한 곳도 없다는 건데, 이번에는 스승님에게 꽤 많이 떠넘겨 버렸습니다.

여기에서 멀리 떨어져 있는 왕도에서는 꽤 많이 처리할 수 있으니까.

보내는 김에 빙아 박쥐의 과일도 대부분 보냈는데, 시간이 좀 지난 뒤에 돌아온 것이 대량의 술과 금화, 그리고 덤으로 마리아 씨가 만든 과자였다.

꽤 좋은 술도 있긴 했는데, 그중 대부분은 이미 안드레 씨 일행이 매우 기뻐하며 가져갔다.

"그러니까, 꽤 많이 벌었다는 거지?"

"부정하진 않겠어요."

빙아 박쥐의 남획, 값을 매길 수 없다.

송곳니 매각, 시가보다 몇 할 더 비싸게 받아서 돈이 잔뜩.

송곳니 매입, 압도적으로 헐값에 사들였다.

그 헐값에 산 송곳니 매각은 시가보다 몇 할 저렴하게 스승님께 떠넘겼다.

딱 말해서, 본 적도 없을 정도로 많은 금화가 쌓였죠.

"저기, 그 돈은 어떻게 할 거야?"

"전 연금술사니까요, 소재를 사들일 예정이 있긴 한데……, 대부분은 빌려줄 돈이네요."

"빌려줄 돈?"

"일단 디랄 씨에게요. 디랄 씨의 여관이 증축을 하기 시작했잖아요."

"그렇군……, 응? 그쪽에 투자한 게 점장님이었나?!"

"네. 이번에는 채집자들에게도 협력을 받았으니 일부를 환원한 거죠."

직접 협력해 준 사람들에게는 일당과 수수료를 전부 지급

했으니 다른 쪽으로 공헌한 게 여관의 확장이었다.

여관방은 이미 꽉 찼고, 식당에 들어가지도 못해 곤란해하는 채집자들이 꽤 많아서 그 문제를 해결하기 위해 투자한 것이다.

사실 내가 돈을 내서 지어볼까 했는데, 디랄 씨가 '아무리 그래도 그냥 받을 수는 없지!'라고 사양했기에 융자 쪽을 선택했다.

무이자로 빌려주고 새로 지은 건물로 얻는 이익으로 조금씩 갚게끔 했다.

"그 밖에는 요크에게 피해를 입은 연금술사들을 구할 때 쓰고요."

그래도 내가 직접 움직이긴 힘들기 때문에 나와 마찬가지로 이번에 이익을 얻은 레오노라 씨와 함께 돈을 내서 요크가 가지고 있던 채권을 헐값에 샀다.

그도 죽고 싶지는 않았던 거겠지. 제한 시간이 닥쳐오는 가운데 꽤 악독하게 가격을 후려쳐서 모든 채권을 사들인……, 모양이다.

함께 있었던 게 아니라 잘 모르겠지만, 교섭하고 돌아온 레오노라 씨와 피리오네 씨가 매우 멋진 미소를 짓고 있었으니까.

그 결과, 그가 무사히 살아났는지는……, 잘 모르겠는데?

레오노라 씨는 '조금 부족할지도 모르겠는데~'라고 했고.

"그런가요? 그럼 이제 이 가게에는 돈이 별로 없죠? 안심이 되네요. 바닥이 꺼지는 줄 알았거든요."

로레아는 '돈을 썼다'는 게 더 중요했던 모양인지 안심한 표정을 지으며 한숨을 크게 쉬었다.

"로레아, 왜 그렇게 호들갑을——."

"호들갑 떠는 게 아니에요! 전 돈이 있는 방에 다가가지 않게끔 조심했거든요!"

로레아는 일부만 보고도 쓰러질 뻔했으니까.

……제일 돈이 많았을 때 봤다면 어떻게 되었을까?

"점장 씨는 착하구나. 그 사람들이 불쌍하긴 하지만, 딱히 점장 씨가 자기 돈을 쓸 필요는 없을 텐데."

"신입 연금술사니까요, 남 같지가 않아서."

예상했던 것보다 사람이 많았던 건 좀 의외였지만.

"그래도 그 '신입'들은 모두 점장 씨보다 연상이지?"

"뭐, 그렇죠. 케이트 씨보다 연상이에요. 가게를 가지고 있으니까."

학교를 나온 뒤 바로 가게를 낸 내가 예외적인 경우다.

보통은 몇 년 동안 다른 가게에서 수행을 하고 돈을 모은 다음 가게를 낸다.

"그래도 딱히 손해 본 건 아니거든요? 이제 그 연금술사 들은 저와 레오노라 씨의 앞잡이니까요. 후후후……."

"아, 또 악당 같은 미소를……."

"괜찮아, 로레아. 저건 그렇게 나쁜 생각을 하는 게 아니 니까."

"그래, 점장 씨니까."

로레아가 한 말을 듣고 아이리스 씨와 케이트 씨가 쓴웃음을 지으며 어깨를 으쓱였다.

"어~, 그렇지 않거든요? 빚은 확실히 받아낼 거고, 상황에 따라서는 이것저것 억지로 시킬 예정이니까요."

"그래? 이자는 얼마 정도 받을 생각인데?"

"……아직까지는 생각해보지 않았는데요."

돈이 없어서 고생하고 있는데 받을 순 없잖아?

지금까지 엄청 고생했는데.

"애초에 점장님이 미숙한 연금술사에게 뭔가 억지로 시킬 필요가 있나? 곤란한 상황에 처하면 스승님에게 의논해도 되잖아?"

"……그렇긴 하지만요."

나도 어지간한 연금술사들에게는 뒤처지지 않게끔 노력하고 있으니까.

"다행이에요. 역시 사라사 씨군요."

로레아의 눈부신 미소를 본 나는 더 이상 아무런 말도 하지 않고 찻잔을 기울여 얼굴을 가렸다.

후기

오랜만입니다…… 라고 할 정도로 시간이 많이 지난 것 같진 않습니다만, 안녕하세요. 이츠키 미즈호입니다.

1권에 이어 이 책을 읽어주셔서 진심으로 감사드립니다.

이 서적 버전은 웹 버전을 읽으신 여러분들께서 즐기실 수 있게끔 아이리스 씨의 얼빠진 성분을 듬뿍 담아 보내드리고 있습니다. 곱빼기입니다.

이렇게 1권과 비슷한 말을 해 보았습니다.

……으응? 그렇다면 다음 권은 케이트 씨 성분을 듬뿍 담아야겠네요?

낼 수 있다면 좋겠네요, 3권도.

뭐, 낼 수 있을지 어떨지는 매출에 달렸지만요.

이번 이야기에서는 상인이었던 부모님의 훌륭한 지도를 받고 순순히 그 가르침을 흡수한 사라사가 조금 독한 일면을 보여주었습니다.

상인을 습격한 도적, 성실한 상인을 방해하는 악덕 상인에게는 자비심이 없습니다.

중요하죠, 어렸을 때 받는 교육.

사라사도 귀엽기만 한 게 아닙니다.

변경 마을까지 혼자 와서 가게를 낼 정도니까요.

스승님 특제 자습서가 있긴 하지만, 열다섯 살에 개업하다니 장난 아닙니다.

　자, 이번 후기에서는 저번과는 달리 일러스트에 대한 언급이 없습니다.
　귀여운 일러스트가 있는데, 신기하죠?
　어째서냐고요? 이걸 쓰고 있는 단계에서는 아직 못 봤기 때문입니다.
　그래도 괜찮습니다.
　분명히 일러스트가 괜찮은 느낌으로 들어갈 겁니다. 믿습니다.
　편집자분, 교정자분, 관계자 여러분, 그리고 그 누구보다 독자 여러분, 지원해주셔서 감사합니다.
　또 만날 수 있다면 좋겠네요.

　　　　　　　　　　　　　　이츠키 미즈호

Special Short Story

Gifki Qffafifk
fiaffi ßafffffi Mfigiaq

[신규 집필 특별 숏 스토리]
여자력과 과자 만들기

"으으으으~~~."

며칠 동안 밤샘 작업을 마치고 연금 공방에서 나온 나는 창문으로 스며드는 햇빛을 쬐며 기지개를 켰다.

일을 끝낸 달성감과 피로가 뒤섞인 이 느낌, 나쁘지 않다.

"……휴우."

숨을 크게 내쉬니 마치 따지려는 듯이 내 배가 '꼬르르륵', 울렸다.

그런 배를 달래려는 듯이 손을 대고 살짝 쓰다듬었다.

집중할 때는 신경 쓰이지 않는데 이렇게 숨을 돌리고 나니 갑자기 배가 고프다.

적당히 아무거나 먹어도 되겠지만, 모처럼 먹는 거니까 맛있는 걸 먹고 싶다.

요즘은 낮이 되면 좋은 냄새가 풍기던데…….

"로레아~, 점심밥은 아직 멀었어?"

"아직 좀 이른——, 에휴……."

내가 가게 쪽으로 고개를 내밀자 돌아본 로레아는 내 얼굴을 보고 조금 어이가 없다는 듯이 한숨을 쉬었다.

음, 좀 실례 아닌가?

하긴, 밥을 달라고 재촉하는 건 '조금 어린애 같은데?'라는 생각이 들긴 하지만.

"사라사 씨는 공방에서 나오면 여자력이 엄청 떨어지네요. 항상 너덜너덜하고……."

"아, 그쪽이야? 그래도 청결에는 신경 쓰고 있는데. 나는 연금술사니까."

"저기, 청결한 거랑 예쁜 건 다른 문제예요! 모처럼 편리한 빗도 있으니까 머리카락을 빗기라도 하시지."

로레아는 '잠깐만 기다리세요'라고 말한 다음 안쪽으로 들어가서 빗을 들고 돌아와 내 머리카락을 정성껏 빗어주기 시작했다.

그것만으로도 조금 푸석푸석하던 내 머리카락이 점점 가라앉았고, 윤기를 되찾기 시작했다.

이게 로레아가 들고 온 '윤기윤기 빗'이라는 아티팩트의 효과다.

게으른 사람도 항상 예쁜 머리카락을 유지할 수 있는 멋진 빗이다.

──빗기만 하면 말이지.

"음~~♪ 효과가 엄청 좋네요. 이거."

"뭐, 아티팩트니까. 왕도에서는 인기가 많은 상품이고. ......별로 안 팔리지만."

나는 기분이 좋은 듯한 로레아에게 맞장구를 치면서도 살짝 쓴웃음을 지었다.

가격이 비싸기 때문에 살 수 있는 사람이 한정되는 데다 꽤 튼튼해서 하나만 사도 평생...... 까지는 아니라도, 반평생 정도는 계속 쓸 수 있다.

그렇기 때문에 인기가 있어도 많이 팔리진 않는다.

연금술사에게는 별로 이익이 안 되는 상품이다.

"저라면 이것저것 참으면서 살 텐데……."

"음~, 필수품이 아니니까."

여자라면 누구나 예쁜 머리카락을 동경하겠지만, 서민이 '멋을 좀 부리고 싶다!'라는 생각을 하고 손을 내밀기는 힘든 가격이다.

이 브러시는 밭일을 하다가 햇빛 때문에 상한 머리카락에도 효과가 있기 때문에 조금 더 싸지면 농촌에도 수요가 있을 것 같은데, 안전성이나 작업 효율에 영향을 주는 냉각 모자 같은 것과는 달리 사치품에 가깝기 때문에 지금 가격으로는 팔 수 있을 것 같지 않다.

"멋진 옷도 안 팔리는 이 마을에서는 힘들겠죠~."

"마도 풍로처럼 무게가 많이 나가는 것도 아니니까 할인해 줄 수도 없고."

"싸게 팔면 행상인들이 사재기를 해 버릴 테니까요."

로레아는 그런 이야기를 하면서도 솜씨 좋게 내 머리카락을 다 빗은 다음 살짝 땋고 주머니에서 꺼낸 리본을 써서 뒤쪽에 묶었다.

"자, 됐어요! ……응♪ 사라사 씨도 원본이 괜찮으니까 잘만 꾸미면 좋을 것 같아요!"

"음~, 지금은 패션보다 연금술 쪽에 흥미가 더 있는 것 같은데? 시간은 한정되어 있으니까. ──로레아는 열심히 하고 있지?"

내가 이 마을에 왔을 때와 비교해도 로레아의 차림새는

확실하게 달라졌다.

우리 집 목욕탕에서 몸을 씻게 되었다는 이유도 있지만, 입는 옷 자체의 랭크가 한 단계 올라갔다.

간단히 말하자면, 다른 마을 사람들보다 '맵시'가 난다.

"그건 로레아가 직접 만든 거지?"

"에헤헤, 사라사 씨에게 이것저것 받았고, 다양한 옷을 봤으니까요."

"대단한 건 아닌데, 기뻐해 주니 준 보람이 있네."

이것저것이라고 해도 내가 준 건 천조각 뿐이다.

제일 많이 준 건 환경조절포 조각인데, 예쁜 색으로 물들인 그 천은 로레아에게 매우 귀중한 모양이었다.

옷을 한 벌 만들 정도로 크진 않으니까 작은 것들은 이어붙여서 리본이나 특이한 포인트를 만들기도 한다.

약간 큼직한 천은 잘 이어붙여서 짧은 치마나 숄을 만들기도 하고.

꽤 재주 좋게 활용해주고 있다.

"그런데 사라사 씨. 천을 그냥 염색만 하실 수도 있나요? 예쁜 색으로, 최대한 싸게요."

"할 수 있지~. 싼 건지는 모르겠지만……. 응, 적어도 환경조절포만큼 비싸진 않거든?"

염색한 천을 사 오는 것과 비교해서 어느 쪽이 더 싸냐고 물어보면 솔직히 미묘하다.

나는 이래 봬도 수입이 많은 연금술사니까.

"그리 쉽게 만들 수는 없나 보네요……."

"로레아가 가지고 싶다면 만들어줄까? 팔려는 게 아닌 거지?"

원료는 그렇게 비싸지 않아서 내 인건비만 빼면 비교적 저렴하게 만들 수 있으니까.

잡화점에서 팔고 싶다고 하면 정가로 넘겨야 하겠지만.

"물론이죠! 그래도 그건 왠지 죄송스럽다고 해야 하나……."

"신경 쓸 필요는 없는데. 가끔이라면 괜찮아."

"으으, 예쁜 천은 가지고 싶긴 한데요……."

웃으면서 그렇게 말하는 나를 보고 로레아가 고민하며 끙끙댔다.

"뭐, 가지고 싶으면 말해. 만들어줄 테니까."

"가, 감사합니다……. 그런데 사라사 씨는 천도 그렇고, 빗도 그렇고, 모처럼 멋을 부릴 수 있는 기술을 가지고 계신데도 활용을 안 하시네요? 뭐라고 해야 하나……, 맞아요! 여자력의 낭비예요!"

"어~? 그런가? 여자력하고 자금력이 뒤섞인 거 아니야?"

"윽…… 멋을 부릴 수 있는 여지가 있다는 것도 여자력이죠. 아까워요! 본판도, 재료도, 기술도 있는데 전혀——."

어이쿠, 왠지 로레아에게 불이 붙어 버린 모양인데요?

나는 그렇게까지 멋을 부리는데 흥미가 없으니까 너무 그렇게 따져봤자 모르겠는데.

뭔가 로레아를 차분하게 만들 만한 거 없나……?

"──그렇지! 아는 사람이 과자 레시피 책하고 재료를 보내줬거든. 흥미 있어?"

"애초에 사라사 씨는──, 과자요?"

이야기를 하다가 그만둔 로레아에게 추가 공격을 가했다.

"응, 맞아. 요리를 엄청 잘하는 사람이니까 잘 만들면 분명히 맛있을 텐데?"

물론 보내준 사람은 마리아 씨다.

스승님에게 마도 오븐을 만들었다는 이야기도 했으니까, 그래서 보내준 거겠지.

"과자 만들기! 도시 여자애 같아서 멋지네요! 사라사 씨, 같이 만들어요!"

차분해지긴 했는데, 다른 쪽에 불이 붙어버렸다.

패션 이야기와는 달리 과자 이야기라면 평소에는 함께 했겠지만 아무리 그대로 지금은 좀 피하고 싶다.

"아~, 오늘은 로레아에게 맡길게. 잠이 부족해서."

"……으~, 그러세요? 하긴, 연달아 밤샘 작업을 하셨으니까요. 알겠어요. 맛있는 걸 만들 테니 기다려주세요!"

"응, 부탁할게~. 나는 좀 쉴 거야."

과자를 만드는 게 '도시 여자애' 같은 건지는 모르겠지만, 로레아가 즐거워해 주고 내가 맛있는 과자를 먹을 수 있다면 굳이 따질 필요는 없다.

나는 의자에 앉은 다음 후다닥 움직이고 있는 로레아의 뒷모습을 바라보며, 테이블에 팔꿈치를 괴고 밤샘 작업 이

후의 잠기운 때문에 졸았다.

　왠지 괜찮은데, 이렇게 느긋한 분위기도.

　기다리기만 해도 맛있는 걸 먹을 수 있다.

　정말 멋지다.

　소중하게 여기고 싶은 이 시간.

　하지만 그렇게 기분 좋은 시간을 방해하려는 듯이 가게 쪽에서 '딸랑, 딸랑', 초인종 소리가 들렸다.

　"앗……."

　로레아는 손이 가루투성이가 된 채 곤란하다는 듯이 고개를 들었다.

　"아, 됐어, 됐어. 내가 나갈 테니까."

　"죄송합니다. 제가 가게를 봐야 하는데……."

　"괜찮아, 괜찮아. 맛있는 과자를 기대하고 있으니까."

　사과하는 로레아를 보고 나는 미소를 지은 다음 졸음을 떨쳐내려는 듯이 일어섰다.

　에잇, 골치 아픈 손님이면 바로 쫓아내 주겠어!

　가게에 온 사람은 평범한 손님이었다.

　적당히 대꾸해줄 수도 없어서 평소처럼 했더니 생각했던 것보다 시간이 오래 걸려 버렸다.

　그동안 부엌 쪽에서 왠지 좋은 냄새가 나기 시작했기에 꽤 신경 쓰였는데……, 으응? 이 냄새, 좋은 수준을 넘어선 것 같은데요?

부엌문을 열어보니 확실히 알아챌 수 있는 탄 냄새.

그곳에 서 있던 것은 새까맣게 변한 쿠키를 들고 울상을 짓고 있는 로레아였다.

"죄, 죄송합니다, 사라사 씨. 재료를 망쳐 버렸어요……."

"아~, 그건 딱히 상관없는데. 처음 만들 때 실수하는 건 자주 있는 일이니까."

내 얼굴을 보자마자 사과를 한 로레아를 보고 나는 고개를 저었다.

나도 연금술을 실패하면서 배웠다.

중요한 것은 실수한 원인을 생각하고 반성한 다음, 그것을 개선하는 것.

"뭐가 문제였는지는 알겠어?"

"모르겠어요. 책에 적혀 있는 대로 한 것 같은데……."

기운이 없어 보이는 로레아에게서 책을 받아들고 읽어 보았다.

마리아 씨가 보내준 레시피.

잘못된 점은 없는 것 같은데…….

"음…………, 아~, 미안해. 이건 내 책임이야."

"네? 어째서요?"

"응. 온도 설정에 문제가 있어서."

마도 오븐에 달려 있는 온도 눈금은 거의 모든 오븐이 10 까지다.

그리고 책에 적힌 쿠키를 굽는 온도는 '4에서 4.5 사이'.

하지만 거기에 함정이 있다.

같은 10이라도 오븐에 따라 온도 설정이 다르다.

일반적인 조리용 마도 오븐이라면 거의 차이가 없지만, 우리 가게에 설치한 것은 도자기도 구울 수 있는 물건이다. 최대치인 10으로 설정하면 쇠도 녹일 수 있다.

그렇게 개체에 맞게 수치를 조정하는 건 연금술사에게 상식이고, 물론 마리아 씨도 그 사실을 알고 있다.

그렇기 때문에 그냥 레시피를 보낸 거겠지만 로레아는 다르다.

말해 주지 않으면 책에 적혀 있는 대로 설정하는 게 당연하다.

그걸 설명해 주는 걸 깜빡한 내 실수인 것이다.

"미안해. 이 오븐으로는……, 책에 적혀 있는 수치의 4분의 1 정도로 하면 잘 될 거야."

"그랬던 거군요. 저기……, 한 번 더 해 봐도 되나요?"

조심스럽게 나를 올려다보는 로레아를 보고 나는 '물론이지' 하고 고개를 끄덕였다.

"몇 번이든 상관없어. 다행히 재료를 잔뜩 받았으니까."

"감사합니다! 맛있게 만들 수 있게 될 때까지 열심히 할게요!"

미소를 지으며 내 두 손을 꼬옥 잡은 로레아는 말 그대로 열심히 만들었다.

그렇다, 말 그대로, 몇 번이든.

점심밥을 하는 걸 잊어버리고.

그런 보람이 있었는지 실력이 꽤 늘긴 했지만……, 나는 배가 고프단 말이지. 밤샘 작업을 하고 난 다음이라.

혹시 오늘 점심밥은 쿠키를 먹게 되나?

나는 그런 생각을 하면서 너무 바싹 구워서 쓴맛이 남은 그 쿠키를 와삭와삭 씹었다.

역자 후기

안녕하세요, 천선필입니다.

『초보 연금술사의 점포경영』 2권, 재미있게 읽으셨는지 모르겠습니다.

저번 1권에서 사라사가 학교를 졸업하고, 가게를 내고, 헬 플레임 그리즐리의 습격을 무사히 막아내면서 마을에 완전히 자리를 잡았다면, 이번 2권에서는 그 기반을 바탕으로 본격적인 점포경영을 시작하는 이야기가 전개되었습니다. 그래서 2권 부제도 '장사를 하자'인 거겠죠.

사실 저는 사라사가 마을에 확실하게 자리를 잡았다는 느낌을 이번 2권 작업 중에 느꼈습니다. 가게와 집을 예전에 쓰던 사람이 마도 풍로를 떼어냈기에 부엌이 제대로 기능을 발휘하지 못하고 있었고, 그래서 주인공은 밥을 사다 먹거나 있는 걸로 대충 때우곤 한다는 언급이 있었습니다. 그런데 이번 2권 초반에 마도 풍로를 설치하고 밥을 집에서 해먹게 되면서 마을이 임시 거처가 아니라 앞으로 계속 살아갈 곳이라는 개념이 잡힌 것 같다는 생각이 들었습니다. 잠깐 놀러 가거나 들른 곳에서 밥을 해 먹지는 않으니까요.

그렇게 자리를 잡은 직후에 갑자기 시작된 장사 대결. 뭐,

작중에서도 나오는 이야기이긴 합니다만, 상대를 잘못 잡았다는 게 가장 큰 패인이죠. 그동안 빚을 지게 만들었던 연금술사들이 어지간히 어리숙했는지 상대에 대해 제대로 알아보지도 않고 싸움을 걸었으니 큰 손해를 볼 만도 할 것 같습니다. 사실 사라사의 초인적인 전투력(……)과 레오노라의 도움이 없었다면 이렇게까지 시원스러운 엔딩이 나오지는 않았겠지만요.

사실 나라에서 연금술사들에게 가격 할인 금지 등으로 이것저것 제한을 걸고 있으니 저렇게 비연금술사 쪽에서 문제를 일으키면 중재를 해주거나 보호를 해줄 만도 합니다만, 아직 언급이 되지 않았거나 허점을 교묘하게 찌른 거라고 할 수도 있겠죠. 나라가 아니더라도 양성학교나 연금술 협회 같은 쪽에서 나설 수도 있겠고요. 그런 식으로 생각해보니 이것저것 상상의 나래가 펼쳐지는 것 같습니다. 어디까지나 주인공은 시골 마을의 연금술사니까 그쪽이 주된 내용이 되지는 않겠지만요.

이런 생각을 하면서 이번 『초보 연금술사의 점포경영』 2권을 번역하였습니다. 매번 그랬듯이 감사의 말씀 드리고 후기를 마치려 합니다.

항상 신경을 많이 써주시는 담당 편집자분, 그리고 책을 내는데 도움을 많이 주신 소미미디어 관계자 여러분, 그리고 가족 여러분. 감사합니다.

그 누구보다 감사드리고 싶은 분은 독자 여러분입니다. 제가 이렇게 무사히 번역을 마치고 후기를 쓸 수 있는 것도 독자 여러분 덕분이라 생각합니다. 진심으로 감사드립니다.

다시 찾아뵙게 될 때까지 행복한 하루 보내시길 바랍니다. 감사합니다.

천선필

SHINMAI RENKINJUTSUSHI NO TEMPOKEIEI Vol.2 SHOBAI O SHIYO
©Mizuho Itsuki, fuumi 2019
First published in Japan in 2019 by KADOKAWA CORPORATION, Tokyo.
Korean translation rights arranged with KADOKAWA CORPORATION, Tokyo.

초보 연금술사의 점포경영 2

2021년 9월 15일 1판 1쇄 발행

저　　　자	이츠키 미즈호
일 러 스 트	후미
옮 긴 이	천선필
발 행 인	유재옥
본 부 장	조병권
담당편집자	박치우
편집 1팀	이준환 박소연
편집 2팀	정영길 조찬희 박치우 조현진
편집 3팀	오준영 곽혜민
미　　　술	김보라 서정원
라이츠담당	한주원
디 지 털	박상섭 최서윤 이성호
물　　　류	허석용
발 행 처	㈜소미미디어
등　　　록	제2015-000008호
제 작 처	코리아피앤피
주　　　소	서울시 마포구 토정로222, 403호(신수동, 한국출판콘텐츠센터)
판　　　매	㈜소미미디어
마 케 팅	한민지 이주희
전　　　화	편집부 (070)4164-3962, 3963 기획실 (02)567-3388
	판매 및 마케팅 (070)4165-6688, Fax (02)322-7665

ISBN 979-11-384-0064-0
ISBN 979-11-6611-779-4 (세트)